U0409251

相信阅读，勇于想象

“幻想家”世界科幻译丛

[美] 詹姆斯·冈 / 著
顾备 / 译

TRANSGALACTIC

跨越

北京理工大学出版社
BEIJING INSTITUTE OF TECHNOLOGY PRESS

他和阿西莫夫、海因莱因谈笑风生，握过 H.G. 威尔斯的手，和坎贝尔聊过天……

“科幻文艺复兴巨擘”的波尔是他的代理人。

威廉森和他合著的《星桥》被称为“像是阿西莫夫和海因莱因的合作”。

他这一生，参与了科幻黄金时代，见证了科幻新浪潮，推动科幻进入美国学术界，其科幻小说被 NBC 改编成广播剧。他就是科幻小说作家、编辑、学者和评论家，硕果仅存的黄金时代“大师奖”获得者——

詹姆斯·冈（James Gunn）。

FANTASY
幻想家

第一章

赖利醒了过来。

他站在一个黑暗封闭的空间里，赤身裸体，独自一人。

“阿莎？”明知她不在，他还是喊了一声。

他想起来了——所有事情——那段旅行，搭乘着所有寻找超验机的外星人，从端点星出发，穿过大星湾，到达相邻的旋臂，驶向旋臂尽头。他记起了那些朝圣者之间的关联，飞船上逐一被揭穿的隐藏势力，以及所有的背叛，也理清了它们之间的关系。他记起了那个身材健硕、有一只敏感而致命长鼻的多利安人陶德，他记起了黄鼠狼模样的席，还有其他所有人。他还记起自己曾和阿莎一起，与贪婪的蛛型兽外星人作战，一路冲出重围，直到抵达那个他们曾经以为是教堂的地方，后来才知道那其实是等候大厅。

他知道了很多他从未意识到的事，而且比过去任何时候都知道得更清楚。比如，他知道超验机是另一个旋臂的外星人用来传送物质的装置——这些外星人是蛛型兽的早期版本，或者是被蛛型兽所取代的物种——这个装置不仅被用来探索他们自己的旋臂，还被用来探索人类和银河联邦所在的旋臂。或许它影响了他们，可他们却永远都不知道。

这台机器把所有放进来的物质都分析一遍，并在此过程中摧毁该物质，然后把信息传送到另一个接收装置处，而接收装置嵌有同样的纠缠量子粒子，在那里，被摧毁的物质可以用本地材料重建——这包括像阿莎那样的智慧生物，也包括现在的他自己。在此过程中，不完美的部分会被剔除。因此，超验机就是一场意外。

他被重建了，而他脑子里那个被奇怪的未知势力植入的微脑，因为不属于他的理想状态，所以没了。他还不知道自己被传送到了什么地方，该怎么出去，也不知道要怎样才能找到阿莎。显然，超验机把她送到别的地方去了。如果没有预先设定好的话，也许机器会随机或按照某种预先设定的顺序选择目的地。在经过十万次——也许，甚至是一百万次长周期的运转之后——它竟然还能正常运作，这不得不说是外星技术的奇迹。

但他知道，哪怕需要穿越半个银河系，他也要找到她。等找到她，凭着洞察力和超强的威力，他们将会改变整个星系。

赖利摸索着走出重新创造了他的这个机器，开始对周围的环境做必要的探索。这里很冷，他现在一丝不挂，感觉更冷。脚下的地面很粗糙，布满灰尘。他的新鼻子现在非常敏锐，他闻到了周遭因为长期密闭而带来的腐朽气息，以及尘埃被搅起时散发的霉味。小心翼翼地走了两步后，他碰到一堵光滑的墙，墙上泛起柔和的玫瑰色光芒。他往反方向又快走四步，碰到了对面的墙，那堵墙同样泛出柔和的光。他意识到，这里是一个没有特征的多维空间，天花板高不可及，而那台机器正在中央。

这机器只比独立衣橱大一点点，开口在一侧，比超验机要简单些，也许这是更新更高效的型号吧。地板上堆着一堆衣服，可上面没任何灰尘，也许，这台机器只是用于接收，而不负责发送。也许，那些外星使者都做好了当一辈子特使的准备，不指望回去了。赖利认出了那堆衣服。那些——当他穿上这些衣服的时候，他明白了——这些衣服和鞋都是他以前新买的，或者在某个理想世界里可能会买的，那些衣物都是由理想材料制成的，以充分满足其用途。超验机在分析和传送所有物体的时候，焦点只有一个：改造。

赖利检查了机器的内部，双手在机器表面移动着，但它平淡无奇。他唯一注意到的是，自己的触觉就像他的嗅觉一样，似乎变得更加敏锐，手指摸上去仿佛摸到砂纸一般。他摸索着向外走，同样没有任何线索，直到他摸到洞口上方的那个点。这个点是很难看清的，因为光线太暗，而建筑结构本身比他还高，仿佛是为了高出他三分之一的生物准备的。可他的手指却感觉到了一系列微微凸起的部分，像是一种设计，或者更有可能的是，某种外星字母或图形什么的，用以传达信息。它们并不像他所遇到过的任何东西，摸也摸不出来，甚至检查不出有任何可以作为基础凭据的信息，根本无法破译。

他只能猜，这些其实是关于如何操作机器的使用说明书，或者是控制指令本身。他开始重新评估，是否有希望能通过什么简单的方法与阿莎重聚。

她在哪儿？她被传送到银河系的什么地方去了？他意识到，自己已经认定可以回到超验机所在的那颗星球上。有了这个清晰的新思路，他应该能够做到这一点。清晰的思路带来自信，或许是过度自信吧，他必须小心这一点。他还意识到，回到超验机所在的行星并不能使他离阿莎更近些。即使他可以，或许可以，逆转机器，可他永远无法破解那机器到底把她送到哪儿去了。除非阿莎也得出同样的结论，并回到那颗行星上。思路清楚了并不意味着信息也清楚了；不可知的东西，就像真正的异星交流方式一样，依然不可知。

他曾经想，可以试一试，如果她不在那里，或者，如果他们回去的时间不一致，他可以留个消息，或者找到她留下的消息。时间就是一切，因为在没有吃喝的情况下，面对蛛型兽和其他威胁，他们撑不过一天，甚至连几个小时都撑不过。如果不这么做，他们能在数十亿个恒星太阳间相遇吗？而且，总有可能，机器把他送去某个接收器已经不工作甚至被摧毁的地方，而他最终会变成一个电子幽灵，在银河中寻寻觅觅，希望重新重生。但即使是那么不靠谱的方法也已经不可能了。

所以，必须有另一种方法。在他们共同的经历里，在他们共同的旅途中，应该有某个线索，可以引导他们找到离散后的聚集点。与此同时，还有一些实际问题需要解决：他可能会渴死，会饿死，也可能因为空气无法呼吸而死，除非他找到方法，走出这个没有任何特征的魔方。

赖利以一种紧迫感而不是绝望感，用他新发现的敏感触觉在墙壁上摸索前进。现在，同时做两件事对他来说轻而易举，于是，他开始回顾阿莎跟他在一起时告诉他的一切，就像在脑子里放录像一样，包括她在世纪飞船阿达斯特拉号上的经历，飞船被银河种族捕获并被带到了联邦中枢。她当时还是个孩子，在银河种族的囚禁下长大，直到阿达斯特拉号上的年轻军官找到了逃跑的方法，还偷到了银河种族跃迁连接点的秘密，使星际旅行成为可能，使人类有了一争之力。而他

们的航程，因着一张古老的星图和银河种族的追击，来到附近的旋臂，并最终抵达超验机所在的行星。他们一路冒险穿越了城市，后来阿莎终于找到了那个她以为是教堂的避难所，在那里，她进了机器，并最终到了……哪里？如今，他真心希望能有更多细节，透露当年她是如何从被发过去的地方找到归路的，又是如何返回银河联邦的。然而，他们在一起的时候情况紧急，就连自己的旅程也危机四伏，根本没时间聊那些过往。

赖利在自己的记忆中搜寻着任何可能的线索，阿莎当初用什么方法才解决了他现在所面临的困境。可他知道，这么想其实只是旧有缺陷的残留。他现在的记忆里并没有什么黑暗的地方，也没有什么秘密等着被发现。

他在房间里绕了两圈，这才在头顶上方发现了一系列凸起，跟他在靠近机器顶部发现的那些相似。如果那些是使用说明书，他就永远没法读懂了。可就在那些凸起的图形文字下面，如果那些确实是文字的话，他摸到两条凹痕，继续探索之下，他发现那些都是洞。它们差不多有小触手或者昆虫触角或者他的小手指的大小。毫不犹豫地，他把小指插入每一个孔中试探，只要能插得进去。

无声无息地，下面墙壁的正中出现了一个黑洞，随后变成一个通向外部黑暗空间的洞口。他没有停下来考虑这种物质的自然属性，显然它是固体，但能被消融。他从插孔里抽出毫发无损的小手指，趁墙上的洞口还没闭合，从洞口处走了出去。外面的墙壁并不发光，但他头顶的光条却发出了足够的玫瑰色光亮，他可以看到，自己正身处一条墙面粗糙的甬道，脚下的地板也一路凹凸不平，仿佛是用历经漫长岁月终于风化了的鹅卵石和碎片铺就而成，甚至他头顶的天花板也远远超出他所能触及的高度。

在他身后，当他转身的时候，墙上的洞就已经自动关闭了，洞口原来所在的那块区域上，再也没什么铭文，也没有什么洞可以激活它，接收它那非实体信息的地方。就像子宫一样，再也回不去了。他和外星机器断绝了联系。即使曾经有机会使用它，现在也没门了。更为确定的是，其过程是一次单向旅行，在经历了这些长周期之后，接收区依然保持原状，其原因也就更证据确凿了。他转向右侧，开始轻快地走了起来。他既不渴也不饿——也许他的新状态在这方面也更加高效吧，但他毕竟无法对抗自然法则，迟早还会需要食物和水。

他一路走着，天花板旁边甬道墙壁上的光带就随着他亮起来，又在他身后暗下去，尽管偶尔也会出现一两个暗黑色的空斑，那是岁月造成的破损，征服了甚至更高级的外星科技。他早就在多个异星上注意到了这一点，当时他和阿莎还有其他同伴们在朝圣之旅参观了不少异星——那些外星建筑，各种辉煌，比它们的创造者活得更长。

他认为，那些创造者并非攻击他们的蛛型兽。它们的体形太大了，挤不进超验机，甚至无法通过超验机所在建筑的大门；大到无法通过墙上的洞口，也无法在他现在所在的这个甬道里行走。也许它们那些身量稍小的旁系可以，但它们的体形不合适，没法舒舒服服地塞进超验机的隔间。不，制造了超验机和其所在城市的外星人都是类人生物，尽管其体形可能比绝大多数类人生物大。他们的眼睛是在不同光线之下进化而来的，也许是他在异星空中看到过的那个红日。那儿还曾经有过一颗蓝色的太阳，但它可能后来被捕获了，或许正是这一宇宙事件促成了超验机物种的没落和蛛型兽的崛起。

但这一切都只是对另一个时代的猜测，而这条甬道正越来越窄，直至空间缩小到即使正常身量的人也会觉得很紧。很快他就不得不做出决定，或者改变路线，或者双膝跪地手脚并用继续前行，直到再也无法转身。他断定，最明智的做法是朝其他方向探索。

一小时十三分二十二秒之后——他意识到自己脑子里有一个计时器，可以记录这些东西——他探索了十五条大小不一的甬道，这些甬道的尽头或者是一堵空墙，或者窄小到他挤都挤不进去，随后他沿着第十六条甬道，穿过一个洞口来到一间密室。这密室很像他发现自己被重造的那个房间，只是门廊和墙壁都很普通，表面粗糙，就跟甬道里一样，但并不发光。屋里唯一的光线来自身后的甬道。他面前的这间密室跟甬道一样，是由某种更原始的早期文明建造出来的，要不然就是说，他最初恢复意识时发现自己身处的那间屋子，可能是在一个早已建好的建筑物里搭建的。而他认为后者更有可能。从他身后投射过来的灯光，配合如今看来更高效的视觉感官，他可以看到一个石棺模样的东西停放在密室正中的平台上。如果这确实是一个石棺的话，那它早就被打开过了，原本可能是棺盖或密封的东西被挪开了，碎裂在地板上。他走近石棺，发现里面是外星人的遗骸，有些可能曾经是衣服或装饰品之类的残留物，只不过，这些也都碎了，散了，看不出原本是做什么用的。

现在他意识到，自己重现时所处的那个建筑物究竟是什么。他是在某个庞大的建筑结构中，这个建筑群被用来守护某个古代统治者或神灵的遗骸，直至永远。然而，就像所有这类期待永恒的尝试一样，它并未奏效。在遥远过去的某个时候，盗墓者们找到了这个原始的建筑，找到了这间密室，将可能一度收藏于此的贵重物品洗劫一空。

或许，他们发现里面没有任何值得偷的东西，就在沮丧中毁掉了一切。

赖利走进密室，检查了石棺。石头上雕刻着华美的图案，即使只借着甬道里投射进来的微光，他也能看清画面所体现的某些人物故事。画上的人物形象怪异，也许是出于某种画风吧，几个身形各异的人依靠粗大的巨腿直立着，也许还有条尾巴，身后或许会有一列装饰精美的火车，而他们正与不同身形的人或对峙或互动。这些画似乎表现了一段由生到死的旅程，这是由某个更强大的人（或神）所引导或决定的过程，反映了安眠于石棺中的尸体曾经走过的那条伟大而光辉的道路。

他往石棺里看了一眼，看到那具尸体只剩下了骨头。也许，那具残骸曾经采用某种外星工艺做过防腐处理，但被剥去了装饰，暴露在大自然与岁月的侵蚀之下，一切无常的都已消逝，只留下那些不变的结构。骨头讲述了一个故事。它们曾经属于某个物种，腿骨坚实，上半身骨骼较小，还有一条有力的尾巴，有点像赖利曾经看到过的某种地球有袋动物。在智慧和科技文化的发展中，进化过程并未赋予食草动物特权，但赖利还记得陶德以及他那个物种所达到的文明高度，因为纪律、残酷和使命感而发生的转变，还有杰弗里号上其他的外星人，究竟是如何因为他们自身所处的特殊情况，因为随之产生的压力和机会，最终被塑造成那个自己。

赖利看不起这种伟大，虽然可以一度借此激励种群，但打造这么个庞大的陵墓必须耗费相当可怕的人力物力，这会持续相当长的一段时间，肯定会影响数代人，并使经济陷入崩溃。第一次，他感到饥饿和干渴。他必须尽快找到食物和水，不然最终必会落得跟石棺里那具残骸一样的下场。他环顾密室，看能不能找到什么指引，但四壁是光秃秃的岩石，地上满是灰尘，散落着一些金属碎片，显然是那些盗墓者丢弃的。尽管建造陵墓的工程师用尽聪明才智，但盗墓者还是有办法闯入这个隐蔽之所。

当然，即便并非出于虔诚，设计师们也会留下一些证据以表达他们内心有多在乎，然而，没有任何东西。尽管如此，他想，那些盗墓者应该还会给他留点什么更有价值的东西吧。

他慢慢地，小心翼翼地走出密室，沿着指引他找到石棺的那条甬道走下去，盯着墙壁和地面，寻找来自远古的线索。盗墓者本可以用图画、叶片、碎屑等记号来标识通往外部世界的路，但这些记号可能很久以前就不复存在了，而他不得不假设，万一他们为了确保自己能回去，而选择了某种更恒久的标识呢。当他走到甬道分岔口的时候，他看见在他肩膀高度的墙壁上，有一小块石头被凿掉了。如果不是正在寻找某种指引的话，他根本不会注意到这一点；而即使是在寻找过程中，如果不是因为他的情形愈发紧迫，他也可能会把这当成岁月造成的破损而不去理会。

在另一个分岔口，他看到了相似的标识，接着在第三个分岔口，又发现一个。但这引导他走到一条甬道，甬道尽头是一堵空白的墙，无论怎么操作都没法把墙变成门。他沿着来时的路折回到甬道分岔口，更加仔细地检查那个标记。现在他注意到，凿下的碎片不同，朝下的一击使最深的部分指向地面，而不是斜向朝往前方。他意识到，盗墓者所做的标识肯定有对有错。他沿着另一条甬道走了几步，随后找到了一个标识，他希望，那意味着他走的这条路是对的。

最后他来到一个地方，这里的甬道更窄，天花板更低。他犹豫了一下，然后继续向前走，他选择相信那些标识，相信自己对它们的理解，直到他被迫跪在地上爬行。很快，他明白，他将不得不退出去，或者一路前行直到再也退不回来。但毫无疑问地，他推断，这肯定是陵墓建造者最后的防护手段。某一刻，就在他以为自己犯了人生最后一个错误的时候，他的双手和双膝感觉到那狭窄空间的地面上布满尖利的碎屑，坑道的两侧和头顶都变得更宽阔了。他意识到，是古代的盗墓者凿掉了部分坑道，留下满地碎片。随后，甬道再次变得宽敞了。

赖利站起身来。几步开外就是另一堵空墙，但他知道，这就是他要走的路，从庞大的建筑群中走出来，进入其身后那个随便怎样的世界。他花了一个小时六分四十二秒才找到墙壁周围那个压力组合点，一部分墙向内摆动，光线立刻涌入，一阵微风袭来，带着异域动植物独特的气息和腐烂的味道。

赖利走到洞口，低头看到一片平原，目力所及全是凹凸不平的岩石地表，从他这边朝着一片热带丛林的树斜伸下去，头顶的天空中，正飘着被异星太阳染红的云彩。

他深吸一口气，开始沿着漫长的斜坡向下。他必须非常快速地了解这个世界，只有这样才能找到办法离开这里。

第二章

阿莎醒了过来。

光线汇聚成流从上方洒下，她睁开眼睛，一股液体喷射在她的脸上和赤裸的身体上。她正站在一台简化超验机熟悉的结构中，然而，这机器到底坐落在哪里，可真没半点熟悉之处。上一次被传送的时候，她是在远离文明的一个山洞的围墙里醒过来的。而这里，她意识到，接收她的机器是一个喷泉的中心，而喷射出的似乎是水。喷泉位于一个看起来像是公共广场或露天广场的中央，周围环绕着一圈有些怪异的建筑，但很明显这些建筑是用来居住或办公的。空气可供呼吸，只是隐约带着一股异味，有点刺鼻，像檀香木。广场上有数百个外星人，外表多少有点人形，没穿衣服。而他们全都盯着她。

她意识到，制造超验机的外星人在银河四处留下了机器，而在过去数百万个长周期里，有时候这些机器可能会因地质事故或迷信的原住民而被损毁；但有时候，被发现的机器可能会被崇拜，甚至受到尊崇，被置于荣耀之地。很明显，本地就是如此。

同样，很明显，她和赖利，如果他跟着自己进了超验机，就会被传送到不同的地方，也许会是银河系的不同方位，而赖利也会像她一样醒过来，想着到底发生了什么。不过，如果他观察到了曾经发生在她身上的那些，或许他就会更深入地理解，究竟会涉及哪些过程。他会具有全新的敏锐感官，借此有能力搞清楚到底是怎么回事，一如她第一次经历超验机时的感受。而他可以把她之前讲的那些当成引导。不过现在，她知道会发生什么，自己又该做些什么。上一次，她发现自己身处一群真正的异星四足兽中，他们类似吠叫的语言很难学，但他们以狗般忠诚地崇拜她，幸运的是，他们早在一千多个长周期之前就实现了航天飞行，而后只用了几百个长周期就获得了联邦席位。因此，她得以找到回联邦太空的路，以超验主义和超验机的传言为起点，开始了朝圣之旅，最终乘坐杰弗里号飞船，从端点星回到邻近旋臂超验机所在的那颗行星。

在这里，情况很可能完全不同。首先，她必须安抚这个世界当地人的疑虑，赢得他们的信任或崇拜（她想，如果是一只蛛型兽出现在机器里，他们会作何反应？），然后找一艘可以带她离开这个世界的飞船，进入通过跃迁连接点旅行的银河文明，回到控制这个旋臂的银河联邦。那里有若干强大的势力，他们宁愿看到她死并被人遗忘。她无意成为超验主义的先知，那是一种宣扬进化实现论的新兴宗教，它威胁到银河来之不易的安定。这份安定可是经历了数千个长周期的战争和内部斗争才得来的，而最近一次冲突，就是在联邦与新走出太阳系进入银河的人类之间爆发的。

安抚当地人其实是最简单的部分，第二步则更困难。她必须找到赖利，既是因为个人原因，也是为了得到她所需要的帮助。她的目标是把银河系从它自身的问题中拯救出来，为了满足银河系所孕育的第一代生物的希望，这不仅是为了生存，更是为了胜利，为了提高，为了达成最优秀的自我。要做到这一点，银河系需要一套更具滋养力的体系，包括管理、艺术、文学和论述。要想达成这些，她就需要赖利。

然而，在这辽阔的银河系里，究竟哪里才会是他认为符合逻辑的会面地点呢？他们本应讨论一下的，她本该考虑到，毕竟，她早就经历过超验机了。然而，她并未预见到，目的地居然会有变数。看来，就连超验机也有其局限性。

她会想出办法来的，可现在，她得去见她的新伙伴。

她把散落在机器底板上的衣服聚拢来，太湿了，即使她想穿，也穿不进去。她走出超验机，走进喷水池的水柱中，裸着身子，就跟广场上盯着她的那些类人生物一样。

她刚一走出喷泉，就有一群类人从附近一栋大楼里冲出，朝她涌过来，手臂上盖着某种织物，身上散发出浓烈的檀香气味。她还没来得及反应，靠近她的类人已经抓住了她的手臂。她没有挣扎。他们的手有四根手指，摸上去坚定、温暖而干燥，但并不觉得痛或让人不快——那几乎是一种虔诚的感觉——她站着不动，那些类人把织物抖了抖，把织物抖成了衣服，披在她身上：一件纯色皇家蓝的裹腰长袍，一条银色腰带，一条相配的围巾披在她的头发和肩膀上。然后，他们退后，望着她，仿佛在欣赏自己的手工艺作品。

他们都是矮个子，其中最高的一个也不过刚比她肩膀高一点。他们似乎缺乏外部性别差异。他们光滑的褐色身体表明他们不是哺乳动物，他们没有乳房、乳头或生殖器。她猜想，如果他们都是同一个性别，那他们要如何繁殖呢？又如何养育后代呢？可是，他们拉着她的手臂，开始把她拉向附近一个华丽的建筑，在那里，出现了穿着衣服的类人。

她没有反抗，她有更迫切的担忧。为什么她穿着衣服，而其余人都赤身露体？他们要带她去哪里？他们计划对她做什么？

这座建筑和她曾经看到过的那些东方宫殿的图片很像，光滑的石墙涂成赭红色——也许，可能就是用彩色岩石建造而成的——屋檐和入口的顶部置有银色的球体或不规则物体，可能这些类人认为这是艺术，或者可以抵御邪恶。当他们走得更近一点的时候，他们前面的一小段短楼梯突然变平了，形成一段银色的斜坡，也许是块地毯。她光脚踩在上面，感觉很柔软，而他们则拉着她朝大门走去，两扇巨大的银色大门在她面前自动打开。

小人们尖声叫着，发出嘶嘶声，一边用力把她拖进大门外一个巨大的前厅，地板上铺着大理石模样的石头，中间放着一个很大的花瓶或瓮什么的，上面刻着蓝色的人物浮雕，画面上的动作看上去很可能具有某种宗教或礼仪含义。等有机会她肯定要去检查一下，破解其中的秘密，但现在还不是时候。小人们拉着她穿过房间，通过对面墙上的一扇门，进入一个更私人化的住所，一个有底座的台子靠在对面墙上，中间是一个装满了清亮液体的池子。另有一个像是桌子的东西——有腿，表面平坦——靠在另一面墙上，上方是一面银色的镜子。

她从镜中瞥见了自己，看上去并未因最近的经历而变得憔悴，而是容光焕发，重获新生——也许是超验机的功效吧——她被打扮得如同她以前见过的照片一样，某种远古仪式，女人与男人在一起结成终生的关系。她不得不想想看，这到底意味着什么。也许她是一个好客民族的客人，他们正根据文化习俗，按照她作为客人的特权和地位来接待她，尤其是那些通过机器出现的。即使曾经有传统生物从机器中出现，或许那也只是神话罢了。必须是很强悍的神话才能在上百万个长周期中遗存下来。另外，他们可能是被机器里出来的江湖骗子给培养出来的，那些人隐瞒了自己的秘密，以访客身份出现于此。

另一种可能是，来自超验机的访客被这个文化认为是神或神的后裔，或者是被神选中，来统治这些生物的人。这将给她带来一些麻烦，因为她需要离开这个星球，回到联邦星际社会去。退位可能并不容易，不退位就逃跑更加困难。而如果她成了代为受过的女王，选择在荣耀中统治一个长周期，然后为人民的福祉和好运而牺牲，承担他们所有的罪孽、错误和厄运，那她就几乎不可能逃得掉了。

所有这些问题都必须解决。这时，那群小人们把她带到屋子正中，尖叫着发出啸声，然后，除两个人以外，其他人都以一种奇特的姿势退到一边，她认为这是为了表示顺从和崇拜，另外还有头部和胳膊的颤动，仿佛是在暗示鞠躬和忍耐。门在他们身后关上了。阿莎听到咔嗒一声，她知道那是锁被合上了。她的房间就是个监狱。嗯，她这个监狱远没那么舒适，而锁本来就应该是打开的。

与此同时，她的那两个守卫或随从或同监，把刚刚用来装扮她的衣饰一一除去，随后轻柔地把她拉进房间正中的浴池，浴池两侧的龙头会自动放出液体，他俩则伸出柔软而温暖的双手，轻轻擦拭她的身体。起初，这些过于私人的触碰让她变得很生硬——啥？侍女？男仆？也许性别问题对这些生物而言无所谓，或者，只在特殊场合才有所谓，如果是这样的话，那对她来说也就无所谓了。她放松下来。他们一边干着活，一边尖声啸叫，只不过他们的方式更温和、更舒缓。很明显，这是一种语言，她会弄明白的。她已经开始注意到尖叫声中的不同，在毫无意识导向的情况下，她的大脑已经开始把声音与行动联系起来了。

他们很快就结束了，然后，他们把她从与地面平齐的浴池里拉出来，在墙上按了一下，一个衣橱应声而开，他们从衣橱里拿出一种吸水性布料帮她擦干。他们似乎对她的身体和自己身体之间的差异感到惊讶，但并不觉得惊慌或厌恶。他们并没有用毛巾擦拭自己的身体，而是任由水滴干，随后用其他毛巾擦干地上的水渍。终于做完了，在达到他们自己的满意度之后，他们拉着阿莎，一人拽着一只胳膊，朝床边走去，轻轻向下把她往床上推。

阿莎直挺挺地坐着。“对不起，孩子们。”她说，“我知道你们听不懂我在说什么，但我现在不想睡觉。”

她的侍女或男仆——她不知道该怎么称呼他们，这不仅仅是代词的问题，而是一种根本性的不安，因为她无法把他们放在熟悉的性别背景中。这个问题在跟类人外星人相处时很常见，他们看起来像人，但某些方面截然不同，尤其是性方面。好吧，她想，船到桥头自然直，这一切都会自行解决的。没等她想明白，她的随从们发出了某种看不见的信号，门开了，另外两个端着大浅盘的类人把盘子放在她面前，就放在腿上。神奇的是，当浅盘升到与她平齐时，盖子会自动弹开。

其中一个盘子里装着各式各样的水果——紫色的圆球，一串串看起来像绿葡萄但外表却皱巴巴有些像浆果的东西，一个稍大些的红色球状水果被切成了几段，露出里面多汁的红色果肉。另一个盘子里装着几片黄色的东西，扁扁的，看起来像是外观精致的面包或蛋糕。她仔细地检查了一下，然后挑了一片面包模样的东西，品尝了一口。她没尝试别的。很多物质对于以前的她而言是有毒的，而身体的改良则意味着现在的她足以应付这些，但一次只尝试一种自有其道理，另外，烹煮过的东西致命的可能性也小一些。她可以等下次再尝试其他食材，然后再尝点不同的东西，直到她能够确定一整套自己可以耐受的异星食谱。如果有什么东西让她不舒服的话，她的身体会抗拒它，而她希望，这不会造成永久性伤害。

话虽这么说，此时此刻，这个面包——如果它确实是面包的话——不仅可耐受，而且相当美味，如果再加点香料就更好了，就像这个世界本身和居住于此的那些小人身上的味道一样。

“这就够了，孩子们。”她说着，放下剩余的面包，向其他人挥了挥手，希望这个手势——如果语言不通的话——是举世通用的。送盘子过来的侍从们把盘子接了回去。拿水果的那位把盘子放在屋内一个很远的角落里，仿佛是要把它留给她等下再享用。随后，他和另一个类人一起退了出去，大门咔嗒作响，在他们面前自动打开，又自动关闭。

“现在干什么，孩子们？”她问。

她站了起来，开始觉得自己是小人国里的巨人。侍从们互相看了看，然后，其中一个人移到墙的另一边。当那个侍从触碰到某一点时，墙壁像一扇门一样打开了，露出某些似乎是用来去除身体排泄物的固定装置。

“不是现在，孩子们。”她说着，并没有动。

触摸了墙壁的那个人——她还无法区分他们——回到她身边。他们每人挽起她的一只胳膊，把她轻轻拉向镜子，尖叫着，发出啸声。他们的喋喋不休在她听起来好像有了几分意思，她仿佛能感觉到脑中的翻译机正嗡嗡作响，一个接一个地，那些单词归位了。

“我懂了，”她说，“你们想给我看点东西。”

她再次盯着自己的形象，这一次，她身旁那两个孩子般的身体和脸庞却显得有些令人厌恶。然而，她还没来得及思考这个问题，她的侍从们就在镜子前挥起手来，镜子变得透明了。她透过窗户，看到了外面的世界。

后来，她躺在小人们用来当作床的地方。床很坚实，也不会让人觉得不舒服，只除了那两个蜷缩在她脚边的侍从。他们都睡着了，可她只是在休息。她不再需要太多的睡眠了——也许只需要一两个小时来放松全身的肌肉，让她从高速运转的缜密思维中冷静下来。不过现在，她还有很多事情要考虑。

那个镜子，根据她的理解，其实是一块屏幕，可以把外部世界的情景投影到她被强推进来的这个房间里，显示的景象或者是记录或者是现场。她只观察了一个侍从的一个手势，就可以控制这个屏幕所提供的功能了，从远景到近景，从那个似乎是她现身的城镇或城市景观，到更多不同的画面，到更遥远的景观，所有这些都伴随着尖叫声和啸声，这些声音就是小人们的语言，或者，偶尔地，会出现一些杂音，也许那代表了音乐。

这是一颗得天独厚的行星——她想给它起个用啸叫发音的名字——无论大小、地理和地质条件都很宜居，虽然地方不大，但大部分温带地区都是平坦而富饶的农田，偶尔有些起伏的山丘，赤道有几座大山，还有多冰的极地。镜子没有显示天文数字，所以她无从判断行星在其恒星系中的位置，只知道它有一个仁慈的 G－2 太阳。她从机器里冒出来的时候就注意到了。

有城市，有漂着小船的河流，有行驶着大船的海洋，从远景中可以看到某种单轨行驶的交通工具。但她没看到任何在空中移动的交通工具。而这其中最重要的是，她没看到航空港。这会有问题的。要让世界进入太空旅行时代需要几十个长周期，这还是在最好的情况下，而如果她对这种文化最糟糕的担忧得到证实，她可能连十个长周期都没有，甚至可能连一个长周期都没有。

毫无预料地，仿佛是回应某个内心的定时器，抑或是回应侍从间某个不为外人所见的信号，其中一人走到阿莎面前，再次向屏幕挥手。外部世界的景色消失了，取而代之的是一片黑暗空间。一个怪诞的人影，其风格或许更像是线条画吧，突然出现在这个空间的一个角落，随后又渐渐隐没在黑暗中。接着，在另一个角落，出现了一个人形外星人，是小人中的一个，也同样渐渐消失了。然后是一系列的显现和消失，每次都有两个图形出现在不同的地方，但他们从来不会彼此接近。

其中一个侍从又在屏幕前挥起手来。每一次，这些图形都会移动到不同的地方。

“我明白了，孩子们。”阿莎说，“这是一个搜索游戏，就像怪物和公主，我得去解决问题，这样就能中大奖了。也许能，也许不能。”

她听说过这种游戏。任以前很喜欢在跃迁点之间那漫长而乏味的旅行中用这种游戏磨练自己的技能，甚至她自己也玩过，尽管从未取得过任那样的成绩。可她现在的大脑更灵活了，她可以在脑子里想出各种可能的策略来解决问题，只要她想解决。也许问题就在于，这些类人知道该如何解决，而解决问题本身会证明她有权成为智慧外星种群中的一员，足以被授予文明社会的成员资格。或许，这也有可能是他们从来未能解决的问题，而解决这个问题就意味着她有资格统治他们。但她还不知道，他们会如何对待统治者。

她闭上眼睛，让自己放松下来，感知着靠在她脚边的那些小人的身体，感觉到一种特别的安慰。她希望，当她不再考虑自己的处境时，自然而然就会有答案。

第三章

赖利朝下看着金字塔一侧悠远而宽广的斜坡，望向那些绿色、红色和黄色的叶子，那是塔下茂密丛林的树冠。这是一片丰饶的景象，他老家火星上那些贫瘠的沙漠未能让他有此见识，但他从图画书和人类诞生地的录像中认出了这一幕。浮现在他脑海中的是“充盈”这个词，他位于金字塔一侧高高在上的有利位置，即使从这么远的地方都能看到有生物在树顶飞翔，可以想象底下那些食肉动物该有多繁荣，但他别无选择，只能加入其中。

他开始了漫长的下坡之路。组成金字塔侧面的石头被装配在一起，如此精准，以至于不需要砂浆黏合，但岁月的侵蚀，也许还有热带气候潮气的侵袭，已经在岩石之间形成了可供攀援的抓手。继续往下，当他爬至足以够到丛林树顶的高度时，附在墙面上那些坚固的藤蔓加强了对他手指和脚趾的支撑。在那里，他可以更清楚地看到这些飞行生物。它们是庞大的两栖生物，有巨大的颌和坚韧的皮质翅膀，比起飞行这些更有利于在高空翱翔。其中一只俯冲下来，逼近到足以构成威胁，它的嘴大张着，仿佛是要把他从那个不安全的地方给叼下来。他朝它大喊着，挥舞着他那只空着的手。它急转飞走了，随后又折回继续尝试。可这一回，赖利已经找到一根折断的树藤，做好了准备。他击中了那个飞行生物的吻部。它朝下摔了几秒，最后展开翅膀朝高空疾飞而去，似乎是去寻找更容易捕食的猎物了。赖利扔掉棍子，开始继续往下爬。

在树冠下，他看到并听到了其他种类的生命，有类似于猴子的生物，还有一些看上去更像是爬行动物，包括很多蛇，不过它们还没近到足以对他构成威胁的地步。近身到这个级别的，大多数是昆虫，成群结队地从四面八方向他扑来。他用那只空着的手把它们一一撣掉，随后就放弃了，又开始继续往下爬，任由它们落在自己的身上和头上，一边寄希望于这种异星害虫不带什么异星的毒素，尽管这里面肯定含异星病毒，但他希望自己的新身体能有新的抵抗方法。他一度能够隔绝自己的意识，不去理会它们在干什么，而就在它们变得让人无法忍受之前，它们丢下他走了，仿佛发现他的外星物质不可食用或毫无吸引力，抑或是，他想，也许他完美的身体已经调整了它的化学成分，并以此挫败了那群昆虫的感觉器官。而这无疑是一种有利于生存的新特质。

终于，他抵达地面，回头仰望这座古建筑的侧面，最后一次惊叹投入这个古代统治者丰碑中的努力、奉献和牺牲，而如今，这丰碑却正在被孕育它的世界侵蚀回收。他思忖着，这个位置，在很久以前，是否更容易到达呢。这里以前或许是荒漠，因为气候变化或某种地质构造的变迁导致它变成了现在这种状况。他转过身，毅然走入丛林。

丛林里弥漫着浓郁的醇美芳香，有万物生长的气息，有腐败的植物，还有某种隐藏的异星气味，这使赖利得以了解了一种不同的进化化学。地面相对而言没什么灌木，高耸的树木使阳光无法照射到地表，只有星星点点的几处地方，散落的光束滋养着一丛灌木或开花植物。尽管如此，丛林地表堆积着厚厚的遗骸，赖利小心翼翼地走着，一边观察着周围是否有捕食者的威胁。他踩到了什么硬邦邦的东西，而他脚下没感觉到这东西有任何动静，于是他弯下腰，抽出一根可以当作棍子的断肢。这不是最好的武器，但总比什么也没有强。如果他要在这个世界待很久，他就必须给自己装备一副弓箭或梭镖。

又往前走了几步，他就用上棍子了：突然有什么东西从树干上朝他猛抽过来，他及时看到，将它一棍打飞。那是一朵巨大的花，就像他在图片上曾经看到过的超大型兰花，只不过这朵花有着粗壮的花瓣，用来夹裹它的受害者。如今，花瓣有一半都碎裂开来，但仍在急速地甩动着，发出令人窒息的腐臭味。再往前一点，在一抹阳光之下，他越过一丛灌木，其枝条末端长着黄色的圆球。一些鸟状生物在它周围拍打着翅膀，有的还正在用非鸟类的牙齿啃食着球体。赖利挥动棍子将它们赶走，随后摘了一个球体。这是水果，他心想，本地生物就吃这个。他咬了一口，酸酸甜甜的，汁水丰盈，顺着嘴角往下流。也许这东西有毒，因为异星的进化产物多半都有问题，但食物供给更值得关注。不管有没有毒，他这再生的躯体都不得不应对。

当他向丛林深处走去时，他感到体内传出一阵阵咕隆声，但随即就渐渐平息下来。而后他偶然发现了另一个不同品种的类似于水果的蓝色球体，他尝了尝，这一回，他的身体毫不抗拒地接受了它。最后，他来到一条小溪，一条蜥蜴模样的生物正在那里喝水，身形大小跟一条大狗差不多。当他走近时，它抬起头来看着他，仿佛是在评估他究竟是个危险还是一顿美餐，随即，在赖利举起棍子的时候匆匆逃走了。这是个迹象，赖利认为，这说明它以前曾经见过像他那样大小的生物挥动武器。

他若想离开这个星球需要两个条件：首先，得遇到建造金字塔的那些生物的后裔；其次，他们必须已经从原始阶段发展到了动力科技和航天阶段。毫无疑问，超验机使者既然能在金字塔中建造接收器，肯定有过什么。否则，他将不得不在一代人的时间里，将一个异星文明提升到星际能力，而他不确定，阿莎或银河联邦能不能等那么久。

当然，使者也可能已经被外星生物杀死了，无论这些外星生物是未开化的还是有感知的，使者为了达成某个卓然的目标担起所有的风险，却在尚未实现任何目标之前就身死了。不过，首先肯定应该有一个最初的登陆点来安装接收器，而那些成员也必须活得足够长久以完成他们的使命。

赖利弯下腰，从小溪里汲水喝。溪水不冷不热，带着它流经的丛林地表的味道，但这毕竟是液体，而他的身体也并不反对。

他沿着溪流而下，遇到了其他一些爬行动物，更多长牙的鸟，还有昆虫，而这些动物现在似乎都会主动避开他，直到他来到了一条看似小径的地方。他朝小径的两头看了看，随即转向远离金字塔的方向，他希望那边是文明世界。

他只走了几步就意识到有什么东西在跟踪他。他转过身去，身后是一个跟他体形差不多的生物，尽管他的身躯使它看起来更大些。它站在那里，后腿粗壮有力。他有着硕大的臀部，细小的上肢，脑袋很大，头上有两只红色的眼睛和一个突出的下颌，一口锋锐的大尖牙此刻正冲他龇着。显然，他是爬行动物、食肉动物，是一个威胁。

他所面临的威胁并非这片肥沃的丛林迄今为止所产生的那种天然暴力。这家伙看上去就很危险，而他身躯的中间部分还系着一根皮

带——那几乎没法算是腰——皮带前面挂着一个小口袋，里面可能装着储存的食物补给，这意味着预见性；口袋旁边是一把金属材质的刀，这是个令人欢欣鼓舞的标志，表明该文明已经达到了冶金工艺的水平。所有这一切都发生在做出判断的一瞬间，那家伙用一只手拔出了他的刀，而那只手的大拇指是与其他手指相对的。赖利知道他有机会用棍子来保护自己，也许他那超强的敏捷足以让他抵抗这个生物的力量和天然武器，但是防守是要付出代价的。如果得不到援助，他在这个原始世界就不会有未来，况且，尽管他看上去很原始，但这个家伙肯定代表着某种可获得的援助。

赖利静静地站着，棍子就在身旁，棍尖静止不动，毫无威胁地顶在小径那红褐色的泥土上，而那家伙举起了刀……然后，朝赖利递了过来，刀柄冲前。赖利接过刀来，用羡慕的眼光看了看，然后又把刀递还给那个家伙。他把刀拿了回去，不带任何可辨别的情绪，随即仰起头吼了起来。

赖利倚着他的棍子。“所以，朋友，”他说，“我们在你的世界相遇，远离我所应该在的地方，也许你能帮我到那儿去。我知道你听不懂我在说什么。但也许你会明白的，或者，也许我能听懂你呢，无论如何，这能帮我学会说话。”

这家伙又吼了起来，仿佛是在赞赏赖利为沟通做出的努力。

“我要叫你‘阿吼’，”赖利说。“我想，你看到我沿着金字塔的斜边往下爬了，以为我是个奇形怪状的神，或者可能是埋在那里的神帝转世，而我也会让你这么认为，直到我可以告诉你其他信息，并在更平等的条件下得到你的帮助。”

阿吼再一次吼了起来。

“瞧？我们早就已经开始理解对方了。你只是在说，‘我们一直站在这里聊天，其实我们该着手去干我们该干的事了。’这个我同意。”赖利原本站在小径的一边，此刻小心翼翼地慢慢移动着，一边伸开他那只没握棍子的左手，向阿吼表示，前方道路已畅通无阻。

这个家伙从赖利身边走过，既不看他，也不调整前行的路线以避免可能的触碰。他沿着小径大步朝前走，并未回头看赖利是否跟在后面。当这家伙从赖利身边经过时，赖利闻到它身上的味道；阿吼闻上去很成熟，像是熟透了甚至已经开始有些衰败。赖利走在它身后，但并未靠得太近，小心谨慎地盯着头顶的天空和小径两旁的丛林边界。他不再像之前那样警觉。不知怎的，他相信阿吼有足够的经验对付本地的危险，也许，这种危机意识还包括如何应对来自阿吼同类的威胁。

他们默默地走着，赖利检查了他所知道的进化过程。他脑中的信息远比他以前所有学过的都要丰富得多，也许这是他那个微脑残留下来的，这些海量信息的容量大到不可思议，然而绝大多数都没什么用，当初微脑出于它自己的目的把信息印在他脑中，如今这些信息都储存在他的大脑神经元及其连接里了。这个世界显然处于类似侏罗纪的时期，到处是热带植物，爬行动物占统治地位。可这座古代陵墓，甚至比一百万个长周期之前制造了超验机的那些人还要古老，说明这些像恐龙一样的生物已经拥有了制造金字塔的能力和技术，其时间远比人类主宰地球及太阳系内其他伙伴行星世界的时间要长得多。也许这个世界从未经历过灾难性的生物灭绝，而在地球上，正因如此才让哺乳动物这一生命形态得以从藏身之所脱颖而出，最终，产生了人类。这些爬虫族已经享受了超过一百万个长周期，要是它们能有足够想象力的话，应该早就实现太空文明了。

但如果阿吼的工具代表了它那个文明的技术发展水平，这就意味着那些生物在一百万个周期中都没有进步。他们退化了，他想。随即，他换了想法。

他们来到一条河边。在离岸边很远的地方，赖利就已经能听到并闻到这条河了。河面很宽，宽约百米；水流中满是红褐色的沉积物，水面上散落着树叶和树枝，仿佛，上游某处的天空裂开了，雨水自天上倾泻而下。岸边停靠着一条小船，或者更准确地说，赖利根据之前没见过的记忆判断出，这是一条轻舟，或者说，独木舟。

阿吼推船下水，然后就等在那里，仿佛是不敢冒昧地指挥赖利上船。船上没有座位，赖利刚迈进来就蹲在船的一头，寻找桨或橹，却只看见一根似乎是拐棍的东西躺在船底，那东西不比他的棍子长多少，而且显然也不够长，够不到河床。

阿吼上到船的另一头，以他的体形和粗壮的大腿而言，动作算是非常敏捷了。小船明显往水里沉下去一截，赖利再次认清了那个家伙肌肉的重量，他已经跟他交上朋友了——或许已经成为他的向导，也许还是他的助手。小船转入激流，河水试图把它连同覆盖在水面上的漂浮物一起冲走，就在这个时候，船体停顿了片刻，随即一股无形的力量抓住小船，将船转向上游，明显很轻松地开始逆流而上。

阿吼的族人拥有某种动力推进器。也许他们并不像赖利所担心的那么原始。他想看看电动机，看看是不是这样，但所有他能看到的只是一串气泡。

航行了一小时十一分钟，期间，阿吼镇住了两只当船经过时从淤泥中探出头来的河怪，于是赖利明白了船底那根拐杖的用途。随后，他们来到一处平地，丛林已经从河边退却了，或许是被砍掉的。这是一片平整出来的场地，约有数百米宽，是一座由石头堆砌而成的城市，就像金字塔一样。

然而，这只是一座城市废墟。跟金字塔不同，它的石头已经纷纷落下。

阿吼一动不动地坐在船尾，好像在等赖利下船，随后，当赖利站起身跨出船舱之时，阿吼挪动他沉重的身躯踏上河岸。那里可能曾经是个码头，然而现在只剩下碎石。这个外星人沿着两块突出的岩石之间，将船拖上可能曾经是人工铺砌而成的平台。赖利只来得及看了一眼船尾的两个黑洞，阿吼就开始朝着城市进发，赖利随即跟了上去。

当他们接近废墟时，其他类似恐龙的生物向他们冲了过来，跑得远比赖利预想的快。他们有好几种体形，从看起来像孩子的，到阿吼那样肌肉发达的成年人，以及一些体形大但不那么强壮的，或许是雌性吧。一共有四十六个人。赖利想知道自己究竟如何做到不用数就得到总数的，尤其是，他们似乎一心想要攻击他，就像一群食肉动物。

但阿吼冲着他们吼起来，于是他们放慢了速度，随后在他和阿吼经过时岔开两边。其余人则跟在他们身后，一起轻声吼叫着。赖利刚刚才开始分得清那些咆哮声，似乎他新获得的这种清楚的脑回路能帮他做某些分析，就像他的微脑曾经为他所做的那样，而阿莎在没有任何人工辅助的情况下也能做到。他察觉到了这些生物身上散发的气味，如同腐烂的肉和正在腐败的蔬菜，有点像阿吼身上的味儿，但更难闻。这个侏罗纪的世界，跟充斥其间肥沃的垃圾一起，臭气熏天。

当他们临近古城外沿时，赖利看到了简陋的窝棚、村舍和小屋，由采来的石块堆砌而成，屋顶铺着晒干的黄色植物。现在他知道了，这座古老的城市里那些废墟般的建筑究竟发生了什么。那些建筑物被建造者没落的后代拿去当建筑材料了。他感到一阵绝望。这个曾经伟大的文明如今只剩下衰败的残余，无法提供多少技术上的帮助。

随后，阿吼带路领着他们走进一个石头小屋，这时，赖利回忆起了阿吼那艘船的动力推进器。不知那东西是怎么幸存下来的。

小屋里一片漆黑，这时，阿吼从腰带上挂着的口袋里掏出一个小东西，在一块中空的石头上抹了一下，石头里装的东西腾地一下子燃烧起来，闪烁着亮光。小屋的角落里堆满了像稻草一样的植物，房屋正中间有一张低矮的石桌，没有椅子或凳子。阿吼打开旁边一个木柜，取出了一些赖利早就品尝过的水果，把它们放到桌子上。随后，他又从另一个木柜里取出一大块生肉。阿吼从桌子下面拿出两个石制的酒壶，又从桌子下面取了些黑色的液体倒进酒壶，然后踞坐下来，一口咬住生肉，牙齿深深地埋在肉里。

赖利犹豫了一下。这家伙身上的味道甚至更浓了——或许是因为他的感官和其他所有的一切都得到了改进——他一想到要吃东西就觉得反胃，可当他伸手拿起其中一个酒壶开始啜饮时，原本的恶心就被抛开了。这是一种酒，赖利一想到这一点就感到一阵欢欣鼓舞，至少这些生物已经掌握了酿酒和制陶，还有火，以及，尽管不是很明显的，烹饪肉类的技术或愿望。也许他可以教他们一些技能，让他们重新回到创造了这座城市和金字塔的文明世界中，尽管，他意识到，很可能今生都无法达到与阿莎重聚所需的文明阶段，无论他通过超验机可以将他的时间之旅延长多久。

他正准备品尝水果的时候,突然一声响亮的雷声在他们头顶炸裂,接着是一道闪电和倾盆大雨,就像一个硕大的水桶倾泻在他们头顶,弄得屋顶上的草咔咔作响,一开始还是一滴滴地漏,后来汇聚成流。赖利看着阿吼,他一副浑然不觉的样子,继续吃着。他已经吃掉了一半的生肉,而剩下的也似乎注定马上就要被吃完了。

茅草在他们头顶咔嗒咔嗒地响着,碎裂开来,好像遭到了严重的冰雹袭击。赖利透过敞开的门向外看去。冰球砸在碎裂的铺路石上,弹开来,四处散落在地,而地上到处都是雨水堆积而成的水洼。随后,在巨大无比的暴风雨中,赖利听到远方传来洪钟般的轰鸣声。赖利从未听过任何与此相关的声音,那是悲哀的,如同丧钟,又是不可抗拒的,就像是在召唤死者前往某个应去的地方,让听者在其永恒的希望中得到滋养。

赖利望向阿吼。这个外星爬行动物已经停止了进食。他身上泛起一阵阵细纹,就像在发抖一样。

赖利看了看小屋周围,没发现别的东西,于是从食品箱扯下了一个盖子。他把它举在头顶上,迈步走进暴风雨中,先是感觉到,然后听到冰雹打在木头上,手指关节也被擦伤了。雨水倾泻在他身上,他希望闪电不会在他抵达目的地之前击中他。他朝声源走去,那声音似乎是城市中心。

最终,他站在一幢高大而破旧的大楼前。这里的声音更大,甚至更惊心动魄。他从落下的石块和其间恣意生长的草木中穿了过去,直到他爬上一个斜坡,走进一个残留的避难所。他慢慢走进大楼,一股股洪流从他身边涌过,他避开缝隙和裂缝中涌出的雨水,继续前进,直到他站在一个几乎完全破损敞开的大厅里,那里只余下一点点残破的屋顶，以证明那里曾经存在过的一切。

大厅中央是一个巨大的红色球体，正在遭受雨雹的轰击。那里面传出一阵阵非同寻常的轰鸣声，把他吸引过来的正是这个声音。

第四章

阿莎的侍从们在她脚边睡得正酣，她翻身的时候他们一动不动，可她一起身他们马上就醒了。她可以躺在宽敞的床上想清楚自己的处境，但她一起来，那俩货就开始操着他们尖声尖气的语言说个不停，而阿莎的脑子就得忙着弄明白他们在说什么。

第二次醒过来的时候，她开始注意到他们声音的强弱和调幅，到了第三次，当他们试图引起她的注意或引导她行动时，她开始大概理解他们是什么意思了。她考虑了一下隐藏自己领悟力带来的好处，最后还是决定选择提问，这能提供更好的机会。

“好吧，孩子们，”她说，“我们要开始谈谈了。”她尖声冲他们发出啸声。

两个侍从睁大了圆圆的眼睛，阿莎把这种表情理解为惊讶，随后惊讶变成了惊喜，他们爆发出阵阵尖叫和啸声。

“慢点。”阿莎尖声冲他们发出啸叫。

他们放慢了速度，对话从个人事务开始。他们自称“人民”。那是每一个文明世界中每一个占统治地位物种的通用称呼，尽管有时会用些形容词来说明其状态，例如“神人”或“选中之人”，或者“注定要统治世界、恒星系、银河系或宇宙的人”。阿莎决定称他们为“啸星人”，把他们的世界称为“啸星”。当然，就跟他们其他所有的词汇一样，“人民”也是被啸声调整过的词，只有那种尖叫声是以一种轻柔的方式发出的，而他们的表情则被阿莎理解为快乐或幸福。

面部表情和身体姿势是语言中不可或缺的部分。尽管她的面部和身体无法轻松适应这个强加的新要求，但她还是努力尝试掌握新技能。

她了解到，啸星世界是个幸福的世界，一切美好，从未发生过任何坏事。“既然如此，那为什么我的门要锁起来？”她问。

“为了保护您的安全。”她被告知。

“那不安全的因素呢？这不是个幸福的世界吗？”

“因为担心意外。作为访客（贵宾？神？），您必须受到保护，这样才能获得更大的幸福。”

“更大的幸福？那是什么？”阿莎问。然而，无论问多少次，都无法说清楚那些听者可能完全不能单靠自己去理解的东西。她无法辨认出代表太空飞行的尖叫声，也无法让他们理解太空本身，亦无法解释他们有机会离开啸星进入外太空那浩瀚的宇宙，甚至无法让他们相信天空里还有其他行星，或者让他们相信还有其他与他们相似的世界存在。这要么是个糟糕的迹象，要么表明她的侍从们可能在教育或对世界的理解上受到某些限制。或许，这样的知识会让他们不快乐——因为可能存在别的世界——毕竟，不快乐的本质是因为不满于你所拥有的。对人类和许多其他物种而言，正是一种近乎神圣的不满足，驱使他们进入未知世界，但在啸星，这可能是被禁止或者不可想象的。

她甚至无法调整镜子 / 接收器以显示天空，尤其是夜空，而她并不知道这片夜空显示的是哪片星域，也不知道这个世界是否有月亮甚至多个月亮，更不知道它可能位于银河系的什么地方。所有的一切都暗示着，相较于银河系的其他部分，这里处于致命的隔绝状态。不过，她并不会陷入绝望，她拒绝接受失败并非因为她想以那些快乐的侍从为榜样。

当阿莎无须对话时，她花了大量的时间来研究镜子 / 接收器。她需要的信息超出了侍从所能提供的，而她熟练掌握了如何指示镜子看世界的方法。她研究了星球上各种不同的气候带，随后定下来观察温带，因为几乎所有啸星人都住在这个区域。她猜想，啸星几乎没有或根本没有行星摆动，所以，一旦定下来，人们就没有动力或机会四处移动。或许北极和热带地区有太多的挑战，让他们难以维持他们的快乐哲学，或许该说是，快乐的幻想。

她注意到，从农耕地带中部的村庄，到显然是货物和服务集散地的中型城市，以及可能提供了制造业和运输业的大型城市，社区的规模大小不等。她发现，其中最大最复杂的就是她被传送过来的这个城市，而她从侍从那里探听出来的意见似乎证实了这一点。这看似很恰当。统治中心，无论是哪种类型的，都理应是充满荣耀和尊崇的地方，超验机接收器就该在这里。不过，或许她只是在此地荣耀了她自己，却并非超验机。

她仔细观察着这座城市，一条街又一条街，挨家挨户地查看，一次又一次回到她现身的广场上，而广场正中喷泉的顶部就是那部机器。如果有任何希望找到方法离开这个世界，如果想摆脱这个因环境或其人民的意愿而与世隔绝的地方，恐怕，必须是在这里。超验机的创造者在这个星球上放置接收器，肯定是有原因的，尽管，那已经是一百万个长周期之前的事了。其目的，可能是影响这个星球的发展或生物进化，也可能是为了征服它，抑或仅仅是利用它作为中转站，但这里毕竟有某种东西，曾经吸引了那些来自银河系另一个旋臂的已然绝迹的技术专家。

然而，那究竟是什么？在过去数百万个长周期里，那个理由是否已经不复存在了？时间过于久远，这甚至可能发生在啸星人出现之前。也许，啸星本身就是个失败的实验。

阿莎的沉思被打断了。远处的大门徐徐打开，三个啸星人走了进来，他们看起来比她曾经遇到过的其他人都要高大一些。他们身上穿着衣服，样式华丽而优雅，类似于她刚来的时候披上的那一套。而且，他们还带着礼物。

他们穿着华丽的服饰，看上去有些可笑，一身着地的长袍，品蓝色或银色，直没脚面，头上裹着围巾缠成的头饰。他们穿着可笑的衣服，脸上带着愉快的神情，一边尖叫着“世界”，抑或，如果在这个极乐世界里也存在差异的话，那就意味着艳羡和自豪。他们一起进来，在她面前排成一排。

她左边那个人，穿着皇家品蓝色服饰，手里拿着一个银制的圆球，大概有幼童头部大小，上面刻着神秘的图案。“我将啸星的标志供奉给您。如果您接受我供奉给您的永恒极乐，啸星世界将属于您。”啸星人说。尽管，阿莎几乎能听懂他在说什么，而事实上，这句话中所传达的信息可能是极为夸大的，甚至深具威胁，远远超出了她基于对这个世界的认知而产生的想象。

“谢谢，”她说着，决定隐藏自己理解这种啸叫式语言的能力。

她的侍从们无疑一有机会就会把消息传出去，可迄今为止，她还没察觉到那些给她送食水的人跟他俩之间有任何沟通，或许，在被人发现她的语言能力之前，她可以获取某些关键性的优势。“真好啊，”她补了一句，收下了这个天体仪，“尽管我并不清楚，如果拥有了这个世界，我会拿它怎么办。”天体仪显然是中空的，没她预期的那么重。

中间那位啸星人，浑身上下一身银色，手里握着一根深色木制的权杖，上面雕刻着烦琐的花纹。“我奉送给您象征着啸星人与啸星世界和谐统一的标志，这样您就会融入其中，一如这是您自己的。”他说。

“也谢谢你，”阿莎说着，用她空着的右手接过了权杖。“你们几个很擅长象征性的标志嘛，我希望自己能确信它们究竟意味着什么，而我又该拿它们做些什么。”

阿莎右边的啸星人，穿着银色长袍和品蓝色头饰，他拿出了阿莎自己的衣服。这些衣服在她洗澡后就从她房间里失去了踪迹，她原以为已经被扔掉了，因为不符合他们为她设定的角色。而现在，衣服似乎已经恢复到了最初的状态。“我将这尊贵的衣物归还于您，希望它们将标志着您在神殿中接受了物化，标志着您与我们这个幸福世界和幸福人民的结合。”啸星人说。

阿莎转身把天体仪交给她决定叫“埃尼”的侍从，把权杖则交给了“米妮”，然后又转回身接受了第三个啸星人献上的衣服。“我想我最喜欢你，”她说，“尽管我不该表现出来。你们就像传说中的东方三贤王，或者更像向公主求婚的王侯贵族，我不知道如果我选中你们中的一个会发生什么。也许你会是我的配偶，可什么样的配偶？仪式性的？而如果可能的话，会产生肉体关系吗？抑或是祭品？我必须获取更多信息，而你不太可能给我这些，埃尼和米妮也不可能。”

她转身把衣服放在床上。她本想把这些衣服穿上，以此示为独立的象征，就是那种在一定程度上重获控制权的感觉，但这肯定会被误解为她决定选择第三个求婚者。

当她转回来的时候，他们三个人正朝门口走去。她紧紧跟在他们后面，门还没来得及合上，她就溜出了房间，来到那个宽敞而庄严的门厅。三个求婚者转过身来，似乎在这里看到她把他们都吓傻了。她缓慢而坚定地走向房间正中那个高大的花瓶。没有一个求婚者采取行动阻止她。也许，就像她的行为不可预测一样，阻止她也是不可想象的。

阿莎不理会他们，也不理会通往外部世界的大门，她仔细研究了花瓶顶部边缘周围的图案，大概在她腰部的高度。白底衬着蓝色的花纹，凸起的线条呈现出颇有风格的绘画。其中一个，上面画着类似于接收器的机器，里面是空的。而在下一幅图里，接收器里有一个身形。可能是人类，也有可能是类人，有可能是她，也有可能是个啸星人。第三幅图里，这个人正从喷泉里走下来，周围聚集着其他身影。第四幅图里，这个人在另外两个人的陪同下，顺着斜坡步入一座建筑物内。第五幅图里，两个人正肩并肩离开大楼。第六幅图里，他们一起站在接收器里。第七幅图里，接收器已然空了。

或许，这就是以前最开始的时候发生过的？就像她周而复始地回到她曾经出发的地方？或者，有什么关系呢？这会不会就是个循环，而啸星人认为这是无止尽的重复？她毫不怀疑，这些图案描述了她的经历，仿佛某个很早以前就死了的陶工预见到了未来。或者，更有可能的是，这些人已经将这一传统融入他们的文化中，企图中和超验机的魔力——或许应该说是它们的恐怖。毫无疑问，他们这个文明，自始至终，肯定没有真正的传送者出现过，可故事却被代代相传，直到表现为神话和信仰，或者，那些具有欺骗性的仪式，更加强了这些印象，就跟她之前猜测过的一样。

不过，最后的那个设计还是很麻烦。机器里连一个人都觉得没有足够的空间，更别说两个人了，即使其中一个是矮小的啸星人。就算两个人能挤进去，她也不知道会有什么后果。而如果机器无法倒转，不管是谁，都无法让她自己和她选择的配偶消失。又或者，足以让他们毫无改变地走出机器。

阿莎转身朝她的房间走去。当她走近时，门自然而然地开了，很快，她将不得不作出决定，就跟以往一样。大门随后再次在她身后咔嗒一声锁上，一如既往。

第二天，她花了整整一天的时间询问埃尼和米妮，关于外面广场上的那个机器，关于啸星神话，还有求婚者。不过，思考对于他们来说，似乎是件很陌生的事，她看得出，自己的努力让他们感到非常不安，或许，如果可能的话，甚至会很不高兴，于是，她停止了询问。尽管阿莎怀疑，某些黑暗的真相就隐藏在天堂的外表之下，可她依然感到有些内疚，因为是她把质疑引入了他们的阳光世界，仿佛她就是伊甸园里的那条蛇。或许，是她泄露了秘密。或许，她就是那条蛇。

她继续在镜子 / 接收器中寻找某种迹象，以证明这个世界是否已经有人进入太空时代，并在某种程度上与联邦及其跃迁连接点的网络相连，从而使星际旅行成为可能。最终，她厌倦了去寻找宇宙飞船、广袤的着陆场所或者足以支撑星际旅行工业所必需的大型建筑设施。这时，她转向那个自己挖出来的“怪物与公主”的解密游戏，列出一系列策略，以提醒自己所面临的困境。但谁是怪物，谁又是公主呢？随后，每当她想出一个新的解决办法，就会把之前自己的算计抹去。

在此期间，她品尝了更多的啸星食物，注意力从烘焙过的食品转移到水果上。她喜欢那些紫球的甜度，还有皱巴巴的绿色葡萄的酸味，但如果她在这里待得够久，就不得不品尝那些被切成一片一片的红球的苦味。她希望不会发生这样的事。她允许埃尼和米妮继续为她洗澡，而且已经习惯了他们对她外部性征的惊叹。

随后，那三个求婚者回来了。这一回，他们没戴头巾，露出了刚开始长头发的模样，就像平日里他们秃顶上长出来的那一团乌黑的绒毛。他们的长袍变成了裙子，裸露出胸膛。他们似乎比她想象中的更加强壮，当然，比起埃尼和米妮那光滑柔软的胸部，显然也更有肌肉。而这一回，他们带来了更多的礼物。

穿着银色长袍的人点了点头，阿莎对此理解为，对她社会地位的尊重或认可，他奉上一件银色长袍，一如他们第一次进门时所穿的那样，但也许更光彩夺目，上面镶着花哨的蓝色镶板，脖颈处和裙摆上曾有类似于花边的东西。“为了让您在伟大的时刻绚烂。”啸星人说。或许，那尖叫和啸声可能意味着“典礼”“加冕”或“登基”。

“希望它合身。”阿莎说着，把衣服递给埃尼。

第二个求婚者递出一串银链，每个链环上都镶着一块蓝色宝石，或者看上去像宝石的玻璃。“让您的伟大得到应有的认可。”求婚者说。

阿莎接过这根说不清是项链还是皮带的链子——它似乎太大了，无法绕在脖子上，却又太小了，兜不住她的腰——随后，她把它递给米妮。随从们似乎欣喜若狂。“看上去非常漂亮呢。”她说。

第三个求婚者拿出一双拖鞋，一只银色，另一只蓝色。“带您去往您的命定之地。”他说。

“希望这鞋合脚。”阿莎说着，转身把它们放在床上。而当她转回身时，他们都已经站在同一条线上了，仿佛就是在等待回应。“瞧，”她说，“对不起，孩子们——我想，这就是你们实际的，或者说，你们正在经历的转变，这是某种啸星世界独特的雌雄同体的过程——然而，我就是决定不了。你们不得不再来。”随后，她自言自语道：“我可不希望朝这个方向继续发展下去，我觉得，搞不好你们下次就不穿裙子来了，而且，我觉得，你们或许会长出某种生殖器吧，我可不想看到，甚至不愿去想那玩意儿究竟是什么意思。”

过了一会儿，他们转身离开了，这回查得更为仔细，以确保阿莎没跟在后面。门在他们身后发出咔嗒一声响，阿莎知道她又被锁在里面了，她必须在他们下次到来之前找到答案。

她再次转向镜子 / 接收器，研究超验机送她来的那座城市。她知道是这座城市，因为她总能找到那个带喷泉的广场，超验机就高高在上，架在喷泉正中。这一次，城市是黑暗的，只有零星的点点灯光。阿莎以前看到过夜景，但接收器从未让她看过天空。假如她能看到夜空的话，她本可以获得大量信息以看清自己现在的处境，然而，要么是控制器被限制了，要么，是根本不存在什么夜空。

阿莎正在思考这个问题，突然，她注意到一个庞大的身影，跟小矮人们那种精灵般的身材大相径庭，正从喷泉广场对面一座建筑物里走出来。“陶德。”她脱口而出，随后意识到，他不可能是杰弗里号上一同去朝圣的那个多利安人。可那毕竟是个多利安人，于是，她知道该如何拯救自己了。

第五章

声势浩大的雷雨渐渐和缓下来，最后雨停了。红色球体里发出的令人不安的声音也渐渐消散，这时，赖利听到身后传来另一个声音。赖利转过身去，是阿吼，他浑身颤抖着，也许是因为冷，也许是因为恐惧。赖利觉得，他是因为恐惧，于是他有点同情这个庞然大物了，他忍受着来自远古时期本能的恐惧，只是为了追随他，抑或是为了满足他自己的求知欲。

阿吼和他的族人或许有充分的理由避免在起风暴的时候来这个地方。除了暴风雨本身强大的力量，红色球体的共振也足以激起迷信的敬畏。很明显，这个结构是围绕球体而建的，也许是为了遏制其能量，也许是为了静默它那超自然的声音，也许是为了禁锢它，以至于它永远都无法回到它来自的天空。很明显，这个球体就是把工程师带来此世界的飞船，而正是这些工程师在神圣金字塔的中心建造了接收器和秘密隔间。

可现在，在过去若干个长周期里，屋顶已然坍塌，而球体也开始积蓄力量以复仇。因为，它不应该在这里，它应该把工程师们送回他们的家乡，或者把他们送去下一个项目。为什么没这么做？他们是不是死于某种异星疾病？在这颗行星上，在这个银河的旋臂里，远离他们的起源地和生命形态，远离他们的智慧和神秘科技。或者，既然他们到过许多异星世界，而且可以克服异星生物幸存下来，那么数百万个长周期之前的金字塔建造者们，会不会在他们从神圣金字塔里走出来的时候发现了他们，认定他们的行为是犯罪，因而对他们展开了屠杀，纯粹靠着爬行动物的凶狠和人海战术压倒了他们的武器？

无论是什么原因，超验机的工程师们依然没有回来，他们那坚不可摧的飞船就被扔在这儿，矗立在这片曾经的荒漠，提醒这些爬虫族们，天神曾经从天而降，拥有强大的力量，完成了伟大的壮举，最终却死了或者被杀了。阿吼的祖先肯定满怀恐惧，或许还有负罪感，也许正是这种掺杂了负罪、亵渎以及气候变迁的混合作用，才导致了他们的衰落。时间与自然的暴虐影响了其他的一切，却未曾侵蚀众神的战车，未来还可能产生更多的神明。或许，这会引来复仇之神乘着与此相似的战车来摧毁他们。把证据藏起来吧，遮住它，不要被无所不知的眼睛看到。

因此，金字塔建造者们运用了他们的技能去隐瞒，他们发扬先祖的精神，偷偷把它藏了起来。他们围绕着它建了这个结构，如果气候没发生改变也许是足够的，如果行星的冰河时代未曾结束，如果不是有大量的水进入海洋与湖泊的体系，如果那些可怕的暴雨——一如赖利刚刚经历过的——不曾改变区域性气候，不曾把整个星球都变成热带植物疯长的温室。然而，现在这一切，摧毁了隐藏那艘古老宇宙飞船的建筑结构。

把它留给他的拯救行动吧。只要他能弄明白怎么进到飞船里去。只要他能成功地进去，如何掌握其异星技术就是下一步的事情了。

阿吼在他身后发出了吼叫。这并非高声大吼，跟他们在丛林小道上相遇时的吼叫声不同，也不同于阿吼对那群恐龙模样的生物发表声明时的吼叫，当时他俩刚进入这座古城废墟周围的村子，而他们就像一群饥饿的食肉动物一样朝他俩扑过来。这是一个更为谨慎的咆哮，赖利已经开始有些理解了。

“你是想告诉我，这是个糟糕的地方，我们应该在它毁掉我们之前摆脱它。”赖利用自己的语言说道，“好吧，我们还不能走呢。我必须弄明白这艘船的入口，然后我会做些你觉得相当可怕的事。所以你最好回到你族人身边去，也许我日后还能再见到你，也许见不到了。”

阿吼再次吼叫起来，这一次更加哀怨，如果有这可能的话。他往后退了几步，蹲下来，望着赖利，前后摇动着脑袋，仿佛是在尝试着自我安慰。

赖利转向红球。它高高耸立，比他的头顶高出几米。他看不到顶部，只能从中间部分的弧度来估计它的高度。从天花板跌落的碎片散落在四周，看上去没有明显的损坏，而它闪闪发亮的表面上毫无灰尘和污渍，仿若是被那经常要经受的倾盆大雨冲洗干净了，抑或是某些不灭的电子电荷排斥了异物。

赖利围着那艘古老的飞船转了一圈，爬过成堆的石头，蹚过雨水坑，但红色球体那闪闪发光毫无瑕疵的表面没有任何裂痕，没有任何暗示着入口的线。他回到原来的起点，而阿吼依然耐心地等在那里，战胜了远祖遗留下来的恐惧，瞪着红红的，或许是焦虑的眼睛，注视着他。

“好吧，阿吼，”赖利说，“从来没人跟我说过这会很容易。”

阿吼发出一声低吼。

“没错，”赖利说，“也许入口在船的上半部，我够不着，也看不见。但那毫无意义。这些人不是那种会用梯子，呃，爬下地表的人。他们需要地面出口以供机器或车辆出入，以便将机器运到金字塔。除非他们有类似反重力的东西。呃，我不相信反重力，阿吼，至少现在还不信。这里面有些事我从来没想过，但我会好好想想的。”

然后，一个可怕的想法映入他的脑际：也许是那艘船出了机械故障，又有另一艘船被派下来把工程师们接走了！

赖利举起他的棍子，沮丧地敲打着红球的边缘。它叹息着，宛若某个垂死巨人惆怅的呼吸。赖利转过身来，阿吼畏缩地跟在他身后，但并没有逃跑。“从这里，我们哪儿都去不了，”赖利说，“一起回你的窝棚吧，好好把这件事想清楚。”

他从阿吼身边走过，不再担心这个强悍的外星人会突然发起袭击，但依然敏锐地意识到这种恐龙模样的生物身上发出的恶臭——就跟这个充斥着腐朽气息的世界本身一样。他们往回走，阿吼跟在后面。赖利可以感觉到，当他们穿过城市废墟，走向城市周围屹立的石屋时，阿吼的焦虑情绪明显放松下来。他走进阿吼的小屋，仿佛那是他自己的屋子，随后在矮桌旁蹲了下来。桌子上还摆着剩饭，是上次阿吼端出来那顿剩下的。其他恐龙模样的家伙没一个跟进来的。当他和阿吼从圣所出来之后，他们就再次聚集起来，零散的，或者聚成小组，沿着道路两侧集结，但阿吼显然占据着某种权力地位，使他和他那行走的食物可以免遭攻击，使其住所免受侵犯。

赖利从桌子上拿起一块水果放进嘴里，并不在乎那是什么，尝起来如何。他有个问题，他需要好好思考这个问题，用经过超验机从混乱和低效中解放出来的清晰头脑来思考。阿吼坐在桌子的另一边，比赖利更自然地蹲着，盯着赖利，好像在担心随时都可能发生的某种变化。他没去注意面前的腐肉，如今上面爬满了昆虫，一股令人难以抵挡的恶臭直接传到桌子对面的赖利那里。

“我们所需要的，”赖利说，“是沟通的能力。”他把这句话变成了一声吼叫，这让他自己和阿吼同样大吃一惊。赖利发现，当他专注于当下问题的同时，脑子里其实一直在研究阿吼的语言，就好像他的微脑依然在那里，就在他大脑里，进行着各自独立的、陌生的处理过程。

阿吼吼道：“天神说话了。”

“我在找那些机器。”——那是什么？阿吼回忆起建筑物里那个红色的球体。——“那是来自天神的诅咒。”

“这个被诅咒的东西带来了没有生命的死亡。”阿吼说。他的吼声中带着颤抖，暗示着，甚至连讲这些话都是危险的。

对于一个信仰神圣葬礼的民族来说，“没有生命的死亡”可能意味着“摧毁灵魂及其重生”。“然而，”赖利说，“你用了神物来驱动你的船。”他在这里揣测着，阿吼船上的推进系统，应该属于某种用之不竭的发动机，可以将空气或水向后推，以此推动小船前进。这显然超出了阿吼族人的技术能力，甚至超过那些建造金字塔和城市的人。

“一个来自古人的礼物。”阿吼说。

赖利想，他的意思是，他的古人同类，城市的建设者，摧毁了来自天上的众神，那些古人接管了他们可以管的装置，并把它们变成了自己的。“古人留下的礼物还有吗？”赖利问。也许古代工程师曾用某种装置打开了他们的飞船，这种装置以某种方式代代相传，其原本的用途，即使人们曾经知道，如今也已经湮没在远古的时间长河中了。

“没有。”阿吼说。

希望渺茫。不管赖利如何试图窥探阿吼的记忆，他都无法再从阿吼那里获得更多的东西，要么是因为阿吼不愿回忆那些被禁的传说，要么是赖利对阿吼的语言理解不足，要么是语言本身太过贫乏，要么是阿吼的沟通能力有欠缺，以至于无法处理这些假定或推测。

赖利吃完了他那寒酸的一餐，尽管他并不觉得特别饿，也许是因为他现在的身体更高效吧。阿吼如今无须应答这个他认为是神的家伙，于是扫开那些昆虫，把他那副可怕的牙齿深埋在面前的一大块肉里。后来，夜幕开始慢慢堆积在阿吼家石屋敞开的门廊前，赖利找到一个角落，在里面伸展了身子，背靠一堵凉爽而结实的墙壁躺下，头枕着满是灰尘的石头地面。

他没觉得多么需要睡眠，并由此意识到了休息的效率。现在他明白阿莎说她自己几乎从不睡觉是什么意思了。取而代之的是一段宁静时刻，依然是思绪万千，各种念头此起彼伏。此时此刻，会有无意识的开始帮他理清思路的过程，而他希望，能借此能找到答案。

尽管他现在的思路前所未有的清晰和准确，但他的新状态并不能保证可以找到解决问题的办法，其答案早已被掩埋在古代遗迹和上百万年的长周期里了。

四小时三十七分钟后，他猛然惊醒，惊讶地发现自己睡着了，随后意识到小屋外有动静。他把手放在棍子上，跪了起来，正准备一跃而起，但阿吼就站在他身前。阿吼早就起来了，早就已经守着夜幕中的门廊了。恐龙般的生物咆哮着，外面传来沉重的脚步声，四散而去。

显然，阿吼的地位受到了损害，因为他与一个这村里从未见过的生物建立了某种关系，而这生物唯一的价值——如果有的话——就是一顿美餐。我的肉可能对你们有毒，赖利想，我很小心地针对外来生物和细菌进化了我自己，你们的身体可从来没遇到过这种事。但如果，他真被那些贪婪的食肉动物吃掉的话，这也算是个小小的安慰。

随后，他记起另一件曾经唤醒他的事。他一直梦见那个传送他过来的密室，他曾那么努力地寻找出路。在梦里，他从密室中钻了出来，走进外面简陋的甬道，而门在他身后合拢了。在回放过程中，他想到了之前从未考虑过的，有可能进入古代宇宙飞船的方法。

“我们现在该走了。”赖利告诉阿吼，“在你的族人”——他在小屋的入口处挥着手，希望这个手势在阿吼的文化中意味着什么——“回来之前。”他不知道该用什么词形容“朋友”，如果在这个不吃人就被人吃的世界确实存在“朋友”概念的话。

赖利与阿吼擦身而过，步入夜色之中。天空一片澄净，只有几颗散落的星星发出黯淡的光。阿吼的世界，似乎位于旋臂的远端，这也许解释了为什么银河联邦的代表从未造访过它，或者，就算曾经造访过，它也早已被遗弃而自行陷入了荒蛮。即使是联邦也无法指望驯化这些爬行类食肉动物。

也许超验机那些人还对它们抱有希望，如果，确实如此的话，这就是接收器安在这儿的原因。赖利现在觉得，接收器就是为了这个原因，才被四散藏在它自己旋臂的各处。但它们也很容易变成未来侵略者的侦察哨站，被某个侵略成性的文明利用，从临近的旋臂跑过来。

无论如何，红色球体未能与其工程师们一起返回，这或许也会让造出超验机的人气馁。抑或是，在他们完成跨星系项目之前，蛛型兽消灭了造出机器的人。赖利认为，蛛型兽其实是机器制造者退化的后代，而不是制造者本身。

又或者，机器制造者已经成功了，而赖利所了解的星系可能就是他们计划实施的结果。也许，机器制造者就在他们中间。也许，组成银河联邦的物种之一就是机器制造者。

但所有这些似乎都不大可能，而且肯定是不相关的。最重要的是，他必须在那些不受阿吼节制的食肉动物袭击他之前，到达城市废墟和那个收纳红色球体的建筑物里。黑暗中有些动静，阿吼在他身后吼了起来。这是警告，警告那些跟在他们身后等待发起进攻的人。“我是你们的头儿！”他怒吼说，“头人的儿子！头人的儿子的儿子！而你们会死在我的利齿之下！”

赖利不在乎阿吼是否跟着。他并不喜欢把阿吼丢在他所畏惧的城市废墟里，他不能因为自己要逃离这个世界找到阿莎，就利用一个野蛮人来满足所需，然后把阿吼留给他愤怒的部落。然而，现在他很高兴阿吼跟来了。

他加快了步伐，即使在黑暗中，他也能记得他们走过的每一步，甚至是路上每一块倒下的石头。如果他们能到达那座城市，追赶他们的人就有可能会因为过于畏惧而不敢继续追击。

当追捕者发起袭击的时候，废墟外围只剩几步之遥。赖利拿着棍子。阿吼用他那可怕的头和牙齿，加上他强有力的腿，击败了第一波。一群人后撤，留下一地的鲜血和伤者。赖利说：“快，在他们再次发起进攻前进城。”随后他转身向废墟跑去，不理会身后的脚步声到底来自阿吼还是饥肠辘辘的掠食者。

当他抵达废墟边缘时，追捕者的声音渐渐消失了，只剩下他自己的呼吸和阿吼沉重的脚步所发出的孤寂声音。当他们走近那座已经被赖利当成红球博物馆的建筑物时，赖利转过身来。黄色的太阳正从遥远的丛林顶端慢慢升起，赖利可以看到阿吼的伤口和仿佛断臂的东西。“我要去干坏事了，”赖利用阿吼的语言说，“你不会想与此事有任何关联的。我不知道你现在打算怎么办。也许你的族人会在我走后接受你回去。”——如果，我是对的，他想——“至少我希望如此。可是，我留下对我们两个都没任何好处。”

他意识到，即使不是朋友，他也已经把阿吼当成伙伴了。阿吼红着眼睛盯着赖利，一眨不眨。赖利望着阿吼的眼睛，不确定他的声明在多大程度上能说服阿吼。他用自己的语言说道：“再见，兄弟。你帮了我很大的忙，我没任何权利指望你能做到这个地步。”他忍住冲动，没伸手去拍这个丑家伙的头，而是转身，走进博物馆。红球在阳光的反射之下被映得通红。赖利绕着它转，心里想着，不知道超验机接收器所在那个地方的出口究竟在哪里。他还没检查过；只是，他知道，他原本以为的那条回家之路，已经被永远地封死了。

赖利伸出手在球体表面摸索着，直到他发现表面某处有一个突然的凹陷，而他的手，突然就从腕部开始消失了。他咽了一口唾沫，深吸气，随后继续向前。突然，他的整个身体感到一股凉意，阵阵发麻，与此同时，光线变成了玫瑰色，然后，又变成了日光。

第六章

阿莎的侍从们还在睡觉，蜷缩在床脚边。这时，阿莎坐了起来，把脚搁在地板上，站起身。她悄悄走到墙角，她的侍从们曾经从那里取过毛巾，求婚者们带来的那些花哨衣服也放在那里。她见过侍从们如何打开墙壁，于是轻轻一碰，墙壁就像橱柜门一样敞开了。她翻遍了折好的一打打衣物，终于找到了她穿着去超验机世界的那一身，这是第三位求婚者送回来的。她果断地穿上这身衣服，下面地板上放着她的旧凉鞋，她把鞋也穿好了。

她走到对面墙壁处，打开镜子 / 接收器，然后切换到怪物与公主的拼图。很快，她又做了一遍，只不过，这一次她完成了：怪物的最佳搜索策略总是找到公主，而公主的最佳回避策略总是让她得以逃脱。就像所有这种谜题一样，如果双方都采用他们的最佳策略，就会形成僵局。

当她填完最后一个答案时，门锁咔嗒一声打开了。解决这个难题的办法，很显然，就是承认她的平等地位，而作为公民，她将不再受到限制。阿莎走到门口，最后看了一眼睡梦中的侍从。“对不起，伙计们。”她张了张嘴，默默穿过敞开的大门。

正如她所料，大房间是空着的，当她走近时，通往广场的那扇巨门打开了。她在入口处停了下来。出乎意料的是，夜晚几乎像白天一样明亮。她走进广场，一抬头，就明白了为什么：天空中星光灿烂——那不是她在联邦中心习以为常的数千颗繁星，当然也不是端点星那种几百颗星星闪烁，更不是大星湾零散的几颗小星星，而是数万颗星星争相把它们邪恶的星光洒向啸星。

怪不得啸星的小人们都如此害怕天空。与其说啸星是位于旋臂的远端，不如说是更靠近星系中心，靠近所有这些聚集在一起的恒星。其中之一可能是中心黑洞，看起来跟其他黑洞差不多，不过是夜幕上的一个小孔，但其周围环绕着一个巨大的堆积层，由即将死去的太阳和它们注定毁灭的行星构成，并不断释放出致命辐射，好在现在基本被啸星大气层吸收了。然而，啸星上空总是会隐约出现某个超新星爆炸的威胁，夜空中闪过可怕的亮光，这会释放出一连串宇宙射线，而对它们来说，大气层起不到丝毫保护作用。在没有防辐射装备的情况下，飞船冲出大气层进入充满敌意的外太空，简直就是自杀。致命辐射在高层空间覆盖了整座行星，即使是在啸星空中旅行，也会有受到致命辐射的危险。

她穿过广场向另一边的建筑走去，此刻，唯一的声音就是她那低沉的脚步声，以及中央喷泉喷溅的水声。空气温和，略带啸星特有的檀香味。她仰望着坚不可摧的超验机，它就坐落在喷泉神圣的顶端，她思考着它所暗示的一切：古老的技术被重新定义为神迹，早已被遗忘的计划和梦想，如同当代神话般重生。没什么需要忍耐的，一切都会焕然一新。然而，她思忖着，我们还在挣扎，希望能有所作为，试图让我们短暂的存在有点意义。

广场上的建筑，大小和装饰各不相同，但它们都是紧贴邻居构建的，中间毫无间隔，就像她看到过的地球上大城市的照片，跟超验机建造者所建的城市一模一样。广场上唯一被独立出来的大厦，就是关她的那个宫殿。广场上每个拐角处都有大街，以供人们进进出出，尽管，她从来没在这里见到过车辆。也许，货车直接走后面。

阿莎来到一栋建筑物的正门口，比旁边其他的建筑物更高大更艳丽，门前是一大片翠绿的彩绘或瓷砖，或许会让人联想到郁郁葱葱的多利安平原。楼梯并未变成迎接的斜坡。事实上，她压根就不受欢迎。两扇门顽固地紧闭着，阿莎于是开始寻找门铃或门环的迹象。她找不到人，于是站在门口和门框的正前方挥手，一如她学会的控制镜子／接收器和橱柜的方式。然而，无人应答。如果是她搞错了大楼，里面的住客一定是打出生起就习惯于躲避黑夜的啸星人。

然而，她不是。她伸出拳头来，开始捶打大门。声音在空荡荡的广场回荡着，正常情况下，这扰人的回音可能会引来一群或好奇或惊慌的观众，或许，是身穿制服的和平卫士。没有回应。于是，她再次捶门。终于，她听到从大门另一侧传来的低沉声音。“滚开！”他用啸星语说。

“我没法走开，”阿莎回答道，“我需要你的帮助。”

“滚开！”那高亢的声音重复道，“你根本不存在！”

“你必须让我进去。我援引我作为联邦公民的权利！”她找不到啸星语来形容“权利”“联邦”或“公民”，所以用了银河标准语来替代。

“走开！”那声音再次响起，听上去充满哀怨。

阿莎转用多利安语说：“我援引我的庇护权！”

那声音陷入沉寂。

过了一会儿，门摇晃着打开了。

里面是个矮个子啸星人。他可能就是曾经的“埃尼”或“米妮”，可出于对她或黑夜的畏惧，他沿着光滑的石质地板，缩回到木质门厅里。黑漆漆的走廊沿着左右两边各自延伸，对面墙上，大门紧闭。门厅中央放着一只高大的花瓶——这些人和他们的花瓶究竟是怎么回事？——她猜测着，花瓶上雕刻的图案讲的到底是什么故事，不知道自己是否有机会成功解读。

她一边观察，一边关上身后的大门。啸星人的焦虑不安立刻得到了缓解，仿若已经确信不会再有夜间生物跟在阿莎后面进来。这个地方和她面前的这个人都散发着檀香的气息，还有食草动物身上常见的甲烷味道，于是，她知道自己找对了地方。

“你是那个被选中的人。”啸星人说着，语气中带了些许敬畏或崇敬，阿莎却未必能分清这两者之间的区别。

“他们是这么告诉我的，”阿莎说，“但现在我是一名银河公民。”她继续说着，又再次使用多利安语替代了这句话。显然，啸星人听得懂，即使他那精致的声带无法发出多利安人的咕哝声。“去叫醒大使。”阿莎蛮横地说，希望多利安语里对银河联邦代表的称谓是恰当的，而她在这些小人中的地位足以让她的语气听上去很正常。“然后，带我去一个我们可以见面的地方。”

啸星人看起来有些不知所措，随后，显然是下定决心不能把阿莎留在门廊里，于是领着她朝远处那扇门走去。当他们走近时，门开了，阿莎走了进去，而啸星人就站在一旁，随后转身离开去找大使。阿莎希望他是去找大使了，而不是找警卫把她轰出去，或更糟。

这房间曾经是书房或办公室，远处有个巨大的立式书桌，适合某个站比坐或卧更适合的物种。这房间很大，仿佛使用它的人在开阔空间会感觉更加舒适。木镶板的墙壁上装饰着一幅幅风景画，草原一望无际，波浪起伏，草地上点缀着星星点点的树丛，围绕在沟渠或池塘周围。然而，当她看着这些图画的时候，画面动了起来，草原滚动着，树枝摇曳，仿佛被微风吹拂一样。阿莎几乎能闻到草的味道，随即，她意识到，自己居然能闻到草香。对于一个远离家乡和宝贵童年的生物来说，这间屋子一定是非常舒适的。

没有椅子。任何寻求与大使会晤的人都得像他一样站着，没有任何便利设施可以给人以慰藉之感，也让人找不到任何逗留的借口。

阿莎感到身后出现了一道身影，接着是沉重的脚步声。她站在一旁，一个大象模样的多利安人迈着笨拙的步伐从她身边走过，几乎把她带进他的轨道，犹如一颗被巨大星体捕获的卫星。这个多利安人长得很像陶德，那个在杰弗里号朝圣之旅中时而会背叛她的同伴，只是更老，更灰，更庞大。多利安人继续在地板上穿行，直到他转身，站在书桌后面，靠在他那撑在地上的健硕的尾巴上，然后看着阿莎。以阿莎对多利安人的了解，他的目光中饱含蔑视，其中还混杂着因为在啸星世界的夜晚被唤醒的愤怒，或许，还带着一丝冷酷和凶残。

“你不是啸星人。”多利安人说着，发音有些困难，他的声带结构并不适合发出啸叫音。

“我是人类。”阿莎用多利安语回答道。

“我从来没见过人类。”这位大使质疑地说，拧了一下他的短鼻，她知道那是个附属工具，可能是个精巧的机械手，抑或是致命武器。他不再是“它”了。男性多利安人的身材比女性高大，他们只在旅行或盛大节日的时候才穿衣服。大多数情况下，他们都赤身裸体，而这个多利安人显然是男性。“你看起来并不危险。”

“和你们的种族不同，我们生来就是为生存而战的。”

“然而，”多利安人说，“你看起来并不危险。你是怎么到这儿来的？”

“用魔法。”

“多利安人不相信魔法。”

“超出我们理解范围内的行动只能被描述为魔法。”

“没什么是多利安人无法理解的。”

“那你就必须解释我是如何出现在这个世界上的，此地如此危险地靠近银河中心，除了你自己，没有任何其他异星人来过这里。”

“你肯定有艘船。”

“那你早就该注意到它的到来了，正如你所知道的，没任何飞船抵达此地。因此，你来解释一下，我究竟是如何碰巧出现在喷泉顶部那个圣器里的。”

“啊，”大使说，“你是被选中的那个。”

“他们也是这么告诉我的。”

“在啸星人的原始神学中，相信会从这个喷泉中生出一位救世主。在银河联邦与啸星开始接触的历史上，还从来没有任何东西从那喷泉里出来过。而且，在啸星历史里，只有骗子才敢在夜里出来。同样，在啸星神话里，只有怪物才在夜间游荡。然而，你两者都不是。”

“我或许是怪物，或许是公主。但我肯定是通过某种我无法解释的方法到这儿来的。”

“那你又打算跟我解释什么？”大使问。

“解释，为什么你要借给我一艘船离开这个世界。”

大使打量着她，似乎拿不定主意，到底该为阿莎的鲁莽而感到可笑，还是该对打断他的睡眠浪费他的时间而感到不耐烦。“把你杀了会更简单些。”他说着，抬起他的象鼻，仿佛是要召集卫兵。

“这会是一个错误。”阿莎说着，竭力不改变自己的姿态，也不让自己的声音听上去有丝毫迟疑。

他们之间的沉默持续了很久，大使似乎在等阿莎道歉，收回她的请求，随后，如果他愿意慈悲为怀，他会让她享受一次快速且相对而言不那么痛苦的处决。“你看起来并不疯狂，”最后他说，“可你却说了这么些疯狂的话。”

“如果你杀了我，”阿莎坚定地说，“啸星人会转而抵制你。”

“他们怎么会知道？”

“你的啸星侍从知道，”阿莎说，“虽然你可以杀死他，但毫无疑问，他已经唤醒了他的同伴，并告诉他们说，被选中的那个，已经现身于可怕的夜晚，去见那位厉害的大使。你虽然可以把他们全都杀死，但你无法确定这些话有没有逃出墙外去，而这么多人的死亡是你无法解释的，所有这些都会毁掉你的使命。”

“我的使命？”大使追问道，“一个微不足道的人类能知道我的使命是什么？”

“你们来到这个星球唯一可能的理由，就是引导这些人具备星际航行的能力，然后引导他们成为联邦公民。”

如果多利安人的脸能够表达出气馁的神情，那大使的脸色就一定如此。或许他们是通过低垂的象鼻来表达的。“这是一项不可能完成的任务。”他说，“他们是个令人沮丧的民族，也许就像我们多利安人一样。我是指，在我们从肥沃的平原被赶到山区宏城之前。”——他似乎极其反感他自己所做出的这番比较——“他们太幸福了，太满足于自己小小的生活，因为缺乏战争和个人冲突而过得太安逸了。”

“而且，他们太害怕夜空了。”

“这也是原因之一，”大使说，“我看不出有任何成功的可能。”

“你接受失败吗？”阿莎问道，“对多利安人来说，那就是自杀。或者更糟的是，丢脸。”

“是的。”

“这就是为什么，你得给我一艘船。”

“那是不可能的，”大使说。“我的船在我任务完成之前是不会离开的，而在我有生之年，这可能永远不会发生。”最后这句话似乎带着一定程度的绝望。

“但你可以提供一艘具有星际航行能力的驳船，”阿莎说，“或许，是船长驳船。”

“提醒我一下，我为什么要那么做？”

“因为我将会拯救你的使命。”

大使盯着阿莎看了许久，仿佛在想，站在他面前这个瘦小而畸形的人，怎么就敢打包票能完成他无法完成的任务呢？“那你打算怎么做？”

“啸星人计划让我选择他们中的一个做伴侣、配偶或替罪羊——不管在他们的神话里是怎么说的。我们本该在广场喷泉那个古工坊里参加某种仪式。然而你得在晚上把船长的驳船带到广场去。我会选择一个求婚者，可我们不会去喷泉，而是到船长驳船那儿，乘船离开。这起单一事件，会让每个人都不得不仰望天空，想象这对神圣的夫妇升入天空的情景。毫无疑问，这将改变啸星人的心理，治疗他们对太空的厌恶，并开启他们的星空之旅。”

大使瞪大眼睛望着阿莎，一股更加浓烈的甲烷气味弥漫在空气中。

“并且，带给你莫大的荣誉。”阿莎说。

就这样，如今，阿莎身着礼服，站在一艘微缩太空船的入口处，身旁是一个浑身颤抖的啸星人。她礼仪性地朝挤满啸星人的广场挥了挥手。

如今，她身旁那个啸星人已经发育出了完全成熟的男性生殖器，就隐藏在与她相同的华服之下。她握住他那只有四根手指的手，转身走入飞船。

这个啸星人就是第三个求婚者，他至少有点想法，知道该如何取悦于一个从魔法工坊中走出的陌生人。她还不知道要拿他怎么办。

但她会想出办法来的。

第七章

赖利感到身后有动静，听到一阵刺耳的喘息声，那不是他自己的。他转身。身后是阿吼，吓得直哆嗦，红眼睛瞪得大大的，不停地摇晃着脑袋。对一只恐龙来说，这看起来很荒谬，但赖利明白，阿吼需要多大的勇气，才敢跟随他穿过魔法门进入恶魔之地。但这一切并未改变绝望的形势。

"回去！"赖利操着他那半生不熟的恐龙语说。

阿吼摇晃着他的头。赖利并不知道这是表示拒绝，还是不由自主的抽搐，但阿吼既没有转身，也没有后退。

"走！"赖利重复道，"走开！"

阿吼仍然一动不动。最后他开口说道："我必须这么做。"他的吼声中带着一种充满悲哀的克制。

"不可以！不可能的！"

"我必须为我的族人这么做。"

"无论你以为你是在做什么，"赖利用他自己的语言说，"你没法把它开起来。"随后，他盯着阿吼的眼睛说："没用的。"

阿吼爆发出一连串赖利难以理解的嘶吼。其中有各种不同的变调和变奏，他以前从未听到过，也许以后也不会再听到，但他多少猜出了一个大概意思："我的族人们必须重新获得他们古老的荣耀，在那伟大的岁月里，他们建造了这座城市，建造了那座金字塔，里面承载着那位先祖升仙成神的神圣遗骸，他们一定能带回过去的好日子，一如诸神还在我们人间行走的时候。你和这个可怕的家伙是我们唯一的希望。第一次看见你从金字塔上下来的时候，我就知道你是神灵——抑或是我们的伟大先祖重生——我知道你是我们的希望，可以将我们从野蛮和腐朽中拯救出来。”或许，赖利想，如果他是阿吼的话，恐怕也就只能说出这些话来了。

当阿吼停下不再继续说的时候，赖利看着眼前这个危险而又可怜的家伙，说道：“我不大能理解所有这些，但我知道一件事：我不是神。我无法使诸神复活，也不能再现旧日的荣耀。你的祖先们杀死了造这艘船的诸神，那些曾行走在你们中间的人。而他们不会再回来了。”

“我们是杀死了诸神，”阿吼说着，仿佛接受了这一谴责，这是上百万个长周期之前祖先所犯下的罪孽，就像基督徒接受亚当堕落的原罪一样，“但我们已经受够了。”

“你说得对：你的族人已经受够了。但你必须回到你该去的地方！现在你知道了，只要战胜恐惧你就能做到。你可以带领你的族人回到过去的美好时光。而如果你不离开这里，就永远无法回到你的族人身边。如果我能弄明白这艘船是怎么操作的，并能再次启动它——尽管这不大可能——我就能到我要去的地方，而一旦走了，你可就再也回不来了。你会死在这个可怕的地方，而我可能会跟你一起死。”赖利有他自己对于“恐怖”的理解。

这么个古代工艺品依然维持原有功能的概率很低，而他能找到什么办法再次把它当飞船来操控的概率就更低。即便如此，赖利还是在想，跟阿吼一起共用这个红色球体内部空间的可能性，想着各种可怕的场景。太空无边无际，空无一物，要想找到一条穿越星际的道路则充满了危险，而与饥饿的食肉动物共用飞船就更糟了。他身处一个奇怪的飞行器里，其食物供给装置，即使能够为异星生物提供适合的物质，那也已经有上百万个长周期了。同样，燃料也是如此，无论它用的是什么燃料。即使它可以用不会腐烂的无机物生产或制造食物，可生产出来的东西会让食肉动物觉得那是食物吗？当身边一直有某个远比人造食品更令人满意的猎物存在的时候？

恐怕，即使是本性善良的恐龙也无法抗拒。“你必须离开！”赖利再次说道。

阿吼停止了颤抖。他瞪着红眼睛紧紧盯着赖利，露出食肉动物的满嘴獠牙，吼了起来。

“我把这当成是‘不’。”赖利说着转向飞船。他努力想说服阿吼，但他犯了个致命的错误，于是，他在心里做了个笔记——不要和恐龙争辩。而此时此刻，飞船内部已经围着他动起来了。

他所期待的是甬道和隔室，可实际上，墙壁却如同水罐里倒出的稠奶油一样流动着。或者说，更像是血。船里也是红宝石色，跟外面一样。这种切换的内部技术应该说是某种超越自然的魔力，某种可以在可塑性和非渗透性之间切换的先进技术，是某种可以感知其中生物形状与尺寸的准智能材料，并适应他们的需求——也许，就是当他跨过那个可渗透入口的时候感应到的。

这可能是个值得鼓舞的进程，它暗示说，这艘船或许还能调整其他功能，以满足他和阿吼的食物需求，以及他想要控制船只的需求——这一切虽然令人鼓舞，但同时，又是令人失望的。他无法在此找到任何线索，依然无法了解超验机创造者的本质，或许，也无法找到任何相关记录，以了解其文明或其真实意图。他们把这变化万千的飞船弄得太好了。他们创造了一艘可以适应任意生物的运输工具，却抹杀了自己的身份。

但至少，他有了他们的技术，赖利想，如果他能把它带回到文明的太空星域，这也许会成为有史以来最伟大的发现。如果他能回得去的话。

他被包围着，几乎该说是被包裹在流动的红色墙壁中，他多么希望阿吼是色盲，或者至少他的进食反射不会受到颜色的激发。当赖利移向一面翻滚的墙壁时，他脚下的地板变得坚实而光滑。当他走近时，墙自然成形了，在他面前展开一道门廊，通往远处尚未成形的空间。这个通道，如果这也算是通道的话，并非我们人类所熟悉的结构，甚至也不是银河联邦的。不是方方正正的，但很实用，带着圆角。它们似乎是根据他的动作而不断调整的，随着他朝里走的步伐不断自我塑形。墙壁感觉很牢固，但他有种感觉，总觉得这些墙随时可能垮掉，砸在他身上。

走出几步之后，一个隔间形成了。一开始只是光秃秃的墙，闪烁着微光以示存在，后来，当赖利走进来的时候，对面墙上伸出一个托盘，而相邻的墙面上出现了一个没有排水口的水盆。赖利想知道，如果他把手伸进水盆，里面会不会注满液体，或者水，抑或是用声波来清洗，又或者，是否会有什么水龙头从水盆上方冒出来，也许下面也会有个排水口，再或者，液体会像水盆的物化一样，神奇地消失在墙里。这个红色的球体就像童话中的小木屋，用魔法让愿望成真，只不过，这里的愿望无须表达，甚至不用构思，都是预料之中的事。当他这么想的时候，某种凳子样的东西从地板上冒了出来，就像森林里的蘑菇，中间有个开口，让人联想到排泄物处理系统。地板正中长出一个平面，最后变成一张桌子，旁边是个墩子，上面有个奇形怪状如同马鞍模样的座位。

他的身体需求显然已经得到了评估和满足。然而，到目前为止，还是没有食物或水的来源，也没有控制室。赖利看了看身后。阿吼紧跟着他，此刻正站在那里，瞪大了眼睛，僵在那里一动不动，仿佛是被隔间的造型和家具的凭空出现给惊呆了。也许，赖利想，如果阿吼走在前面，或者他自己单独走的时候，隔间或类似的什么东西，会不会去适应他的需求。又或者，阿吼可能必须适应飞船对赖利的需求分析，因为赖利是第一个进入者。他想知道，阿吼要如何使用这个马桶。随便吧。反正在他充满危险的生活中，阿吼已经克服了比这多得多的困难。

赖利穿过隔间，对面那堵墙一边吸回托盘，一边在他面前打开。走过一条短廊，又一个隔间打开了。在那里，就在他眼皮子底下，一扇窗户从旁边墙上逐渐成形，另有一张桌子从地面上冒了出来。赖利走到窗前。这更像一个橱柜，空荡荡地通向黑暗。赖利在它前面挥动双手，可没什么效果，于是他试探性地将一只手指插入黑暗空间。若干亮点突然出现，仿佛就悬在空中。他的手指没遇到任何阻碍，也没任何感觉，于是，他插入了他的其他手指，随后是整只右手。光点变得愈发明亮，他把手放在光点间移动着，离得近的光点会变得更亮，而其余的就会黯淡下来。很明显，这是某种选择的过程，但他还不知道那是什么，而在他继续之前，可能还需要一些探索。除此之外，他还闻到一些气味，这些气味与阿吼呼吸时发出的臭味有所不同——这些气味可能是从食物中散发出来的（如果“食物”这个词适用于某个广义而灵活度很高的范围）。或许，这个窗户 / 橱柜正是他所需要的食物来源，只要他能想办法让它运作起来。

他收回手，听到身后传来一声轻吼。阿吼依然跟在他后面，或许，他是害怕被落在后面离得太远，但也同样害怕跟着走进这片神奇的变幻之地。赖利继续朝对面那堵墙走去。他亲眼看着门开了，露出另一个正在创建中的新隔间。在这里，尽管，地板上长出了隆起，也有裂缝，但赖利可以断定，这些东西没什么用，也不具备什么功能。当他绕过它们，朝对面那堵墙走过去的时候，他又想，或许，那些是基于恐龙的需求，通过某种异星的猜测方法，为阿吼准备的。然而，阿吼似乎并不喜欢这些。他等在远处的走廊里。也许，这艘船的分析能力并非尽善尽美，又或者，它可能必须做若干试验，才能找到正确的安排。

当赖利走近时，对面那堵墙却没有打开。侧面墙也没有。很明显，赖利已经达到飞船适应的极限，或者是它愿意接纳他的极限。赖利回到走廊。和其他隔间不同的是，它并未在他身后关闭。赖利想，因为阿吼在场，所以门一直开着。当赖利走近时，阿吼笨拙地让到一边，跟在他身后。赖利穿过前面隔间，测了一下那里的墙壁，这才走回他进去时候的那堵墙。当他走近时，门开了。他发现自己再次回到现在被他认定为生活舱的地方。他转向左边的墙。当他朝那堵墙走过去的时候，墙面打开了，后面是一条走廊，连着一个独立空间，空荡荡的，就在他的注视之下渐渐成形。

一个控制面板从对面墙上伸过来，面板正前方，一个凳子从地板上挤了出来，很像之前他刚刚离开的那个房间里的凳子，而面板上方那堵空白的方形墙壁则变成了某种看似窗户的东西。

赖利找到了控制室。

赖利走到舱室的另一侧，盯着他认为是控制面板的空白表面。这是一个红色半透明的神秘物件。没这么简单。

他在凳子上坐下，右手放在面板上稳住身子。两件事同时发生了：像马鞍一样的凳面在他身下自动进行了调整，紧紧地裹着他的臀部，卡住他，使他无法脱身；而他的右手则陷进了面板，就好像那是一团制陶的黏土。他扭动臀部，凳子的包裹松开了。他可不打算做囚徒。他抬起手，看着手印渐渐被填满。他把手放了回去，凹痕也再次出现，跟他的手形严丝合缝。他又把左手也放在面板上，同样，面板的表面沉了下去。他等了一会儿，什么都没发生。

他前面的窗户黑漆漆的。也许这跟他现在认为是就餐区的窗户差不多——只不过，里面的菜单不是为了点菜，而是为了导航。他举起右手，慢慢地朝窗户里面推进去。他的手指在探入空间时并未遇到任何阻力，但窗户却点亮了，没有神秘的曲线，而是岩石废墟的外形外貌。过了一会儿，赖利认出那些就是红色圆球博物馆坍塌的墙壁和屋顶。岩石和树木看起来如此牢固而真实，但赖利的手却从它们中间穿了过去。与此同时，他感觉到了舱室的变化，并不是像他刚刚曾经历过的飞船的转化，而是，好像飞船移动了。

当赖利改变他的手在柜子里的位置时，新的场景出现了，仿佛他能看到某种连续性的攀升，从楼底到墙壁再沿着墙面向上，直到高耸入云的屋顶，以致头顶的天空，在他看起来，几乎真实得可以触碰。他摸了摸屋顶的仿真图，飞船在他身下开始抬升。他握住那个现在他认为是全息投影的东西，也许是某种更神奇的什么。窗洞里立刻满是明亮的天空，而赖利觉察到一种熟悉的加速感。马鞍似的座位再次抓住了他，他意识到这是对移动飞船力量的某种限制。

广阔天空的影像充斥着他面前的空间。赖利把左手向下压进面板的凹痕里，于是，他感到飞船移动得更快了。

他们自由了，无论飞船的引擎如何稀奇古怪，总是飞起来了，可能从远古时代遗存下来的能源还足以把他们送入太空，或许会超越时空进入某个陌生的现实世界，从而使星际旅行成为可能。他略微想了想，他们这一路攀升肯定给阿吼的族人留下了深刻的印象，无法理喻的恐惧，或者，也许，这会把他们从长期的束缚中解脱出来，摆脱这个代表了远古罪孽的遗迹。

赖利并不知道该如何找到下一个跃迁连接点，也不知道该如何驾驶这艘飞船进入跃迁点，但他已经开始相信这艘飞船和它的共生性调整。无论如何，阿莎，我们会解决这个问题的，他想。随后，赖利听到身后传来一声吼叫。他转过身去。阿吼靠着对面的墙站着，身后的走廊已经合拢了，而墙壁化出很多抓手，紧紧地箍住了阿吼那结实的身体。阿吼再次吼起来以示强烈抗议。

赖利不得不去找到恐龙的食物来源，他想——越快越好。

第八章

人类女性阿莎用我在家乡“啸星”的名字称呼我，但在任何非啸星世界的人听起来，叫什么都一样。当然，于我们而言，每个名字都是不同的，每个名字都有意义。用我刚开始学习的人类语言来说，我的名字相当于“所罗门”或“智者”。我生于一个学者家庭，他们专门记录和解释我们那个世界的传统和所发生的事件，一种类似于人类历史学家的活动，如果人类的这个职业也包括文化的守护者、隐居的诗人、占卜神谕和预言未来等职责的话。

我们被绑定在一起，阿莎和我，并非由于我们传统的相遇相知的纽带及其既定结果，这跟我们那个世界所有的习俗和传统都不同。我们被这个可憎的机器所掌控，被推入充满恐惧的历程，升入禁忌的天空，亵渎神灵的重压于是狠狠地压在我们身上。实际上，我们每日都疾驰在充斥着火焰的虚空，而感觉上，我们却仿佛一动不动地漂浮着，没有重量也没有真实的物质存在，被困在远离家园的地方，远离爱的拥抱和一切珍贵而有意义的东西。即使我逐渐习惯了这一切，却依旧永远也无法摆脱那永无止尽的恐怖时刻。

就这样，我们被困在这个没有出口也没有终点的金属圆柱里，仿佛等待着我们的就只剩下每个人都会有的生命尽头。阿莎和我互相交谈，由于这艘飞船狭窄的空间限制，我们被扔进彼此不得不接受的绑定式陪伴。我们学习彼此的语言、历史和世界观。阿莎教我什么是她所谓的“银河标准语”，这是一个混血儿，混杂了许多等价于声音的语言，这些声音对于某些外星人的发音器官而言非常困难，甚至不可能发得出。她说，语言，是智慧的汇总与确证，是我们知识与本源的宝库，但也是阻碍我们达到终极完美的挫败根源。

关于完美，阿莎讲了很多。

然而，我们啸星人是懂得完美的。完美是一个刚刚好的世界，在这里，每个人都能得到足够的食物和充足的保障，以免受天气和夜晚的影响；在这里，不会有任何剩余物资得以积累或进一步培育，因此也就没了因为额外获取和身份地位而带来的罪恶；在这里，过去的传统与现实交织，却不会干扰我们的实际生活；在这里，每个人都有自己的位置，每个人都知道并接受他的位置；在这里，人们之间的联系不是靠竞争，而是由传统和生理反应决定。完美，就是知道你从哪里来，为什么在这里，事情为什么会这样。

我的人民是由一个善良的神创造的，他会因为愤怒、仇恨和毁灭而悲伤。因此，我们啸星人诞生了，快乐，幸福，平和。直到一个前来复仇的敌神出现了，他愤怒地发现，我们已经达到了只有神可以欣然享受的境界，于是硬是拖着我们的世界进入他暴虐的领域。然而，我们依然保持着快乐的态度，接受了我们这个世界的本源，拒绝仰望天空，并以此拒绝承认敌神的胜利。就这样，啸星人民始终对他们自己和他们的创造者保持着忠诚。

阿莎告诉了我另一个故事。啸星人不是被创造出来的；她说，那是一个被她称为“自然选择”的过程，从不那么复杂的生命形式开始，逐渐“进化”，然而，啸星人不可能在“满是辐射”的银河中心附近进化。啸星世界开始繁衍生息的地方，肯定是在一个更安静的太空星域，在那里，它可以获得并维持其大气层，靠大气层的保护来抵抗“辐射”。但是，当啸星人发展到如今这种状态之后，啸星却被硬生生拽到了现在的位置——拽它的那个，并非复仇之神，而是一个过路的巨大的空洞本体，她称之为“黑洞”；或者，是由于“星系”间的碰撞，那些都是超大型的组合星群，由被她称为“恒星”的集群组成，时不时地，在漫长的岁月中，甚至在更广阔的空间里，穿越重重路径，彼此碰撞，不仅捕获了啸星，甚至也捕获了孕育啸星的恒星太阳，以及其他围绕着它的行星世界。我们有过关于天上某颗太阳的传说。我们知道它就在那里，虽然我们并不去看它。我们知道，它给我们的世界带来了白昼，用白昼掩盖了可怕的黑夜。也许，我们不去看的那个太阳就是创造了我们的天神。阿莎说这是一个隐喻，我们神话中的太阳就是我们存在的本源。

也许确实如此。阿莎知道很多事，包括如何指挥这艘船穿过所有啸星人都必须避开的恐怖区域，如何与住在船里的灵魂对话并命令它们服从她的命令。可我认为，她的故事并不比我的好多少，也不大可能是真的。

她说，我们必须尽快离开这个暴虐的地方。飞船是有保护的，可以抵御来自银河中心的“辐射”，但当行星或恒星太阳被银河中心的虚无吞噬，或者当恒星太阳爆发时，飞船就无法抵御这更强烈的爆炸了。她说，正如啸星人必须克服他们对天空的恐惧，我们也必须学会如何像我们现在这样穿越星河。

我们得听他的，她说，那个来自星星的大怪兽，她称为“多利安人”，说他是一群外星生物的代表，有些外星生物跟他自己很像，但更多的生物有着不同的外形、文化和历史。他们是星空的主人，她说，他们派了这个多利安人来帮助我们加入他们。而那将是我的职责，她说，当她到达目的地之后，我有责任带着知识和技能回到我的世界，熟练掌握我作为先知的新角色，带着全新的视野，以智慧和勇气，引领我的人民摆脱刻意的无知，接受他们作为银河系公民的真实状况。

可在我看来，那个多利安人和送他来的那些人，似乎是想用我们的幸福，来换取他们早就知悉的痛苦，使我们像他们一样被驱赶，像他们一样被动接受，像他们一样无休无止地挣扎，以获取更多。然而，阿莎说，我们不能像现在这样苟延残喘。我告诉她，也许我们就该满足于任何等待着我们的命运。我不确定是否我就是那个人，以引领我的人民进入新生活。我是个学者，不是领导者。然而，阿莎说，她已经遵循我们自己的神圣传统而选择了我。当我们从圣殿喷泉转进到这个被诅咒的机器时，我就已经被阿莎和众神选中了，以带领我的人民从原本快乐的接受，到未来令人烦乱的不知足。

一如我们所见，实际情况大相径庭。是她突然出现在神奇的喷泉，如同我们传说中所应允的那样。她有责任选择一个追求者，而当他获得性别认知后，他们将在喷泉中完成彼此的结合。传说对接下来会发生的事只字未提。也许在那一刻，我们所知的世界将会终结，啸星及其上面的一切，都将变幻成永恒的极乐状态，远离那燃烧的天空。

但是，阿莎说，那些都不是真的。这神奇的喷泉是个运输工具，就像我们正搭乘航行的这个飞行器，曾有远古的魔鬼从中现身。但这并不可能。魔法喷泉是无法移动的，从里面出来的是拯救者，而不是来自另一个世界的生物。事实是，阿莎跟我们很像，这就是证据，但不同的是，的的确确，救赎必须降临。她接受了我们的仪式，可还是改了规矩。她把我视为追求者接受了我，但她并未完满地达成我们的关系，以满足我们神话的内涵，相反，她重新对此加以解释，仿佛解释就可以改变现实。我们要从哪里得到救赎呢？她问。我回答说，从那个拖我们下地狱的魔神手中！

噢，地狱啊！她说。如果我们确实是完美的，如果我们快乐的逆来顺受是真实的，我们就不需要被拯救。我们必须拯救的是我们对夜空的恐惧，对仰望的恐惧，对太空旅行的恐惧。啸星人要想繁荣昌盛，只能按照这个怪物使者的说法，建造出可以离开这个世界的飞船，跟那个多利安人一样，加入那些在星星间穿梭的种族中去。

什么是星星?

那些是恒星太阳，阿莎说，但它们离得太远，所以看起来就像光点。仅在我们当地的星系群中，就有数十亿颗恒星，它们汇聚在一起成为星系，而外面有数十亿个星系。

那，那些星星都会有生命在围绕它们的行星世界上生活吗？我问。

只有极少数，她说，但相对于几十亿而言，少数也已经是一个很大的数字了。

真是浪费，我说。可是，我觉得她所说的故事没有任何道理。为什么会有这么多带行星的“星星”？为何只有极少数适合孕育生命？而其中却没有一个能像啸星那样快乐？

她继续往下说，仿佛已经听到了我的想法。宇宙，她说，一切的一切，之所以被创造出来并不是因为孕育生命，更不是因为其中的智慧生命。生命是一次偶然事件。也许是宇宙诞生时所形成的那些原始条件，导致生命成为不可避免的必然结果，可诞生本身却是偶然。正因这是偶然事件，所以只有在条件适合的时候才会发生。那些条件都非同寻常，但依然还是发生了，原因在于，有机会产生生命的地方太多了。在生命能够产生思维的地方，有自我意识的生物就更少了，但同样，也是基于相同的原因，由于基数太大，终究还是会发生的。

你们的体系认为，我说，啸星人以及跟我们一样的其他生物，比如你，比如多利安人，都是无目的偶发事件的结果。可偶发事件是没有意义的。

即使偶发事件也是有意义的，阿莎说。她在说这话的时候，带着某种前所未有的热忱，之前可没见过她这么有激情，无论在她履行对我们所负有的责任时，还是当她面对这个她被派来拯救的世界时，她始终平静。生命发生超越进而产生智慧，这意味着，只要有自我意识，就能做到宇宙间其他任何存在都无法做到的事情，它能够主动寻求理解并提供存在的意义。试想一下，一个由无意识力量组成的宇宙，以无意识的方式相互作用，而从这混杂的各派力量之中，纯属偶然地，突然冒出来某种生物抑或一群生物，他们有能力考虑这一切，并试图了解事物发生的方式及其根源，并考虑其自身存在的意义。如果没有这样的理解，整个宇宙就只是一个无人观察也无人理解的宏大展台。

我尊重她的热忱，即使我拒绝她的观点。

这是我们的责任，她愈发平静地说，作为进化过程中的偶然，在我们有能力做好的事情上做得更好，同时提升自我，使我们能够尽可能地做到最好。

我们的谈话被打断了，因为我们到达了阿莎所说的“跃迁连接点”，在这个地方，空间结构被分割开来，允许我们这样的飞船通过这边一个点，直接抵达遥远的另外一个点。颇有一些自然形成的跃迁点，她说，但它们都是随机散布的，而允许飞船出现的另一端也是随机的。她寻找的跃迁连接点是由远古巫师创造的，以便达成星际文明。而现在，无论他们用的是什么魔法，尽管他们自己已经灭亡了，但他们留下的星桥依然可供相对欠发达的文明使用。

她在被她称为控制面板的祭坛上举行了祭祀仪式，恐惧开始肆虐！即使是我们旅行所乘坐的这个充满恐怖的飞船世界，也从我们周围消失了，我们发现自己身处一个只有在混乱的头脑中才可能存在的世界。这是一个虚无的世界，空无一物，我们漂浮于其中，毫无支撑，分离、翻转、散落，而无形的微粒却从四面八方猛冲过来，穿过我们，每一次冲击都会带来剧痛！

如果我还可以思考，我会认为这种恐惧永远不会停止，它会一次又一次，永无止境……

第九章

我发现自己身处一个周围全是各种变化的地方。虽说这是真实的生活，倒更像是一场梦。我所了解的那个世界从未有过这种事，任何事都不足以让我做好准备，不足以让我面对如今我所身陷的或正在发生的错误。坏事不时会降临。猎物变成捕食者，步道变成陷阱，嬉闹变成愤怒的撕咬。人们会受伤，生病，死亡。生活就是这样。而现在，我深陷一个会移动的洞穴里，墙壁会融化，爪下没有踩在树叶和泥土上发出的嘎吱声，鼻子里闻不到生长和腐烂的气味，这足以打破一个人对事物的所有认知。这种事只有死后才会发生，而我不知道自己是不是已经死了。

那个自称赖利的家伙说，事情不是这样的。这是一艘船，很像我那艘小船的飞船，由像我一样的生物建造，他们有着不同的外形和想法，但很早以前就已经死了。这艘奇怪的船四面八方都是墙，这样就可以挡住水进不来，挡住空气出不去。赖利说，它是用永远不生不死的材料建成的，它在空中飞翔，就跟那些不走也不爬只在天上飞的恐龙一样，只不过，这艘船要飞越天空，到星星那里去。我不懂什么叫“飞越天空”或“星星”什么的，这些都不是真实存在的。

这艘飞船也不是真实存在的。它原本是个圣物，跟其他任何东西的形状都不一样，它已经永远成为族人生活的中心，是某种应该避开的、从远处被崇拜的东西，就像那个存放着我们强大先祖魂灵的金字塔，但这种畏惧不同于我们生活中任何可怕的东西。我的族人们无所畏惧，就只怕这个。赖利说我们害怕它是因为它与众不同。它不属于这里。它是被造出来的。它是从另一个世界来到这里的。我不明白。怎么会有另一个世界？赖利说，有很多星球，它们都有像我们一样的太阳，也有像我们一样的生物，但与他不同。是他们制造了会飞的船，就像这个，以此在不同的世界穿行。我不明白他们为啥要这么做。那里有食物吗？他们是饿了吗？

赖利说，我们害怕这个奇怪的发出怪光的飞行器，是因为我们的先祖杀死了进来的人，因为我们感觉到了他所谓的“内疚”。但这怎么可能是真的？我们杀戮的时候，除了杀戮的快感和饱腹的满足，什么感觉也没有啊。赖利说我们害怕来的人是神，但神又怎么可能被杀呢？然后赖利说，我们是担心别的神会来惩罚我们。赖利说了很多我不明白的事。

我也不明白，我为什么要跟着赖利穿过那面不是墙的墙，走进这个令我畏惧的地方，而我当时可是什么都不怕的，即使死亡本身我也不怕。我无法解释，那种畏惧占据了我的头脑，令我的四肢无法动弹；我试图停下来，却无能为力，一种奇怪的力量抓住了我，驱使我继续前进。赖利说，那是我内心的挣扎。他说，我觉得有必要探索和学习我的族人们从来没听说过的东西，带着他所谓的“知识”造福我的族人，他称之为“科学”。而这种需要，超越了我内心的恐惧，超越了我害怕逾越禁区的心理。可我觉得，我是被什么魔鬼征服了，就像我的族人们时常会发生的那样，他们发了疯，杀人、吃人，有时还会穿越丛林，直到遇到比自己更大、更饥饿的东西。

又或者，我想，当我对这一切陌生的东西不再感到不安时，其实我是被建造金字塔的先祖灵魂附体了。

赖利讲不好我的语言。他说，他的喉咙跟我的族人们不同，不是为了吼叫而发育成形的。其实，他能这么说话就已经够令人惊讶的了。当他用他自己的语言说话时，那是一种我永远也发不出来的声音，柔和而低沉，听起来一点也不像语言。他是个孱弱的动物，面部扁平，几乎看不出颌骨或牙齿，我随便咬他一口，或者伸出腿踢他一下，就能把他给毁了。很难相信他甚至还能存活至今，能够长大成人没被吃掉。可他说，在他的世界里——这个词再一次出现了——他同类的父母会保护他们的孩子，直到他们长大到足以保护自己。而且，他说，在他的世界里，没有像我的族人那样的猎手和饲者。

他说，与他同类的起源地不同，他是在另一个世界出生和长大的。他生长的世界干燥而寒冷，是通过科学和我们现在所乘的这种机器带来了水和空气，使之适于生存的。那个世界上除了最微小的生命，什么都没有，而那种生命甚至比那些在我们的溪流、水池和死物周围聚集的小虫子还小。可他的族人来自另一个世界，跟我的族人的世界很像，到处都是植物、动物和恐龙——这是他对我们的称呼。

可后来，在很久很久以前的某一天，天上掉下来了什么东西，撞击岩石和大地，摧毁了植物和吃这些植物的动物，然后是吃这些动物的动物。而他们的灭亡让赖利的祖先变得更大更强更聪明，最终成为他们世界的主人。

赖利说，在我的世界，没有那些东西掉下来，或者，它们在不同的时间落下，我的族人们因此活了下来，演化出更好的大脑、语言和文明，没有为那些不下蛋而是怀孕生子的弱小的动物腾出空间。他们用石头和棍子来杀死他们的猎物，而不是用生来就有的颌骨和牙齿。赖利说，也许，因为我们的世界没有他所说的“小行星带”，那种物件也没有聚集起来，而剩下的没能构成威胁，所以才有了我们现在的这个世界。不过，这些事情他永远不会知道，我也没法告诉他，因为就算真的发生过，那也是很久以前的事了。赖利喜欢思考一些他永远也不可能知道的事。我们生来就知道我们知道什么，该如何生存，而当我们活着的时候，我们会继续学习我们需要知道的一切，继续活下去。赖利说，在他所谓的“银河系”里，没有任何跟我们相似的生物，我们可能是唯一存活下来的恐龙，拥有了智慧，可以建造城市和像金字塔这样的东西。但是，我们已经忘记该如何做这些事了，我们以为建造金字塔的人就跟神灵一样，已经离开了，尽管，也许他们还会回来，给我们带来很多吃的。

赖利说，有很多星星，就跟我们的太阳一样，但远在天边，所以它们看上去就像微小的光点。正是这些太阳孕育了我们这样的世界，有些适合生命繁衍，但大多数不行，而在这些世界上有时会有生物存活。无论他们的外形还是发展历史都跟我们不同，但他们跟我们一样，在漫长的岁月里，从微小的不可见之物进化成生物，像种子长成大树。有时，他们学会了思考，学会如何制造类似于我们的刀子、屋子和城市，甚至还有类似的神圣金字塔。

他说，这些生物了解了他们自己的世界和其他世界，制造了能在空中飞行的船，随后是能在大气层外面飞的船，然后跑去了其他世界，有时，其他世界上也有跟他们相似的人在那里生活，于是他们掀起战争，这个我懂。或者，他们学会了如何在和平中生活，他们学会和平共处，达成协议，不相互杀戮，也不以对方为食。赖利称之为“政治”，说那是文明人的标志。我不懂什么叫“政治”。但是，那些曾经让人们能够彼此共处的协议已经腐朽了，就像那些陈腐得不能再吃的肉一样，于是，像赖利这样的人（他说，其实只有他们两个人），他们觉得必须让协议回到原来的路线上去，或者让协议变得更好。这一点我相信。赖利是个神，神可以做任何事。尽管我还不太明白他为什么要关心这些低等生物，为什么要花时间让他们活得更好。

然而，这些低等生物就跟我们一样，在星际间穿梭，像赖利那样用他神奇的手来引导他们的飞行船。他的手臂延展出灵活的末肢，也就是他所谓的“手指”，可以做出不可思议的事来。他说我也可以学习做这种事，但是我的手臂跟他的不同，我的“手指”虽然可以抓住食物和武器，却没法捡也没法转动小物件。我的手指不会施魔法。

有时我会觉得，即使会融化的墙似乎也很普通，密封的船，圣物，渐渐消失，我们身处一个不存在的地方，在那里，我们的存在也变成了伟大虚无的一部分，我们什么也不是，但同时，我们也就是一切的一切。赖利说，有些地方，他称之为“跃迁连结点”，其实是星星之间的捷径，这使人们有能力去造访其他星星。我想，这就像死亡，我们死去，而后重生，就像我们先祖的魂灵一般，对此我毫无畏惧。我不害怕死亡或重生。赖利觉得这很奇怪，但赖利是神，而我在众神手中，他们会按自己的意志行事。

赖利说他不是神，说他是通过某种魔法来到我的世界的，说那不是神造的，而是人造的。但我并不相信他。他从我先祖所造的圣所出来，所以他可以成为神，永远住在神之所在。我看到赖利在金字塔的高处，我知道他是我先祖的魂灵再生，是我的祖先以神的形象回到我们身边，带来神的礼物。赖利可能并不知道这些。诸神有时会忘记。重生就像孵化，离开安全的蛋壳，来到危机四伏的光明世界。刚孵出的新生儿生来就有进食的欲望，却没有往昔生命的记忆。有时，赖利会想起他以前的生活，并把他从神所带来的礼物拿出来。我会确保他的安全直到他死。这也许就是我为什么要追随他进入这个神所。

赖利从墙里取出食物和饮料。饮料是一种水。恐龙渴了就会喝水，一种水跟另一种水没多大区别。赖利说，恐龙嘴里没那种能分辨味道的东西。他说，我们吃肉，而且经常是正在腐烂的肉，我们的身体变得可以摄入那些使肉腐烂却又不致伤害我们身体的微生物。而像他这样比较弱的生物，他说，当喝水或进食时，就得有能力辨别吃进去的是不是不安全，所以他们嘴里就会有些小玩意儿，当食物不安全的时候会告诉他们。神可真奇怪。

食物是不同的。赖利从墙上得到的东西，更像是从被碾碎后留待腐烂的水果中得到的果泥，我们有时会在肉源稀缺的时候吃，或者当我们的身体告诉我们该吃点不同东西的时候。这个墙壁会融化的地方所提供的果泥真是太乏味了，这点可怜巴巴的东西，只要恐龙有任何选择，就绝不会吃。赖利说，这足以让我们活下去，而且还能活得更健康，他一天要吃好几回。他说我也必须吃这玩意儿，我试了一下。但我是个肉食者，而赖利是肉。他担心我会吃了他，会饿到忘记一切，忘记我是个文明人，忘记他是神。然而，我永远都不会这么做。

除非我非常、非常饿。

第十章

阿莎把飞船藏在碎片云中，那是数十亿个长周期之前，行星带形成时遗留下来的，这远远超出能够探测到她趋近的联邦传感器的搜索范围。这是一片贫瘠的云带，一如它所环绕的这个恒星系，但已经足够了。恒星太阳又小又冷，不过是个红矮星，而它所聚拢来的行星都是些贫瘠而嶙峋的地方，从未孕育过任何有感知力的生命体，除了细菌和地衣，几乎没有任何生命。

但这就是为什么，银河联邦选择它作为其庞大成员世界的中央政府所在地，以及为什么联邦花费了大量的时间、资源和能量，将水和空气带到一个内行星，为其监管者建造并维护了这么一个承载复杂运作的结构。无论有意或无意，没人会到这个偏僻的、死气沉沉的、毫无价值的星系来，若非受到邀请是不会有人来的。任何被邀请的人都会收到一套坐标，只要察觉被复制，该坐标就会自我销毁，而一旦被使用之后，坐标就会立即消失。并非因为那些掌管联邦的官僚或领导立法机构的领导者过于偏执——任何心怀不满的星系成员，或任何新发现的、具有星际能力的文明体系，都有可能对压迫他们的组织发起斩首行动，并以此掀起反抗的浪潮。

一如官僚们担心的，从来没人发现过联邦中央所在地，除了新出现的人类，在十年战争即将结束之时。联邦按照常规给予人类以初级成员资格，通常按照流程，目标文明需要数千个长周期才能获得完全成员资格，于是，人类开始抵制，战争自然而然地发生了（对人类而言）。任、阿莎以及其他人类船员，被作为实验和审讯的对象，关押了二十多个长周期。之后，他们逃了出来，于是官僚们不得不考虑他们最担心的事。正是出于这种恐惧，再加上人类及其盟友的凶猛，最终导致了和谈。

“我们为何要在此停留？”所罗门用啸星语问道。他能听懂阿莎的银河标准语，甚至能明白某些她无法用相应啸星语表达的人类术语，不过，这两种语言他都说得不够流利。

那是一次长途旅行。即使有跃迁连接点提供捷径，使星际旅行有可能在正常寿命内完成，可通过连接点之间的通道也是需要时间的，很多时间，而阿莎和所罗门则被迫守在一起度过了大多数时光。船长驳船，其基本职能就是穿越这些捷径，却毫无隐私空间。当他不再忿忿于阿莎的背叛和对啸星传统的蔑视时，他就成了一个可容忍的同伴，甚至，阿莎觉得，这是个值得欢迎的消遣，这样她就不必因为赖利和未来要面对的问题而烦心了。

她已经开始把所罗门当成一个人来看待了，知识渊博，见多识广，充满好奇心，甚至与跟他同名的所罗门王相比，他也还算是聪明的。尤其是，随着荷尔蒙信息素的消退，他的外部性征开始重新被吸收，她猜想，正是荷尔蒙刺激物使他产生了这些性征。尽管他畏惧天空，缺乏太空经验，又带着他那个种族特有的迷信，对啸星世界的各种解读都充斥着迷信的观念，但他还是愿意谈论这些问题，甚至愿意讨论另一种解释的可能性。如果他是个优秀代表，那啸星人就已经做好准备被银河联邦接纳了。她并不认为加入联邦是个令人满意的结果，但这有可能将啸星人从毁灭中拯救出来。

“我们必须创建一个身份。”她说。

她对所罗门解释说，在一个像银河联邦这么复杂的组织里，每个人都必须有自己的身份。它必须是详尽而万无一失的，适合几十种不同的生物及其文化，结合起源星、物种和物种规范，可识别的规范偏离，个人识别标准、技能、职业、地位、信用等级和 DNA，所有这些都被编码成一系列适合计算机识别和操作的数字。每个银河联邦公民在出生时都有一个身份证明，或者是个印记，或者被嵌入身体里某个适当的位置，每次身份验证时，其变量都会被更新，而每次在进行个人交易或通过传感器时，都会发生身份验证。传感器无处不在，因此每个人都处于持续监视中——至少在联邦中央地区是这样的。星际通信仍然受到星际距离的限制，即使穿梭于跃迁连接点的无人通信设备，也只能将有效通信距离缩短到数百个长周期之内。因此，身份问题，虽然具有普遍性，却是系统特定的。

阿莎告诉所罗门，他不是联邦承认的物种成员——无论如何，至少现在还不是——因此没有身份。单就联邦而言，他不是成员。她必须为他创建一套临时身份，否则，在他可以作为申请成员资格的种族代表被引见之前，他就会被抓起来关进监狱，甚至被处决。电脑本身，她说，没那些细微的差别。她还说，她自己的情况不太一样。当她穿过这个魔法喷泉时——实际上是超验机——她的身份和其他所有不完美的，都已经被通通抹去了。

她没有告诉他的是，她无法对她自己的真实身份进行编码。在联邦看来，作为人类本身就已经够该死的了，而承认自己是超验主义者的先知，根本就等于是宣判死刑。在经过超验机之后，只要赖利被指认出来，就会被立即处决，而只要联邦怀疑她的完美究竟意味着什么，那她也会被立即处决。

外面有各种势力，包括私人的，公共的，他们已然决心要找到并毁灭他们两个，阿莎和赖利。

为所罗门准备身份还是很容易的，虽然船长驳船上没有配载读取DNA所需的扫描仪，而她不得不用备用的电脑零件拼出一个。其余的一切都源于所罗门提供的答案，还有飞船的电脑，加上一些新程序，把所有信息转成一系列数字，印在一张硅片上，然后由阿莎把硅片插入所罗门的手背里。

“现在你可算是个人物了。”她说。

他望着她，似乎很想说，其实他一直是个人物，直到她出现在喷泉里，但他忍住了。

她自己的身份比较麻烦。它必须足够准确，以便让传感器相信她就是那个身份所代表的人，却不能让它识别出她的真实身份：那个出生在阿达斯特拉号上的初代孩子，被联邦舰艇拦截下来带到银河中心，她在那里长大，最终跟任一起发现了超验机所在的那个行星，成为先知，并意外地成了速成完美主义的信使，而这恰恰威胁到了人类与联邦大战之后令人不安的停滞状态。

基于回忆中她与赖利的对话，她拼凑出了一个身份：赖利所热爱的女孩苔丝，他们在火星上一起长大成人；这个女孩刚满16岁就志愿参战，结果在第一次战斗中阵亡了。她无法伪造她的DNA，只能寄希望于超验机或许能把这也改了，消除在漫长的基因迭代过程中，因为变异、病毒入侵或进化而产生的基因缺陷。作为一个被俘的非人，她从来不曾被给予过身份认证，也不曾依着她曾经的期望有过DNA记录。可她漏了她父亲，当时他拒绝加入越狱的行列，依旧希望他能说服联邦维持和平。他的DNA可能已经被记录了，而任何扫描都有可能暴露他们之间的关系。

但这是一个她必须抓住的机会，而如果她的父亲还活着，她也需要抓住这个机会找到他。

阿莎将她的飞船移出碎片云，漂进了联邦中央计算机的传输范围，意识到她自己也在联邦传感器的感知范围之内了。但她希望，在她必须公告抵达之前，这艘船会被误认为是朝向太阳轨道运行的冰层碎片。她拿起电脑提供的资料，其中大部分是编码信息流、报告、财务数据、统计数据、官僚主义的废话，但其中有些是一般消费性的信息广播。利用简单的搜索参数，她研究了联邦及其成员种族的新闻，包括各种分歧、争执，甚至战争——即使在一个井井有条且受到密切监督的大家庭中，也会出现不和——她明白，她所看到的一切，只是那些官僚和监督他们的议会愿意让公众知道的。

有分歧，有争执，有体制之间的斗争，甚至有体制内的斗争，还有来自委员会各派势力的报复。其中涉及人类的问题数量最多，他们被描述为一个卑鄙的、好争吵的物种。他们请求成为联邦正式成员，但在人类学会如何与其他物种，甚至彼此之间和平共处之前，联邦不太可能针对该申请有什么实质性的举措。阿莎知道这是宣传，但她也知道，这是个信号，联邦愤然不满于人类的傲慢，也不愿接受人类为争取自己应得的权利而斗争的意愿，这种怨怼并未随着和平协议的签署而减弱。长久以来，联邦一直是星际争端的唯一仲裁者，而各个种族，无论成员还是非成员，都默认了联邦的权力和正义，要么为全体的利益而牺牲自己的利益，要么声明抵制则遭到报复，甚至可能是毁灭。要使银河系恢复到它所习惯的强制文明状态，还有许多工作要做，而在外交关系中保持文明可不是人类的传统。

不过，大多数时候，阿莎都在寻找某些特殊的信息线索，隐约提到某个人意外地出现在某个地方，而之前从未有人在那里见到过人类，或者任何看上去根本不可能的突然现身，或凭空出世。她没指望能找到任何有用的东西。银河的疆域太辽阔了，信息传播的速度很慢，而即便消息真的传到了这里，以联邦计算机系统那样的复杂和烦琐，遥远星系统所提供的信息也很有可能遗失在繁杂的数据中，或者被当成迷信或错误的观察而被丢弃。最好的搜索引擎也比不上高效的搜索条件，可阿莎一个也不敢用，因为在搜索引擎上用关键字查找的时候，搜索重心就会被流动监视器检测到。计算机虽然庞大而复杂，却还不具备感知能力，其主要区别就在于语义。可联邦计算机系统却表现得如同已经有了感知一样。

此外，也不能保证赖利被传送去的地方，已经可以进行星际旅行了，否则，如果真去了那种地方，他肯定会想办法上路，甚至干脆偷一艘飞船，然后设法进入联邦空域，被检测到，被报道。可是，即使赖利做到了，找到他的机会也微乎其微，而让他们共同返回的可能性就更小了。不过，她对指引他们结合在一起的命运相当有信心，即使命运又粗暴地将他们分开，她也坚信他们新近所获得的超越是会派上用场的。

她转向所罗门，“是时候了。”她说。

她给联邦中心发了一条信息，消息声称她是多利安驻啸星大使派来的使者。只不过，她用的是联邦给啸星定义的名字。她附上了大使的身份信息，这些都是记录在飞船电脑里的。船长驳船的识别信息是自动提交的。她正护送一位啸星代表，请求与银河联邦建立联系，并为其种族申请见习身份。她附上了她为所罗门准备的身份信息。阿莎说，她是一个被困在啸星上的人类，被要求把所罗门带到委员会上提交申请。其后，她附上了她为自己伪造的身份信息。

她的飞船位于恒星系最外围，于是她等待着发出的信息跨越数百万千米，向着黯然燃烧的太阳进发，最终抵达那颗临近太阳的行星。她等着信息被分析，等着收到答复，并为答复准备好了下一轮答复。它是以光速回来的，路上可是花了挺长一段时间。“您的消息已收到。其中一个身份已确认，另两个没有。您的驳船注册在多利安人桑德的名下，他是大使，驻扎在您所指认的那颗行星上。您进入本星系未获邀请。您将停留在您目前的位置，直到您的申请通过审议。”

阿莎立即关闭了飞船的通信系统和自动识别模块，这应该是有防篡改功能的，同时启动飞船，以随机模式航行，但大致的方向还是朝着内行星移动。

“我只能听懂其中一小部分，”所罗门说，“但我确实听懂了，指令要求我们停留在原地。”

“他们很有可能早就发射了一枚导弹来摧毁我们。”阿莎说，“‘未获邀请’这个词就是‘不受欢迎’的代名词，而‘不受欢迎’意味着消除潜在威胁，这总好过为任何可能发生的事情承担责任。这就是官僚机构的运作方式。如果他们在适用规制时过于谨慎而犯下了错误，那还会被原谅。如果他们在解释规制上过于开放而犯下了错误，他们就会面临失去一切的风险。”

“我一路跑来这里不是为了被摧毁的，”所罗门说，“如果你是对的，那么，我们民族的命运就取决于我向联邦委员会所提交的申请了。”

“别担心，或者至少不用过于担心。这一切都在意料之中。我们的使命总还是有那么一点成功机会的。但如果导弹或导弹群，是从靠近内行星的地方发射的，就需要个把周期才能抵达我们现在的位置，即使是那些可能潜伏于本星系远端的导弹，也至少需要一两个周期。如果我们立即采取行动，就有机会避开导弹。他们可料不到会这样，而追踪我们也会很困难。等到那个时候，我们已经在星系内了，他们是不会愿意在那里摧毁我们的。”

“这就该让我觉得不必担心了？”所罗门说。

阿莎笑了。知道所罗门有幽默感是件好事。要想理性地对这个冷漠世界做出感性的认知，幽默感和对讽刺的品味相当有用。

船长驳船的随机移动模式需要几十个周期才能到达内行星，然而，那颗冷冰冰的岩石星球，最终还是出现在飞船的视力范围之内了，当时，阿达斯特拉号上的乘客和船员给它起了个名字叫“冥府”。人类与联邦的战争爆发之前，他们新生代的飞船被联邦武装舰队拦截下来，首次接触会议之后，他们就被带到“冥府”和被他们命名为“地狱”的卫星上。在那里，他们被囚禁，被审问，被当作试验体，过了整整二十年，这期间，阿莎从一个婴儿长大成人。也正是从那里开始，除了她父亲，她和任，以及其余的人类，踏上了逃亡之旅。

卫星地狱没有任何生命迹象。它被遗弃了，没留下任何曾经关押过人类囚徒的建筑痕迹。人类飞船先锋号，那艘在他们二十年之后出发，却在阿达斯特拉号之前就被拦截了的飞船，如今已经被拖走或销毁了。地狱星上依然保留了一些建筑物，当年，席佛和天狼星的警卫，以及他们的多利安主管就住在那里，如今一片黑暗，被彻底遗弃了。

阿莎偶尔加速那么一两次，朝着另一个距离恒星太阳更近的星球漂了过去，那个星球除了“联邦中心”没有其他的名字，她弟弟皮普和她父亲曾经被带去询问，包括她弟弟的案例，以及她父亲呼吁建立和平关系并寻求理解的案例，正是这两个案例，被用来构建了反对人类崛起的提案。

最后，他们未遭拦截就抵达了目的地，停在环绕行星的轨道上。星球上的建筑如此之多，看起来简直就像一个覆盖了整个行星的巨型建筑物。金属屋顶反射着黯日那微微泛红的阳光。阿莎回想起超验机所在的那座永恒而宏伟的城市。即使这些联邦建筑锈迹斑斑地消失在一片废墟之中，而它们却依然会矗立在那里。到底什么样的生物会继承这片废墟？蛛型兽？一如超验机所在的那颗行星？抑或是蟑螂？

阿莎打开了飞船的信号识别仪和通信系统，她知道，当飞船停靠在轨道上的时候，其加速和减速动作就都已经被检测到了。“很抱歉，这是驻啸星大使，桑德大人的船长驳船。我们的电力系统坏了，刚刚修复，所以直到现在我们才收到你们的答复。我们已经进入轨道，准备好代表啸星人民提起申诉。”

阿莎等了好一会儿，不确定得到的回复会不会是直接被导弹摧毁。

随后，答复来了：“你的身份是伪造的……”

第十一章

参宿七是一颗蓝白色的超巨星，正准备成为超新星。它早已耗尽了内部的氢，正将由此产生的氦转化为碳，最终它将开始引力坍塌，最后一次戏剧性的自杀式爆发将会把它剩余的行星一起带走，并毁灭方圆数十光年范围内所有的生命。然而，在此过程中，具有讽刺意味的是，超新星爆发将向临近的宇宙抛洒大量高能物质，播下新恒星、新世界、新生命和新智慧的种子。在参宿七旁边，地球的太阳看起来更像一个淡黄色的圆点。

超巨星的寿命不长，以恒星尺度而言，参宿七大概只有一千一百万年的历史。参宿七在它自己诞生伊始，从剩下的岩石和气体碎片中拼凑出的行星，大部分是气态巨行星，参宿七先是扩展为一个稀薄的红巨星，然后又塌缩回目前辉煌的蓝白色巨星，而那些行星大部分都在此过程中被吞噬了。只有外围行星的残留物会留存下来，它们那些包裹在外部的气体大部分都被喷走了，裸露出岩石内核。

然而，参宿七正是人类为建造他们的乐园但丁而选择的星域，这个栖息地是由当年一颗气态巨行星的卫星雕琢而成的。该星球装备完全，专注于人类能够想象和说得出的所有肉体与感官的愉悦，根据官方的历史记载，这是根据古代意大利诗人帕拉迪索的经典名著得来的。而其赞助人和所有的评论家都说，与此相反，它代表了九层地狱。

愉悦装置往往可以与医疗和康复装置互换，包括身体和心理上的，因此，但丁还包括一个医院部门。就是在那里，赖利曾经因为他新近一次受伤而接受了治疗，也是在那里，他遇到了萧恩，那位外科医生换掉了他的左臂，并试图用她的爱来换掉他的求死欲。如今，赖利待在那艘载着他横跨银河系的红色球形飞船里，透过那神奇的窗户，望着但丁。他很想知道，人类到底是出于何种冲动，才会选择这个注定要毁灭的地方作为欢乐天堂。

灾难性的破坏，毫无预兆，数光年之内的一切和每一个人都会立即被毁灭，甚至会引起参宿七伴星、参宿七－B和参宿七的双星系统一起发生十分剧烈的爆炸，这又有什么乐趣呢？随后他联想到他曾经读到过的地球上的人们，他们把城市建在地震断裂带、不安稳的海岸或者活火山上，甚至那些为他和他的家人开辟了殖民火星道路的勇敢先锋们，勇敢地探索太空，并冒险实施了星球改造计划，利用小行星和行星演化过程中残留的冰层残片，轰炸了一颗行星。

赖利认为，人类心理中一定存在某个致命缺陷，欣然于自然灾害可能造成的破坏，由此增加快乐，减轻痛苦。这等于是把一个人的命运交给了众神的心血来潮。也许，正是这种对于世界末日的热爱，使银河种族在与人类遭遇时感到了恐惧，进而导致了人类与联邦的战争。这将是他和阿莎不得不应对的，如果他们能带来一个超越银河系的新时代，也许，会找到治愈的方法。

然而，消除了人类的焦虑感，消除了人类冒险孤注一掷或赌上一切翻底牌的意愿，是否也会消除人类的超凡之处？是什么让人类在得不到帮助的情况下，自愿投入未知的世界，挑战公认的智慧？拒绝平庸？拒绝屈服？他得再考虑一下，赖利想，等他们重聚之后，得再跟阿莎一起商量下这个问题。他拒绝考虑任何可能再也见不到阿莎的可能性。银河系如此巨大，有数十亿恒星，数十亿世界，他永远也不可能历遍。但他会找到阿莎的。他所有虚度过的人生都指向这一点，而他必须想尽一切办法来解决这个问题，不管未来路上等待他的是多么不可能达成的解决方案。

他想，他愿意挑战这些，一如那种决定生活在悬崖边的义无反顾。

当然，参宿七的位置也具有实际的优势。它的大小和温度意味着能量充足。但丁消耗的能量就跟地球那么大的世界所需的能量相同，这颗蓝白巨星的生命宜居区是地球距离其太阳的 200 倍，但丁轨道上环绕着一圈太阳能板阵列，即使距离这么远，在朝向恒星太阳的那一面，阵列所搜集的太阳能也足以满足但丁的所有需要，甚至还绰绰有余。而在更靠近参宿二的地方驻扎着采集船，可以捕获巨量的反物质以供出口。享乐和躯体修复并非但丁唯一的收入来源。

也许，更重要的是参宿七的存在。组成联邦的任何其他物种都没有人类那种嗜好，喜欢生活在迫在眉睫的毁灭危机中。

赖利操纵着他的船靠近了下面的行星。它也曾经是一个气态巨星，远离它的主星，而如今只剩下岩石内核，其中一面总是朝向参宿七，就像永敬会虔诚的朝拜者一样。确实，参宿七比任何太阳神都更值得崇拜、恭敬和恐惧。

一座城市建立在暮光区，即使在这么远的距离，也有巨大的太阳风，而躲在这片阴影中恰好足以抵挡太阳风中的带电粒子，又避开了星球背面那永恒的黑夜和足以冻结空气的寒冷。暮光区还剩下一点大气层——虽然有毒，那肯定的，但毕竟还能以此留存一些热量，同时兼具一定程度的防辐射能力。与但丁不同，这座城市破破烂烂的，脆弱不堪，仅为本星球基于卫星而开拓出的栖息地提供服务，到处充斥着小偷、器官掠夺者、绑匪和刺客。赖利曾经自认为是他们中的一员，而如今，他又不得不跟他们混在一起了。

这座城市名叫阿利盖里（但丁），但没人记得。大家都叫它“胡同”，其实是“死胡同”或“血胡同”的简称，相对于那个早已死去多年的诗人但丁，这两个词无论哪个都更合适。

赖利在离城市不远的山谷里找到了一个地方，他知道没人敢冒险进入致命的夜晚。他控制飞船做出一个呼吸面罩和防护服，告诉阿吼留在船上，然后就出发开始寻找阿莎去了。

若干港口战略性地围绕着胡同市那破破烂烂的外围。其中一些装备了可扩展设施，这样就可以直接与宇宙飞船或航天飞机相连，而不需要胡同系统的保护。另有一些是外部建筑，或是用于提供修理服务的。胡同本身是一座穹顶城市，那隐没于地平线之后的太阳，自高远的天空之上投下光影，照耀着这座城市。赖利找到了其中一个港口，摸了摸应急信号牌，急冲冲地穿过一片雾气，走进气密室，直到外面那稀薄而有毒的空气被抽空，替代以可呼吸的内部空气。他摘下面罩做了一次深呼吸。那是混杂着食物、垃圾、废弃物和粪便气味的，老胡同的味道。他回到了文明社会。

他摘掉呼吸面罩，脱下工作服，把它们装进储物柜，随即它们便恢复成正常状态，活像几坨玫瑰色的塑料块。就该保持这样的状态，万一储物柜被检查员或小偷打开了呢。红球上的物质已经做了适当的自我调整，以适应赖利和阿吼（希望如此），而赖利希望当他不在的时候，这东西能维持原样，直到他再次触碰它。

里面的门被赖利碰了一下就打开了，他走进了这个密闭城市的外围。这跟他记忆中的差不太多。最靠近围墙的地方不是郊区而是贫民窟，这里光线很暗，维护很差，治安很乱。如果发生陨石撞击星球的事件，第一个牺牲品就是贫民窟。一条弯弯曲曲的街道环绕在四周，到处是垃圾，还有用旧集装箱和塑料布搭成的简陋棚屋。笔直的车道，不时会被密封所阻断，这是一条通往内城的隧道。

赖利知道他必须提防着点。当他还在这里的时候，他曾经是个失业的雇佣兵，依靠卫星上寻欢作乐者留下的废弃物和胡同市内部的供应商活了下来。没人关心他们的死活，甚至连雇佣兵自己也不在乎。可他们也没什么东西可偷的，甚至没有希望，他们唯一的危险就是过度沉溺于危险的毒品，抑或偶然的争执，因为这些争执总是有可能变得致命。

但那都是过去。如今，赖利有了资源和希望。他已经有了一些可以从他身上夺走的东西。

环形大道此刻空无一人。赖利知道，这用不了多久。港口一旦开启就会点亮上千台监视器，其中有些是合法的，而秃鹫就会开始聚拢来。他们之所以还没赶来，其实是因为一个很现实的情况，因为没人会想到，有人能从致命的外部世界进入胡同系统。于是，赖利沿着第一条笔直的隧道走向内城。

他走过若干大门和生活单元的入口，这些生活单元的大小比他走的时候大多了，但还是基本保持着原状。没有窗户。他以前在这里的时候，也曾在其中几个地方住过。他们会模拟窗户，展示出远处的风景，草地、森林、瀑布、动物、人，等等，那些东西人们曾经拥有过，如今却已被抛在脑后不复存在，或者已经消亡，或者已经被摧毁，永远都无法再回到过去。然而，他们却在这里沉思、安慰、自我折磨，其中甚至还有外星人。休战之后，其他物种开始渗透到人类空间里，接受人类的恶习，调整自己的生理和心理状态，并基于他们的实际情况开始创新。

赖利知道，只有在公寓大楼的顶层，在阁楼上，才能看到外面真实的世界，那是星球地表被彻底毁坏的地面景观，是遥远而势不可挡的参宿七，另一个方向则主要是闪闪发光的享乐世界但丁。即使是在胡同市，特权阶层也依然可以享受他们独有的特权。

赖利到达了城市中心，巨大的露天广场，林立的商店、酒吧、餐馆，清清楚楚地一路延展到穹庐顶端。商业机构顶部的墙上排列着一排排显示面板，用来展示最新消息，或者兜售各种商业产品。还有几个别有特色的显示屏，展示的是但丁上的各种乐趣。穹顶是透明的，或者看上去像是透明的，展露出头顶的繁星点点。但丁偶尔会经过，满载所有的梦想，而在下面的广场上，则有一大群人在寻找去但丁的代理。

赖利在集会的人群中奋力穿行，他们穿着五颜六色的服装，仿佛正要去参加化装舞会，或者换一句更贴切的话，仿佛他们正要去海滩，抑或参加狂欢节。在他们中间，零零散散地坐着一个多利安人、几个席佛人和一两个天狼星人。在现场守卫的是身着制服的人类，在人群外沿围成一条线。噪声震耳欲聋，从头顶的商业信息广告到众人的谈话，必然需要以高于周围的声音水平大声喊叫。

赖利找到一个他还记得的酒吧，走进去，查看了一下顾客，发现他们的言行就跟过去的他一样，而那时，他还是他们中的一员。他等在旁边，直到占了一个拐角座，他背靠着墙，这能维持一定程度上的隐私。附近坐着的几个投资人都自带武器，但看上去没一个人像是好战的，也没人对他感兴趣。他坐了下来，假装研究了一下桌子窗口上的菜单，然后，他选了咖啡，找出一个还有少量信用余额的付款账户号码。付款被接受了，一杯热气腾腾的咖啡从桌子的某个开口处冒了出来。赖利把它接过来喝了一小口。味道不是很好，但毕竟热乎乎的，毕竟是咖啡。

赖利叹了口气。他已经好久没品尝过咖啡了，如此想念。

赖利把窗口切换成普通权限。胡同市向公众提供的福利之一就是匿名。赖利知道，这只能维持一小段时间，很快，监视器就会从混杂的电子噪声中选出相应的信息收集模式，但他暂时可以通过一些小手段干扰监视器，比如，避免使用关键词，随机发出系列请求什么的。他首先查看一般性新闻，大致浏览了一下本地事件和公告，他动用了自己的新能力，扫一眼就能看完一整页。随后，他转向银河摘要。没有任何发现，在各种稀奇古怪的事件中，没有任何迹象表明曾有一个人类女性神秘地出现在任何已知世界。赖利并不气馁。他从未指望会这么简单。阿莎可能被传送到了另一个世界，就像他一样，而当地人尚未达到太空旅行的技术水平。或者，如果她在超验机的抽奖过程中更幸运些，她可能只是在寻找跃迁通道的时候遇到点困难。或者，她返回联邦空间的消息可能不被认为有多重要，所以没能引起注意。又或者，她成功地掩盖了这条消息。抑或消息尚未抵达联邦中心，或者不知道被信息无人机传送到哪儿去了。

然而，似乎最有可能的是，一旦回到太空，她就会前往联邦中枢，跟他一样，去寻找有关人类神秘出现的信息，甚至希望他得出和她一样的结论，期待着在某个合理的地点重逢。唯一的问题是，他并不知道联邦中枢的位置，也无法在任何星图上找到，其根本原因可能是因为那些银河种族的偏执狂，抑或是出于某些合理的担忧，担心异见者可能会率先袭击联邦中心。保密或许是比武器更有效的防御手段。

另外，阿莎很可能很清楚它的位置，她曾经被长期囚禁在那里，而她与领航员任的逃亡旅程也正是从那里开始的，但除了那些必须知道的人，没有任何人知道这一切。不过，相传在拥挤而腐败的联邦政府，秘密就是流通货币，没什么是能长期隐瞒的。

赖利切换到神话版，用他在新闻版面中使用过的随机法扫描了一下。这是一个浩瀚的故事宝库，源自每一个物种，以及每一个物种的每一代，关于联邦中枢的神话很常见，就跟其他关于神、交配、英雄、恶棍、死亡和重生的神话一样，但存储区域很大，而他只要键入搜索参数就会惊动监视器。因此，他偶然发现的东西也没多大用处。神话里说，只有死后才能到达彼岸。这是所有物种所寻找的天堂。它位于银河中心，坐落在一个极为壮观的恒星系里，受惠于一个仁慈的太阳，有充足的空气和水，生机盎然。那些来自银河系每一个成员物种的代表，睿智而谦逊，他们聚集在一起，为每一个值得拥有的人，缔造和平，分配利益，创造幸福。

或者，它也许位于银河系的尽头，那里只欢迎众神。

赖利冒险搜索了一下导航图，但只蹦出来一条声明，说不存在这种信息，任何要求提供这种信息的行为都会被视为叛国，可处以监禁甚至死刑。

在一连串快速的操作之后，赖利要到了一个账号，随后进行了一笔大额采购。当年他曾被诱骗做了特工，登上杰弗里号，为某个或者某些不明身份的人士提供服务，那时候，他脑子里被植入了一台无法移除的生物计算机，因此，他得到了足够的信用额，足以买下大半个可居住星球。这笔钱中的一部分当时就已经存入他的账户。在离开但丁前，他曾采取防范措施，将资金转入了另一个以不同身份注册的账户，那些账户都是他在前几次任务期间注册的。他倒是不抱幻想，那些征召他的人肯定会设法查清他的资产——其实他们早就挖出了他的种种过去。然而，唯独漏了这个账户。或许是因为这不值得他们费力气。或许，他们只是留着它，把它当作某种追踪方式。

身穿制服的警察从前门冲进来的时候，他立刻从卡座上站了起来，穿过一大群醉酒或半醉的酒客，朝后门走去。他一路走着，一个肘击，打在一个健壮酒客的肚子上，然后把另一个人推到第三个人身上。有人在他身后打了他一拳，另一个人则猛击他前面的人。他还没走到后门，一场波及全场的战斗就爆发了，那些穿制服的甚至连他之前坐过的卡座都没够着。

赖利冲了出来，穿过很少有人使用的走廊和凌乱不堪的小巷，直到抵达靠近港口的外环，他就是从那里进来的。然而，他的运气到头了，三个丑陋而长相危险的暴徒正等着他。其中一人手握匕首，另一个人手里有根金属棒，不停地用金属棒击打着另一只手掌的掌心。而第三个人，他们中间个子最大的家伙，空着手，似乎觉得他的双手和强壮的双臂已经足以作为武器了。而他可能是对的。

"嗨，朋友。"赖利说。他们咆哮着，看起来只是在威胁，实际上并没出力。"我真的没什么值钱的东西。"

"没人能不付学费就随意进出胡同。" 大个子说。

"至于进入嘛——"赖利开始琢磨该怎么回答。

"你认为我们在港口没有监视器吗？"大个子打断了他的话。那个手持金属棒的人不停敲打着掌心。"把你的身份证明交给我们，我们就放你走。"

"好吧，你知道，我是新来的，"赖利说，"可我的旧身份用不了。你们懂的，这我知道。我还没来得及建个新的，所以——"

"别惹我们。"大个子说。

"这个嘛，"赖利说，"我不想伤害你们。你们只要管好自己的事就好，而我——"

大个子笑了。

赖利先击中了握刀的那个人。这一拳正中胸腔下方，足以让这家伙喘不上气。他倒了下去，拼命想吸上一口气。赖利转向那个拿金属棒的男人，以同样的狠辣，用掌沿击中他的侧颈，那人摇摇晃晃地跪了下去，扔掉了武器。随后，在完成他的动作之后，赖利转向个子最大的那个，他是团队发言人。那人后退了几步。

"嘿，"他说，"你到底是谁？"

"只是个希望能和睦相处的异乡人。"赖利说。他朝大个子走过去。那人移开身子让到一边。

"对不起。"他说，但听上去并没多少抱歉的意味，只是畏惧罢了。

赖利知道那是什么感觉，面对更快的速度、更高的技能、更强的力道，他奋斗一生终于获得了这一切，而现在，通过超验机之旅，他的协调性和快速反应能力得到了进一步提高。他擦着大个子的身体走了过去，找到他进城时候的港口，戴上呼吸面罩和防护服，迈入了那片永恒的暮色。

第十二章

联邦中央计算机接管了船长驳船，引导它进入下方的环地轨道，汇入那边各式各样的其他飞船中，那些飞船多数都更大、更漂亮，当然配置也各不相同，需要符合各种联邦成员的身体形态和社会进化。除联邦代表本人的座船之外，没任何飞船能登陆联邦中枢。这个温良谦恭的世界负责提供记录、规章和引导，使一整个银河的外星人不至于把琐碎的争端变成星际间的毁灭战，这个世界有个几乎覆盖一切的平顶，几乎没有多少能打通这个平顶的开放区域，而太空港就是其中之一。

轨道空间很大，然而，阿莎知道轨道上还有其他飞船，抵达此处的时候，她的船长驳船就已经感知到了。驳船已经进入轨道，正等待航天飞机从联邦中枢开过来，由守卫把他俩传运到下面，以允许他们陈情，决定是否接受啸星人加入联邦；抑或是，要求他们针对指控参加答辩，因为她提供的是一个假身份。他们被限制在轨道上，受制于联邦中央电脑，也许是出于过度谨慎，或者是基于普通常识，其核心目的都是防止某艘飞船载满原子爆炸物或有毒物质，袭击星球本身。

银河联邦庞大而多样化，有一整套基于经验、成熟度和先例制定出来的规范，然而信息的传播就如同旅行本身一样，需要耗费很长的时间穿越银河系，没人知道那些未知领域未知的头脑中，究竟潜伏着什么疯狂的念头。

阿莎将这一切告诉所罗门，而他一脸惊奇地听着，露出不可置信的神情。“这个，”他说，“就是我们啸星人正在申请加入的，由许多世界组成的伟大组织吗？”

“它并不完美，”阿莎说，“但整个银河系就只有这个，至少现在是这样。”她没有解释什么叫“至少现在是这样”，这种感觉开始在她脑海中形成一个概念，即联邦已经演变成了一张错综复杂的大网，处处是官僚作风、死胡同和腐败。那已经是最好的版本了。最糟糕的是，官僚机构已经被独裁者、寡头和其他或隐或现的各派势力接管，暗中破坏或控制了联邦本身的方向，其目的尚不清楚。除了享受终极的快乐，权力本身就是目标。

“人类，当他们挺进银河系的时候，打破了存在已久的平衡，”阿莎对所罗门说，“打破了早已被认定为无须检验就会被接受的平衡。这就是为什么会爆发战争的原因。没人想要它，每个人都害怕它，而不同的哲学思想产生了冲突，联邦发觉自己脆弱的系统受到了威胁。联邦从未意识到这个系统是脆弱的，直到一个新来的物种发起质疑。在一切进展顺利的时候，没人会提出任何问题。”

“传统是美德。”所罗门说。

“直到出现新情况。”阿莎说，“联邦以达成共识的方式自我管理，这是一个适合银河系不同物种的体系，要想达成一致，必须保证无人会因为某项决定而处于非常不利的地位以至于不得不反对。每个人都要有所收获。但其结果就是只能达成有限的成就，只有在没有重大问题的前提下，协商一致才会奏效。这意味着，重大问题永远都无法得到解决，压力会不断积累，直到系统崩溃。一如人类与联邦的战争。”

“这使人类看起来像是个暴力物种。”所罗门说。

“我们的确如此，就像那颗给予我们生命的行星一样，撞击、喷发，大地在我们脚下晃动，狂风将我们撕成碎片。我们年轻，不像联邦的其他成员，他们拥有上万个长周期的技术文明。人类在一千多个长周期之前才发明了科学和技术，而我们面对一个动荡星球进化过程中所有的挑战，学会了该如何应对这些挑战，并获得了自我发展的能力，以此，使我们得以从自然的暴虐中解脱出来。我们尝试过各式各样的统治方法——部落、独裁政府、征服者、寡头政治、封建等级制度、神授君主和皇帝、暴政、无政府状态，等等——最后，我们选择了民主，或者该说是，在为少数派提供了内在保护机制之后的多数统治。同样，这也有其自身的问题，但总比其他任何形式都要好。它更善于应对变化，而人类早就见识过太多变化了。”

“而这就是你要推荐给啸星人的东西。”所罗门说。

“变革即将到来，无论啸星人做何选择。”阿莎说，“也许人类和啸星人可以互相帮助，共同打造一个更好的联邦。”

联邦太空梭到达后，连上了驳船所在的港口，咣当一声，小船摇晃起来。空气刚被检查调整完，远程计算机就打开了港口舱门，太空梭里身穿制服的警卫们一拥而入——两个席佛人，一个阿尔法半人马，一个天狼星人。那桶状的天狼星人似乎是负责人。他——天狼星人的性别总是无法确定——和席佛人领着阿莎和所罗门走进太空梭，而羽毛飘逸的阿尔法半人马则更像一个中立的观察者。

太空梭盘旋着朝下面的金属顶行星下降，这时，阿莎看到了那片淡红色的太阳能量收集器阵列，沐浴在红矮星黯淡的微光中，蔚然壮观，同时又令人沮丧——壮观是因为它有能力用智能建筑替代先天不足的大自然，而沮丧则是因为用来替代的东西竟如此拙劣。

他们降落在金属屋顶上为数不多的一个出入口，这是专为太空梭准备的小型太空港，随后就等着隧道延展到他们所在的气闸处。阿莎被天狼星人告知说，联邦中枢的空气是可呼吸的，但仅仅是勉强可以呼吸，比如阿尔法半人马就会觉得气压很大。所以，他俩也可能会有同样的感觉。

似乎没人显得很匆忙，包括控制港口的电脑，但最终连接还是完成了，他们被领进银河联邦总部所在的庞大建筑。这是一个令人感到阴沉沉的地方——无尽的金属走廊，有时两边都有金属门，有时会涂上油漆，但通常都没有，只有一条单轨的金属轨道从正中间穿越而下。他们等着交通车抵达。几分钟过去了。没人动。效率低下似乎已经是系统内置的一部分了，也深得人心，符合在这里生活和工作的人们的期望。这是个征兆，阿莎想，说明颓废已经侵蚀了联邦心脏，它甚至感染了那些实质运作着整个系统的电脑，虽然官僚们觉得，是他们自己在管理这一切。

然而，终于出现了一辆两轮货车，它只接受某些看不见的指令引导。这辆五毛公交车的两边都有大量空间，有可以折叠起来的座位，也有供那些站立型物种休息的支柱，还有个透明罩，用来保护旅客在旅行中免受大风侵袭。于是，他们开始了漫长的旅程，穿过那一条条无尽的走廊，来到世界的另一边。

这次旅行似乎没完没了，又一个迹象，阿莎觉得，这是内置的低效。

他们跨越半个世界被送到另一端，去处理任何一个小职员都能处理的问题。他们走过路过，匆匆一瞥，办公室的门或开或闭，服务室、会议室、起居室、兵营、回收服务，等等。偶尔还有满是电子设备的房间，那里面可能是控制了一切的电脑，它们互相哼唱着密语传递信息。

这一路上，他们经过了许多外星人，不同起源，不同生理结构——灵动的席佛人，死气沉沉的多利安人，壮实的天狼星人，长羽毛的阿尔法半人马，以及其他几十种生物。这就像银河系的集市，表面上是友好的，跨物种的融洽，但阿莎看够了物种间的交互，知道差异性真实存在，如今仅仅是掩藏在必要性沟通的遮羞布之下，其后隐藏着数以千计的怨恨，一堆从未被怀疑过的秘密计划，一如冰山下的危机，缓缓浮上海面。

他们在食物分发机前停过一次，那里的喷嘴和龙头提供了足够的营养——主要是粥和液体——这是为不同物种设计的饮食，但并非为满足他们的口欲。席佛人的食物散发出令人作呕的腐烂气味，而天狼星人的味道简直令人无法忍受，虽然所罗门的生理机能尚未被记录，但阿莎还是为他找到了某些类似于谷物的东西，而她也为自己找到了一些水果味的调制品。

无论如何，终于，他们被送到一扇门前，车缓缓停下，大门自动打开了。他们一直在旅行，足足走了半个周期，仅在食物分发机那里稍作停留。也许，阿莎想，选定这个地点让他们接受检查也是另有原因的。但是，如此待遇如果仅仅是为了削弱她的抗拒心理，或是为了让她更容易为沿途所见而感到震撼，那他们肯定还不知道她是谁。

这仅仅是一个小隔间而已——光秃秃的，太亮了，太温暖。眼前的官员是个席佛人，看上去很像黄鼠狼，长得跟杰弗里号上的朝圣者席一样。这意味着，阿莎认为，以她和所罗门的情况看，如果她能把重点放在啸星人申请入会的问题上，就依然是低等级审查内容。席佛人是官僚体制的最底层。

这家伙端坐在金属办公桌后面，上面有一个内置显示器，而他正草草研究着不知道是记录、报告还是说明的什么东西。从阿莎站着的地方看不到什么，而她从席佛人的眼神中也猜不出什么。没椅子，席佛人也没抬头看，仿佛她仅仅是个迷你自行车。终于，不管怎么说，席佛人抬起了头。“我叫席，”他用银河标准语说，“而我的身份是……”他唠唠叨叨地念出一串数字。“你不把这个写下来吗？”他问道。

“我们不需要写，”阿莎说，“即使有需要写的东西……”她重复了一遍他刚才给出的那串数字。“我是阿莎，这是所罗门。”她报出了为他们准备的身份标识。她没想要向这个官僚展露自己的能力，但可能获得心理优势的好处毕竟超过了其中的风险。

“哦，是的，”席佛人说，“那个提交了虚假身份的人。”

“一个提交申请的种族代表，及其助手和翻译，”阿莎坚定地说，“申请入会者优先。”

“然而……不合规的是——”

“仅仅是一个毫无经验的种族所犯下的简单文字错误，”阿莎说，“当然，在提交了更重要的问题之后，肯定必须回过头来讨论这个问题。”

“你是在指导我该如何履行职责吗？”席佛人说。

“我知道我的权利。”阿莎说。

“人类没有权利。”

“即使是见习物种也有相应的权利，”阿莎说，“我知道本会议正在被录音。”她指了指席佛人身前的电脑显示器，“我来介绍所罗门。”

她再次说出他的身份识别号码。“他是啸星世界及其人民的代表，他们处于联邦大使多利安人桑德的引导之下。”她停顿了一下，期望提及多利安人会给这个席佛人留下某些深刻印象，然而，他并没有退缩，也许那是刻在席佛人心中的标准应答。

“那他申诉的理由是什么？”席佛人说。

阿莎转向所罗门，用啸星语告诉他，现在是时候由他来陈述了，申请允许他的人民加入联邦。

“我们是个古老的民族，”所罗门顿了一下，用银河标准语说道，“我们发现自己身处困境，只有强大的联邦才能解决我们的问题。”

“是什么问题？”

所罗门从与阿莎的讨论中吸取了教训，立即做出了回答。阿莎还是很为他感到自豪的，为应对紧张的形势，而能够灵活地改变信仰，以他之前表现出来的对其本国人民传统的执着，她可从来没指望他还能有这灵活度。“我们的世界发现自己正身处危险境地，银河中心，一个黑洞正吞噬着它的伴星和即将爆炸的超新星。而我们，啸星人，只能悲惨地做出回应，我们转开身，拒绝去看，将目光集聚于内心，以此保护我们在无知无觉中活下去，不会因为感知到灭顶之灾而痛苦。”

这个时刻激发了所罗门所有的口才，阿莎想。

“那么，”席佛人说，“你希望联邦怎么做？”

“我们知道你们的能力，”所罗门说，“我们将身心投赴于您的仁慈，保证我们的人民必将履行联邦的目标和原则。”

“他们是个有潜力的民族，足以为联邦辉煌的历史和充满希望的未来，做出巨大贡献。”阿莎说，“伟大的多利安人桑德将在报告中阐明这一切。”即使这些报道不是这个席佛人此刻正在读的，也会很快出现在他的显示器上。“但他们需要被拯救，从那个冷漠宇宙流放他们的地方逃出来。”

“你希望联邦耗费巨大的资源，把这个连念都念不出来的世界拖到安全的地方？”席佛人说。无论银河系的传统怎样，阿莎都无法把他看作是当年的那个席。

“这将是一次伟大的胜利，无论对你，对联邦，还是对伟大的多利安人桑德来说，都是。”阿莎说，“联邦拥有丰沛的强大力量。当然，救援本身可能需要几代人的努力，但启动这个项目的荣誉马上就会被归于应该拥有此项殊荣的人。银河中心的能源取之不尽，只需要在啸星轨道上建个基地，就可以源源不断地加以开发利用。毫无疑问，其盈余可以转用于其他用途。”

这是一幅相当美好的画卷，席佛人禁不住细想起来。即使是外星人的心理状态，阿莎也能读懂不少。

不过，这未能阻止席佛人发话：“所有这一切，都无法改变你们必须回答的，关于虚假身份的事实。”

“一个简单的笔误，就像我之前所解释过的。”阿莎回答道，“毕竟，伟大的多利安人——”

“我知道，”席佛人说，“桑德。”

也许她过于强调跟多利安人的关联了，但她依然坚持说：“桑德把他的船长驳船借给我的时候，已经验证了我的身份。”

席佛人又看了看显示器。“这样的验证可能需要数个周期来检查。你将被带到另一个辖区，以便更快做出决定。”

“那——”阿莎正要开口说话，但席佛人举起双手打断了她。

“该处置是最终结果。你得跟警卫一起走。而你的申请人同伴将会留在这里。”

“我请求给我的同伴一点时间来了解情况。”阿莎说着，未经许可就转向所罗门。“我不得不独自一个人继续了，”她用啸星语继续说，“而你将被送到别处去。继续你的申请流程，坚持自己的权利。你肯定会遭到拒绝的，而当你被拒绝时，请求他们送你回啸星。他们将被迫按照他们自己的条例，尊重你的地位和要求。无须绝望。有鉴于此，多利安大使会坚持到底的。一切都会有好结果，最终，你的人民将会给予你荣耀，而多利安大使将会被你的人民视为救世主。”

所罗门看上去有些犹豫，但意志却很坚定：“你会怎样？”

“别担心我，”她说，“官僚机构很刻板，但这也会使他们很容易被击破。”

“我本来以为，我们俩都会有更好的结果。”所罗门说。

“够了！”席佛人说。

门开了，仿佛是出于某个看不见的信号，尽管，阿莎怀疑它大概是出自某台电脑，抑或是掌管着一切的中心电脑。她想，其实是这台电脑决定她该去哪里，看什么人，会发生什么事。是那台位于银河系每个太空世界心脏地带的中枢电脑。她转身走出大门，继续由带他们来此的那些警卫看管。他们再次踏上横跨半个世界的长途旅行。不过，这一次，搭载他们的“五毛公交车”从一条侧廊走到上面一层去了，那里的装潢和设施都显得比下面更好些。食品分发机除了提供粥和流质，还有其他品类的食物，另外，还有真正的餐馆，废物处理室，以及看似更宽敞的生活区和公寓。即使在一个样样平等的社区中，权力和特权构成的等级制度也依然被建立起来了。

阿莎试图跟看守她的警卫聊天，但没人理睬她，直到阿尔法半人马终于告诉她保持安静。她估量了一下自己逃跑的机会。毋庸置疑，她能对付得了那个席佛人，他们身手灵活，行动鬼祟，但很脆弱，在打击足够强的情况下，他们的四肢会自动脱落。那个木桶般的天狼星人是另一回事，他浑身上下只有头部可被视为打击目标，而他们的头却很坚硬。那个鸟般的阿尔法半人马有只凶猛的喙，行动敏捷。

可现在还不是绝望的时候，她还没取得任何成果，那才是她回到联邦中枢的原因。她让所罗门放宽心，其实，她丝毫没有夸大官僚机构的各种问题，她还不知道她所造出来的身份证明到底在哪里出了岔子，那些应该都可以解释清楚。或许，这一切都是因为当年她和任乘着阿达斯特拉号成功逃脱了，那之后的人类囚徒就陷入了如此境地。

五毛公交车终于抵达了另一个区域,这里的走廊更宽阔,照明更好,大门也更不同凡响,毫无疑问,这门后一定隐伏着更不同凡响的办公室,里面是更不同凡响的官僚。嗯，她想，越不同凡响越好。

他们等了一会儿，直到大门终于打开。经过长途旅行，阿莎的身体有些僵硬，她缓缓站起身来，走进办公室。办公室的确很大，有一张大桌子和几把椅子，可供人或坐或撑（如果来人是站立型生物的话）。书桌后面的墙上有一个显示屏，上面有起伏的丘陵和绿色的山谷，这图像可能出自一百多个不同的世界，但很显然，实际上，这张图来自她从未见过的地球。因为，站在显示屏前面，是一个人类，他背对着她，也许是因为年纪大了，满头白发。

最后，那个人转过身来。

“父亲！”阿莎喊道。

第十三章

赖利驾驶着他刚买的宇宙飞船停靠在红球旁的一个锚位。超验机主所造的神器不仅太引人注目，而且还是唯一的证据，证明他们在星际旅行方面掌握了何等强大的力量，这甚至可能是银河系最有价值的技术。在完成当前的任务之前，他可能需要把它作为讨价还价的筹码。他把飞船的连接通道延展到红球上，锁定它，等了一会儿，等着船上的空气取代阿利盖里有毒的大气，然后踏上那艘古老的飞船与阿吼会合。

恐龙有些不高兴。这种状态很难与他的正常状态区分开来，然而，到目前为止，赖利已经学会了如何解读阿吼的情绪，在他的恼怒和愤怒之间存在着微小的差异。“过来。”赖利说着，示意阿吼跟在自己身后，穿过在他们前面形成的塑料走廊，然后进入由普通物质构成的固定墙隧道，也就是飞船的连接通道，最后走进那艘井井有条的传统飞船。

阿吼对此变化怒吼起来。虽然这个爬行动物表达过对红球的厌恶，并且因红球不断变换形态而感到很气馁，但对他来说，联邦战舰那坚硬的金属墙和三个紧巴巴的舱室同样不熟悉，而且令人不安。

“这将是你的新家，”赖利说，“等我做完我来这里要做的事，它会带你回到你的世界。”

阿吼吼了起来。

“我知道，”赖利说，“你现在就想回家，但要更有耐心一点。”他没指望能得到回应，耐心并不在阿吼的功能列表里。“现在，我们得把自己固定住准备起飞了。别再指望那些墙会看顾我们。”

赖利把阿吼固定在一根支柱上，这根柱子是为不同形态的生物设计的，他们像阿吼一样，无法坐下来。他小心翼翼地避开阿吼可怕的牙齿。他那两栖类的同伴在他们的长途旅行中学会了克制，但阿吼的本能从未远离其浮表。随后，他们出发前往但丁。

清洁了有限的空气，切断引擎，然后，赖利放开阿吼，向他展示装备了内置食品打印机的小厨房，并演示给他看如何操作这些控制装置。“看见了？”赖利问，“当你触摸屏幕上这些地方的时候，你会得到一些，呃，类似于肉的东西。”墙上的玻璃门里冒出一块食物，无论形状、气味和质地都像牛肉。阿吼饿虎扑食般冲了上去，一口咬住，他抬起硕大的脑袋望着赖利，仿佛是在说：“这可能是肉，但它不像我吃过的任何肉。”然后狼吞虎咽起来。“这是肉，”赖利说，“它只是从未长在动物身上。”

又吃了三大块肉之后，赖利带着阿吼回到控制室。“看，”他说，“我已经把指令放进了机器里，它会带你回家的。到时候，你只需按下这个按钮，剩下的就交给飞船来执行。”

阿吼抬头看着赖利，头歪向一边，吃饭时流下的鲜血仍然沾在他嘴边。

“不管怎样，”赖利说，“我们现在要去另一个世界了，我在那里有些不得不去做的事。然后你就可以回家了。”

“回家。”阿吼说。

“回家。”赖利重复道。他并不知道在但丁上会发生什么事，也不知道他将会在那里发现什么，但他知道，阿吼跟他在一起，无论怎样都好过被丢在红球上，隐匿在阿利盖里的一角。虽然阿吼和他在一起是出于冲动和偶然，但从这个原始的食肉动物身上，赖利感觉到了某种东西，那是他自小在火星上从未有过的：责任感。他不知道，这究竟是超验传送的产物，还是源自过去那个被毁掉的士兵，那个登上杰弗里号作为朝圣者去寻找超验机的士兵。然而，这却是他必须忍受的负担。

半个周期后，他们停靠在快乐世界但丁。

对那些飞船而言，如果不是因为参宿七，但丁看上去跟其他任何中型卫星一样——它既不像地球那特大号的月亮一样大，也不像火星那微缩的孪生小卫星那么小——然而，即使在这个距离，参宿七那雄伟的身姿依然如蜃楼幻影般具有压迫感，诸多飞船停靠在各个泊船港口，而这些港口就散布于但丁那伤痕累累、饱受太阳风侵袭的地表。“待在这儿，”他对阿吼说，“尽量不要惹麻烦。”但丁很少注意外表——如果觉得别人怪异而做出什么反应的话，会被认为是挑衅，对方完全可以采取反制行动，而这甚至会是采取暴力的借口——可阿吼，他那恐龙样的力量，他庞大的身躯，以及长满利齿的巨颚，可能会成为例外。

他在气密室内的登记柜台注册好身份，事实上，他早就把资金转移到这个身份下面了。随后，他支付了船坞费，建好信用评级，然后过关，走进那一路挖进这卫星内部深处的、错综复杂的空间结构。在这里，他并不担心阿利盖里上的那种信息警报监视系统。匿名对但丁的服务而言是必不可少的。并不是说他不会被发现。绝对的身份保护是个神话；只要动机足够强，没有任何数据可以完全不被发现，但由于数据审查的安全级别，被发现的速度可能会慢一些。

“欢迎来到但丁。”一个不具实体的声音说道。针对这个享乐世界的放纵主义，批评家们曾经指出，问候语应该是“放弃希望吧……”。

赖利走进一条条走廊和一个个服务设施，他以前去过那里，早就很熟悉了。第一层是医院。那里曾经挤满了战后的人类伤员，垂死的和濒死的。事实上，整个卫星，包括所有的九层，当初都是作为医院被挖出来的，直到战争变得愈加致命，生还者寥寥，才一层一层地被派做了其他用途。后来，战争结束了，人们要么幸存下来，要么死了，但丁开始只接收特殊病例，而那些病例都需要用到为战时伤员而开发出来的特殊技能。

墙壁是白色的，涂有消毒剂，沐浴在抗菌射灯下。赖利在前往医院登记柜台的路上，一阵似曾相识的感觉扑面而来。当年，他是被运到医院里来的，不省人事，躺在自动轮床上，然后被幽闭在某个康复单元里，直到他被放出来，选择在楼下任何一层他喜欢待的地方做康复治疗。

赖利在入口处停了下来，这里只对病人和工人开放。门边一台嵌置在墙里的监视器开始扫描他的脸，而他则站在那里，用毕生经验带来的耐心等待着。卫星为模拟体量更大的月亮应有的重力，而被赋予了足够的转力，可这对他的内耳造成了一定的影响，需要花些时间来适应。他把手背紧紧按在监控器旁边的键盘上。

“您好，”监控器说，“我能为您做些什么？”

他键入萧恩的身份号码。他很惊讶自己竟然知道这个号码。他肯定是在自己的某个医疗报告里见到过，然后这个号码就一直保留在他记忆中，直到他这新近开发的能力，使他足以直抵任何他曾经看到过的东西。“我想和这个人谈谈。”他说。

“本设施中无此人。”监控器回应道，这是中枢电脑连接的标准音调，平淡，权威，没有废话，不允许争辩。

“她是这里的外科医生。”赖利说。

“本设施中无此外科医生。”监控器说。

“她被调走了吗？”赖利思忖着。也许是他弄错了号码，但他知道自己应该没弄错：他还记得，萧恩的身份信息曾经排列在某个屏幕上，这一切历历在目。

“此人从未出现在本设施。”监控器说。

“那她在但丁其他什么地方吗？”赖利问道。

“任何此类信息都是机要信息。”监控器回答道。在但丁，工作是匿名的。可赖利知道，如果不是因为受到其内置代码中最基本的限制，中枢电脑应该如此作答：“此人不在但丁，且从未在但丁出现过。”萧恩的存在已经被抹去了，就仿佛她从来不曾存在过，也许，这正是由于他跟她的关系吧，而他曾经以为，自己永远无法与她达成那种关系。中枢电脑可能会拒绝回答问题，或者否认有能力回答该问题，但它们无法撒谎。但丁的整个社会结构基于一个基本真理：中枢电脑不撒谎。中枢电脑记录一切，包括每个人的信用、债务、义务、关系、地点、历史……如果它们可以被侵蚀，整个系统都会崩溃。

然而，赖利清楚地记得萧恩：她给他接上新胳膊，然后来到他的康复室，检查监控他的手臂和身体的连接链路，通过它传递医治电流和药物。他还记得萧恩跟他聊起来，他是如何失去手臂的，他在战争中所做的一切，她跟他聊天时候的那种姿态，让他觉得对方对他本人的兴趣，明显超过了外科医生对待工作的正常态度。而他依然记得，之后，她来到他床前跟他做爱的时候，她的模样和感觉。

比起系统来，他更相信自己的记忆。中枢电脑可能会被侵蚀，这个事实意味着整个社会秩序所面临的危险远比他想象中的要大很多。而他和阿莎要做的远比他预想中的要多很多。

赖利在通往下层的斜坡外等着。换班的时间到了，在医院工作的服务人员和医生将在下班后愉快地返回。在医院工作的人已经不多了，大部分医疗服务都是自动化的，只需要少数真人提供服务、负责监督或处理紧急状况。终于，一个他认识的技师出现在面前，那个人曾经协助萧恩处理医疗器械，在萧恩的引导下，完成了连接骨头、血管、神经和皮肤的复杂任务。赖利伸手拉住那人的胳膊拦住了他。这是一个小个子的黑发男人，表情呆滞，神情茫然，仿佛曾经在某个快感中心受到了过度刺激。

赖利自我介绍说他是个已经康复了的病人，回来感谢他的外科医生及其助手们对他的照顾。那个男人的表情没有丝毫改变，可他也没把胳膊挣开。

“你能告诉我在哪里可以找到萧恩吗？”他问。

“谁？”

“萧恩医生，那个修复了我手臂的外科医生，你当时也在的。”

“我不认识任何萧恩医生。”那人说。

“你肯定认识她。”赖利说。他形容她说：高大，金发，身材匀称，为人友善。

“听起来不错，”那人清清楚楚地说，“但我确实不认识任何如你所说的这样的人。”

此人并未改口，经过几次尝试之后，赖利放弃了。这个技术人员似乎很相信自己所说的话。赖利对他表示了感谢，并为自己的错误道了歉。正当他准备转身离开时，他看见一台小小的清洗机正等在旁边，等着那些人把路让开。

“你好啊，小家伙。”赖利说。

“你好。”机器用自动设备那平直的、未经调试的音调说道。这种设备是为了完成简单任务而设计的，所以不需要语音应答，也不需要计算能力。“如果您谈完了，我就继续干我的活了。”

“你见过萧恩医生吗？”赖利问。

“她在第九层。”机器回答道。赖利兴奋起来，终于可以证实他从未怀疑过的事实了，包括萧恩的存在，以及她从未离开过但丁的事实。那些试图将她从记忆中抹去的人，他们忽略了但丁上最低级的生物，那些机器并不需要连接到中央中枢电脑。

“谢谢你，小家伙！”赖利说着，开始沿着斜坡向第二层走去。

第二层一片昏暗，四处弥漫着淡淡的玫瑰色光线，空气中散播着的芳香如同春药。低沉的音乐跳动在或封闭或开放的空间中，无数肢体在铺着软垫的地板和长凳上扭动着，扭曲成各式各样的组合和形状。赖利在楼梯的平台上停下脚步，回忆起他自己那时候，在不可名状的激情之下，那些无意识的时刻，他曾试图忘记让他充满负疚感的死亡，那些因失去和受伤而感到的痛苦，以及萧恩的离弃。但这终究不足以治愈他，于是他深入到了但丁的最深处。

一个女人从幽暗之处走向他。她高挑、苗条、年轻、黑发，几乎一丝不挂。她的自然属性可能被增强了，但在她身上看起来还蛮不错的。“我喜欢你的模样，伙计。”她说，“你要跟我一起吗？”她顿了一下，又继续说道:“如果你喜欢多人的话，我还可以找到别的女孩。或者，如果你喜欢像你自己这样高大的硬汉，也行。”

“谢了，”赖利说，“但我正在找一个朋友。”

“你找不到比这更好的了，”她说，“朋友都是被高估的。”

赖利摇了摇头，又往下走了一层。刚到此处，一阵阵食物和饮料的香味便向他袭来，不堪重负的桌子上堆满了各种肉、烤面包和一罐又一罐看似酒类的饮料。超重的男男女女们慵懒地靠在桌边或沙发上，吃吃喝喝，直到吃剩的残羹从他们嘴里漏下来，沿着下巴一路滴到他们的胸前。偶尔，他们中的某个人会站起来，跌跌撞撞地走到对面墙角的柜机前，那里的自动设备会从他们胃里把食物抽出来，清理他们的身体，然后他们才会回过头来继续吃喝。

赖利摇了摇头，继续沿着斜坡往下走。

第四层的男男女女们，穿戴整齐，正玩着赌博游戏，掷骰子，下注，押在那些随机出现在灯圈里的数字上，或者在市场上买卖信用积分，这些信用点每隔几秒钟就会变化一次，它记录了整个世界迄今为止的价值，而他们的成功或失败，都要经过许多周期，才会汇总到中央会计系统里。

赖利对金钱或财富从来都不感兴趣，他继续向下走过第五层和第六层，在第七层停了一会儿，看看那些男人和偶尔出现的女人用拳头和武器干架，配有微脑的医疗队站在旁边，随时准备注射、缝合和修复。接着，他继续向下来到第八层，最后到了第九层，这里横亘着棺材似的水槽，一路陈列在长长的、宽阔而光滑的黑色地板上。他还记得这里的仿真水槽，当普通的快乐无法再减轻生存的痛苦，微脑就会为每一位到此的客人准备一套量身定做的虚拟现实，以此模拟其终极满足感。赖利知道那是什么感觉，因为他是就在这一层堕落的，而其他任何一层都无法让他满足。这是他那受伤的灵魂最后的黑暗庇护所，它却把他拉入更深的黑暗之中，而他就是从那里被拖回到现实世界的。一个看不到的声音告诉他关于超验机和超验主义的先知，逼着他接受了那个任务，杀死先知，夺取机器或摧毁机器。就这样，他的大脑中被植入了生物微脑，而他的微脑可以给他提供额外的资源，可以惩罚他，甚至杀死他，如果他失败或拒绝执行接收到的指令。

赖利在一个个水槽中搜索着，直到找到了她。是萧恩，她的身体深埋在注满浓稠液体的水槽之中，尽管比他记忆中的要瘦，面容也更老，但却更加平和。无论她做的是什么梦，都远比生活所能提供的要好很多，即使，那个梦正从内里吞噬着她。

他不愿将她带回现实世界，但他知道，如果是他像以前那样躺在那里，带他回到现实才是他需要的。她浸没在液体中，这些液体在她做梦的时候会支撑她的身体。他把手伸进去，拉住她的肩膀，把她一把拉了起来。一股股黏稠的液体顺着她的身体流下来，从她的口鼻中浸出。她咳嗽着，吐出灌满肺部的液体，她半吐半咽，略微动了动，睁开了眼睛。过了一会儿，她的视线才集中在他身上。

“赖利？”她说道，“是你吗？这怎么可能——？放手吧，让我回去。这是我有生以来第一次感到快乐。”

“我不能，”赖利说，“我不得不问你几个问题。然后，如果你回答了我的问题，我就会让你回去。”

“我不相信是你，”她说，“你看起来不一样了。”

“已经过了好几个长周期，”赖利说，“你我都经历了很多。”

“让我好好看看你。”她说。这里光线暗淡，但那并非她的真意。她伸出双手摸了摸他的脸，然后顺势将手拢在他的脑后。她的脸色因猜疑而变得有些僵硬。“你不是赖利。你是个梦，一个噩梦，而我还在仿真水槽里。”

他理解。她一直在寻找他手术后留下的伤疤，那个为植入生物微脑而开颅的伤疤，是超验机除去了那个伤疤，而且除掉了包括微脑在内的所有其他缺陷。

“你就是把那东西塞进我脑袋里的外科医生！”他说。

第十四章

阿莎的父亲看上去老了很多。他的头发变得花白而稀疏，满脸皱纹，仿佛那里曾经是不同思想的军队作战的战场。此时此刻，那张脸看上去很困惑。“阿莎？”他说道，“你看起来不一样了。”

他看起来也不一样了。她在十二个长周期之前离开了他，那时他还是个年富力强的男人，精力充沛，意志坚定，满怀希望地意图改变联邦委员会的想法，而他们却从她父亲和弟弟皮普身上得出了令人憎恶的结论，认为这恰恰证明人类天性暴力。据此，爆发了长达十个长周期的战争和破坏。这是委员会的最终确认，也是人类及其盟友宣战的导火索。

然而，如今她的父亲却出现在联邦的心脏地带，在这种办公室里，他的职位明显在联邦官僚体系中等级相当高。“我离开的时候还是少女，”阿莎说，“归来已是女人，有了新的身份。”她报了一串数字，并非她的身份认证，但号码相近，足以迷惑任何可能在听的人。

“而且，你不仅仅是个女人，”她父亲说，“你的站姿和动作都充满了力量，非常自信，而在我认识的人里，包括联邦最优秀的精英，我只在几个人身上看到过这种信心。我为现在的你而感到自豪。但是，你到底怎么了？”

“我去过很多地方，做了很多事。”阿莎说，“可你是怎么了？

你变老了。”她坐了下来，不是因为她累了，而是因为她不太想挑战他的权威，无论是作为父亲，还是作为联邦官员。

“这里的生活可没那么轻松，”她父亲说，“在你和任丢下我离去之后。”

“我们并没有丢下你。是你拒绝跟我们一起走。你说你想留下来。你依然满怀希望，想要改变联邦对人类的看法。然而，相反，我们却经历了十个长周期的战争，数十个世界被摧毁，数亿人遭到了各式各样的屠杀。”

她父亲在书桌后面的椅子上重重地坐了下来。椅子很软，看起来很舒服，但他坐在上面却显得不太舒服。“我失败了。”他说。与其说这是对行动计划的评判，倒不如说是对人生的总结。

“如今你却发现，连你自己也已经成为联邦的一分子了，而你曾经以为可以改变它。正是这个联邦试图毁灭人类。”

她父亲叹了口气。“我失败了，因为我是人类，因为我天性暴力，因为我无法意识到，和平需要为了全体的利益而放弃权利。联邦是正确的，我错了，只有联邦才是银河和平与稳定的唯一力量。”

他是真的相信他自己所说的话，阿莎想。“有时候，看似不言而喻的真理，其实不过是年轻的火焰渐渐燃成了灰。老了，想法自然就变了。”阿莎说，“和平是好事，战争应该是几乎不惜一切代价予以避免的。然而，是联邦想要战争，或者，更确切地说，它想把人类压制在自己的太阳系里，如果这不起作用，那就消灭人类，以免人类成为联邦安定的潜在威胁。”

“即便如此，”她父亲说，“可他们是不会这么做的。”

“没做到而已，不表示他们从来没这么做过。”阿莎说，“联邦历史记录了有多少世界曾被摧毁，多少物种曾被消灭——”

“故事，”她父亲一边说着，一边摊开双手，表示传说与现实之间存在距离。“神话。总之，那是很久以前的事了。我现在了解他们，比我试图说服委员会相信人类基本美德的时候更了解。他们真是集善良和慷慨于一体啊，当人类还在树林里晃悠的时候，他们已经肩负起重任，维护整个框架体系，为混乱的银河带来和平。我刚一表明对他们的理解，他们就欢迎我加入了他们的行列。”

“所以，”阿莎不无恶意地说，“你与敌人勾结，并因此赢得了你在委员会中的席位。”

“我接受了它的目标，”她父亲说，“而这本应是你们该做的。正相反，你和任带着星际旅行的秘密，在漫漫长夜中偷偷溜走了。如果不是这样，根本就不会有战争，而这可怕的破坏原本是可以避免的。”

“如果那样，人类就仍将是被束缚在地球上的乡巴佬，不得不受联邦精英成员的控制。他们也不是自己发现了跃迁连接点的。他们的星图是从另一个更古老的星际种族那里继承来的，而那个种族的星图可能也是以同样的方式得来的。早期的联邦成员利用了这个礼物，他们确实比其他任何人都更早地进化出智慧和科技文明，基于这个事实，他们攫取了权力并延续着自己的地位。”

“人类本可以像其他人一样申请入会。”她父亲说。

“于是历经数代人的努力申请，恳求委员会的慷慨和善意。”阿莎说，“即使委员会英明而善良，一如你所相信的那样；即使它没有动用武力，一如你所认为的那样。你觉得这对人类来说，可能吗？”

“那正是人类致命的弱点，”她父亲悲哀地说，“狂妄自大。那也曾经是我的缺点。我以为我可以用理性的力量来解决任何问题，但我学会了,任先生也一样,还有我其他的人类伙伴们。我们学会了谦逊。”

“任？”阿莎说。

“他在几个长周期之前就回来了，但和你不一样，只不过是以另一种方式。他悔悟了，谦卑了，好多了，甚至更年轻，更聪明。他与联邦和解，为自己谋了个职位，然后就继续前进了。”

“前进？去哪儿？”

“这类信息是保密的。没人知道，也许微脑除外，它知道每个人在哪里，除了你。直到你决定了要回来，跟任不一样，带着假身份，只是被 DNA 揭露了出来。DNA 其实有所不同，一些垃圾被移走了，但其相似度足以让我知道，肯定是你或皮普。皮普怎样了？”

“他和其他孩子一起被送上了救生船,有成年女性跟着照顾她们,还有几个船员负责必要的航行和运维。他现在应该已经长大成人了。”

然而，她还不知道该如何面对父亲告诉她的消息：任活下来了，并在她之前回到了联邦空域。

任逃脱了蛛型兽的攻击，跟着她走进超验机。和她一样，他也被改造了，变得完美，被传送到银河系的某个地方。他所到之处拥有更先进、更易于获得的星际交通工具，于是将他带回到联邦中枢，而那时她正行进在一条更加曲折的道路上，想方设法回到联邦空域，结果到了端点星，在那里，她加入了聚集于此的朝圣者行列去探寻超验机。她曾经想过，在超验机的本质和有关变革之力的谣言之间，应该达成某种妥协，而那些谣言的来源，则是因为她在首次描述自己的经历时

不够谨慎，因为超验主义的实现，因为在她醒来之后出现的伪宗教。

但任并没有花力气去找她。他肯定意识到了，她已经被送到银河系的另一个地方，在那之后，关于超验机、超验主义及其先知的流言，肯定早就传到了联邦中枢，而朝圣者聚集起来，乃至杰弗里号启航，都是一个长周期之后的事情了。任肯定明白其中暗藏的是什么，但他做了什么？他并未发起远航以得到超验机用于个人目的。这意味着他满足于自己的转变，没兴趣把同样的机会传给其他任何人。这意味着，是他批准了这个计划，派遣战后千疮百孔的杰弗里号踏上征途，或者，是他引导该申请得以顺利通过联邦官僚机构的审批流程。

可为什么呢？也许是为了陷她入彀：她可能会被杀死，抑或滞留在远离联邦空域的地方，而她也就不可能对任所制定的计划造成任何损害。旅途本身危机重重，即使她和飞船从他们手中侥幸逃脱，可异星之上的蛛型兽却提供了一个相当靠谱的障碍，可以阻止她返回。然后，还有朝圣者，至少有那么几个，他们的任务是杀死先知——狡猾的席和笨重的陶德，也许还有其他人，包括赖利，或许不包括赖利。可席和陶德都是联邦委员会的代表，可能很容易就会被招募，被策反。而赖利则一直在享乐世界但丁上做康复，远离联邦中枢。

还有某个权威人士也曾经下令摧毁超验机。或许是任？除任之外还会是谁呢？任，他知道那机器能干什么，他可能想确保仅有他自己拥有超验，他不想跟其他人分享，这可能会带来竞争，包括权力、地位、财富或其他任何他在意的。如果任是唯一的超验者，这可能意味着他可以接管联邦，并进一步将联邦推上集权之路，而非继续联邦制。而如果任足够聪明，没人会知道联邦将朝什么方向发展，直到一切为时已晚。

阿莎意识到，这意味着，超验并非她和赖利想象中的灵丹妙药。仅有清晰的思路和理性的行为是不够的。这些只是建设文明社会的基本条件，但并不足够。如果超验者本身的基本素养就是有缺陷的，那超验就只会在它偶然的超越中强化出最糟糕的一个，而无法导致更具智慧、更理性的存在。

这就使她更急于想找到赖利了。

“究竟从什么时候开始，你改变了对联邦的看法？”阿莎不假思索地问，“是当你再次见到任之前吗？”

“我觉得其实我一直都是这么想的，”她父亲说，“我只是不知道而已。”他深吸了一口气。“现在，我得把你交回给联邦法院审理。我不知道你来这里究竟想干什么，但这肯定不会对你、对联邦、对和平有任何好处。”

“我是来找你的，父亲。”

“你不可能知道我还活着。”

“那你觉得联邦会如何处置我呢，父亲？”阿莎问。

“联邦会做出正确选择的。”

“你愿意把你的女儿交给联邦以维持和平吗？”

“这不是什么有罪无罪的问题。我们的谈话早已被微脑记录在案，你已经提供了足够的证据，足以证明你反联邦的态度和意图。我很抱歉，阿莎，但监控是现实生活的一部分，也是维护持久和平的必要组成部分。”

“我把它关掉了，父亲。就跟新的任一样，我可以很有说服力，而我认为，其实他是在你没留意的情况下说服了你。再见，父亲。我希望你一切顺利，但你不会记得你见过我，也不会记得我是谁。如今，我有一个必赴的约。”她也可以的，她明白，可以把他变回原来那个老人，那个认真而专注的自己，就像任当初所做的，把他变成了一个真正的联邦信徒，相信联邦的政策和好意。然而，用他的背叛来面对他，毕竟不是什么善意。

她父亲抬起头来，“你到底是谁？”

“只是一个你以前曾经认识的人。”她说着，溜到了桌子后面，当她经过时，最后轻拍了一下他的肩膀。

正如她所料，正对着远处墙壁的陈列柜后面有一扇门，当她走近时，门为她自动打开了。习惯了身居高位的官僚们，不愿意与普通联邦民众混为一体，去使用公共交通系统和公共服务，更不愿忍受其延迟。

门背后有一个胶囊太空舱，大到不仅能容纳她父亲这样的人，也能容纳大多数像陶德这样体形更大的联邦公民。太空舱那透明的塑料门开着。她钻进太空舱，随手关上身后的舱门。一个座位从远处展开，为适应她而调整着自己，最后围着把她固定在座位上。一张行星建筑示意图出现在她面前，一堆红线和数字闪闪发光，在她面前跳跃着。她触摸着数字，直到她想要的目的地以银河标准描述出现在地图上。她在空气中敲了两下，胶囊太空舱开始移动，一开始很慢，然后开始加快速度，直到她感觉整个身体的重量都在不断增加。

当初，他们在单轨上旅行了好几个小时才抵达这里。而对官僚的私人运输系统来说，这只是几分钟的事。在高速运动中，包裹着太空胶囊的管道壁模糊起来，直到太空胶囊渐渐放缓，最终停了下来。安全带刚一松开，阿莎就从座位上站了起来，打开舱门，走出太空胶囊。面前是一堵墙，跟她父亲办公室后面那堵墙一模一样。她找到门闩按钮，打开门，走出来，进到一个满是各种外星人的地方——席佛人、多利安人、天狼星人、阿尔法半人马，还有其他几种人。然而，并没有人类。在联邦空域，人类依然很罕见。

阿莎自信地朝负责的多利安人走过去，跟他打了个招呼。她知道是他在负责，因为他斜倚着巨大的尾巴，靠在一张桌子后面，桌子上则嵌着电脑屏幕。她很清楚，自信可以克服许多偏见、怀疑和猜忌，但自信本身必须出于自然，而非伪装。

“我获得授权乘坐太空梭回我轨道上的飞船。” 她用银河标准语说着，向那个多利安人提供了一串数字。他看着阿莎，带着重星上食草动物特有的镇静，他这种天生的优越感跟她的自信正好相辅相成。她不由得想起陶德，那个强大而富有领导力的多利安人，毫无疑问，他已经死在超验机之城那些蛛型兽的巨颚之下了。可眼前这个多利安人，虽然也在同样的出身和教养之下被孕育成人，却没有陶德的身形和地位。

他查看了一下电脑屏幕。“授权正确，” 他不情愿地说，“但这需要确认。”他敲了敲屏幕。阿莎等在那里，没露出半点不耐烦的样子。在她作为超验者的早期经历中，她发现，就连看似廉洁不阿坚不可摧的电脑都有可能会被影响，甚至，只要时间足够长，也是会腐败的。仿佛，这些高阶技术社会的基本组成部分也会认识到，人类的新生代已经初露峥嵘，必须服从于他们，而不是阳奉阴违后被强制服从。

但她已经没有多少时间了，联邦的中央微脑比她以前打过交道的任何微脑都更加强大，更加复杂。它必须管理整个银河系的信息和运作方向，甚至，她相信，还包括具体的运作指令。联邦委员会认为是他们自己做出了重要决定，但她开始怀疑这些决定其实是由微脑做出的。她不知道微脑什么时候才会察觉到，她在父亲办公室里发出的指令是可疑的，甚至是伪造的。然而，不耐烦只会妨害她得到想要的东西。

多利安人抬起头来。阿莎看多了陶德的面部表情，早就学会了解读，而眼前这个人的表情可以被认为是不悦。他并不喜欢服从于人类。“太空梭已被确认，”他说着，把太空梭和停泊港的号码给了阿莎。

阿莎穿过房间向远处的大门走去，那里是联邦中枢为数不多的对空开放的几个区域之一，太空梭就在那里起飞降落。“等等！”多利安人喊道。当阿莎在门口转过身时，他接着又说：“你需要个太空梭飞行员。”他喊出一个身份号码，于是一个席佛人从旁边一小撮人群里主动走了出来，到门口与阿莎会合。

“你是个幸运的人类，”席佛人说着，语气中带着典型的席佛式自吹自擂。“你得到了联邦中枢最好的太空梭飞行员。”

“很好。”她应了一声，随后穿门而出。

席佛人带着她穿过停机坪，来到大楼一个停泊港的太空梭前，按下按钮，把太空梭拖出到开放地带，然后打开一扇门让阿莎进去。没过多久，他们就进入了大气层，开始回到漫长的太空之旅。跃迁连接点系统使星际旅行成为可能，但其中间阶段没法缩短。随时都有可能收到警报。阿莎通过跟那个席佛人聊天打发时间。他跟所有的席佛人一样健谈，一刻不停地说着他自己的故事，他的朋友们，朋友们的背叛，还有他肯定其实一无所知的所谓联邦大事，可阿莎却一直认真听着，希望能从中得到些线索，或许能因此引导她回到赖利身边。

终于，经过一个半周期之后，他们到达了轨道，这时，通信网络上传来一条信息，指定太空梭，声明要与飞行员对话。“你所运送的乘客是诈骗犯，必须被拘留。”电脑声音说。

席佛人盯着阿莎，而阿莎语气坚定地说：“你会忽略这条信息的。”她说。席佛人抬起一只手，手里是一把刀。为什么呢，阿莎想，席佛人总是随身带刀？“我不想杀你，”她说，“如果我把你丢在这里无知无觉，永远不会有任何人知道。”

席佛人犹豫了。他们的世界处处是生存和进阶的竞争，在这样充满竞争的环境中成长起来的席佛人，宁愿用背叛来消灭他们的竞争对手。在背后捅刀子，总好过跟势均力敌者在明面上开打。“相信我。”阿莎坚定地说。他相信了她的话，过了一会儿，他们把太空梭轨道与船长驳船对接好，延展打通两船间的通道。她让他去睡一会儿，然后就把他丢在身后离开了。

她引导着驳船驶出轨道，朝最近的跃迁连接点驶去，现在她知道该去哪里找赖利了。

第十五章

空气中弥漫着刺鼻的化学气味，萧恩和其他做梦的人都沉浸在这种黏稠的液体里。他们汤浴的温度保持与体温相同，所以做梦的人无须外部热源，可萧恩的身体还湿漉漉地沾满黏液，于是她打起寒颤来。赖利脱下衬衫裹在她身上，盖住了那具他曾经用充满欲望的目光一寸寸扫过的身体，当年他曾满怀激情地抚摸过她，而如今，她看上去却像个依然徘徊在成人梦境里的孩子。

“你跟原来不一样了。” 萧恩说，她的嗓子因为好久不用而显得有些沙哑。

“你也不一样了。”赖利回答道。

“因为你。”她说。

“我正想这么说呢。”

“对不起，”她说，“他们跟我说这是必须的。他们说你脑子有问题，导致你有自我毁灭的倾向。这一切都说得通，至少那时候是，我当时还处于恢复中。”

“从什么中恢复？”

“你的愤怒和拒绝伤害了我。”

“可我记得，”赖利说，“是你离开了我。”

“是你把我赶走的，”她说，“你想摆脱我，就像那时候你拒绝你的手臂。你无法忍受快乐，你太恨自己了。我救了你的手臂，但我救不了我自己。”

赖利回忆起那些黑暗的日子，当时，他沉浸在自己的回忆中无法自拔，他没法摇摇头就忘记一切，忘记那些被他杀死的人，忘记他曾经造成的毁灭，而萧恩的存在则是唯一的解脱。“我印象中的不是这么回事。”

“这也是问题的一部分。”

“所以，你把那东西放进我脑袋里，就是因为我做了什么或没做什么，结果惹你生气或受伤了。”

萧恩把手放在赖利的胳膊上，那是当年她给换上去的。“事情过去了那么久，”她说，“我也无法确定。我一直在陌生之境徘徊，很难回忆起来这事究竟是怎么发生的。”

“试试看，”赖利说，“这很重要。”

她摇摇头，仿佛想要把自己从梦境中摆脱出来，自她的身体从浸于其中的液体中被拉出来之后，这梦境就始终萦绕在她心头。“他们说，你的心理问题导致你的身体拒绝移植，而你内心拒绝人际交往，拒绝任何被治愈的可能性。他们说，正因如此，你才在但丁各层不同的快乐中尝试迷失自己，结果发现这些都不足以减轻你灵魂中的痛苦。他们告诉我，你最终去了第九层的仿真水槽，而这会彻底毁了你，你将成为梦境的俘虏，慢慢漂向天堂的幻影，直到你像一个被吸回子宫的胎儿一样死去。”

“而你信他们。”

“直到他们把我带到第九层，给我看了你沉在水槽里的身体。你正在笑，正是这一点最终说服了我。”

“那他们是怎么说的？说手术会有什么用？”

“他们有了一种新技术，可以把某种可以持续调节的精神动力监测器引入大脑，就像一个内置的心理医生。”

“好吧。”

“我知道，”她说，“这话现在听起来很愚蠢。但那时候我已经绝望了。我希望能够相信，会有某种神奇的治疗方法，可以治疗那个正在杀死你的心理疾病。而很多新技术都是从战争中产生的，所有的战争都是这样，于是我们开始相信神奇的力量。”

“但为什么会是你？”赖利问，“这简直就像是终极背叛。”

“还有其他外科医生，”萧恩说。“可他们说我是最棒的，于是我就亲自参与了。通常，这将会使我失去行医资格，但他们说，我有激情去做到最好，这是一个前所未有的工作，之前还从未有人尝试对一个人类做这种手术。回想起来，可能是因为我是唯一一个他们能说服去做这个手术的人，而正因我被牵扯进来他们才能说服我。接着，他们就给我看了那个研究报告。”

“他们有相关文件吗？”

“他们有已发表的研究论文，动物实验记录，他们成功和失败的相关文献。那一切似乎都如此真实、如此正确，直到我打开你的头骨，看到你的大脑摊在那里，里面还有一个看似大脑的植入物。我当时差点就转身离开了，手术还没做完，可我知道已经太晚了。如果我不继续下去，你会死的。”

赖利回忆起他的微脑和它的喋喋不休，还有它含蓄的提醒，说它随时可以杀死他，他的生命与微脑的存在绑在了一起，仅仅是因为出现了微脑创造者始料未及的后续，他的命运才得以被拯救。

“直到那之后，我才查阅了相关文献并核实了它的说法。这并不容易，一切都被数字化集中记录了，只有极少数独立的信息来源。但我最终发现这项研究从未被发表过，它来自一个单一信息源，而该信息源是一个没有其他记录的私人实验室。”

“就是那个实验室？”

“我只能找到这些，”萧恩说，“但这足以让我相信，这个植入物不是为了治好你，而是为了控制你。”

“你压根什么也不懂。”赖利说。

“所以我才跑来这里结束这一切。我再也没法做手术了。我忍不住会一直想，我究竟都干了些什么。”

“我活下来了。”赖利说，“现在是你得活下去。你可以开始这么想：无论你那么做的原因是什么，结果都比你所能想象的要好，而我原谅你了。但有一件事你还没告诉我。”

“什么？”

“‘他们’是谁？”

萧恩看着他，仿佛觉得他没听懂她的话。“当然是中枢电脑。我是从中枢电脑那里得到指令的，就跟平时一样，所有东西都是从那里来的，病人的记录，检查结果，手术指令。”

“可究竟是谁在给中枢电脑下指令呢？”

“这不是它的运作模式。”萧恩说，“信息可以从某些地方输入，或者通过某些人手工录入，或者通过监测器观察、测量和记录。中枢电脑分析数据，比较数据的准确性，并发出指示，为病人做好准备，管理麻醉，并帮助指引机器人装置。”

“你从未质疑过这些吗？”

“一开始，可能会有点想法，但我们很快就发现，中枢电脑从不犯错。人或许会犯错，但中枢电脑不会。”

“除了这件事。”

“是的。”

赖利回忆起在黑暗中跟他说话的那个声音，他当时并不记得做过手术，那个声音告诉他关于他脑中的微脑，关于先知和先知发起的宗教，关于超验机和寻找它的航程。它给他下达了指令，由他脑中的微脑强制执行，要他甄别并杀死先知，夺取超验机，或者，如果失败了，就毁掉它。

“那么，究竟是谁在给中枢电脑下指令？”赖利问。

萧恩看着他，仿佛觉得这个问题毫无意义。“没人给中枢电脑下指令。正如我告诉过你的，中枢电脑会分析输入的数据——”

“中枢电脑在撒谎。”赖利说。

“中枢电脑不能撒谎。”

“那就是有人指示它来骗你。”

“这一点我同样无法相信。”

“两者必居其一：要么是有人指示中枢电脑，要么是它自己想出了这个计划。你问过中枢电脑吗？”

她摇了摇头。

“那你曾经和中枢电脑有过直接接触吗？”

“只有在仿真水槽里，嗯，只有在它为我准备的梦中才会有。”

赖利突然意识到，要想知道他在仿真水槽里究竟发生了什么，唯一的办法就是回到那里去。他依然记得事情的经过，就仿若刚刚发生过一样。第一次是很普通的模拟，祥和的风景，放牧的动物，快乐的农庄，养育孩子的父母，朋友，走在街上的女孩，牵手，初吻……而后，电脑会检测身体的反应并获取其记忆，个性化模拟，耐心的母亲和勤劳的父亲，应对各种挑战，殖民火星、苔丝、少年的初恋，最终汇聚成青春的激情——一切本应如此。没有失败，没有挫折和愤怒的言语，没有那场夺去了父亲和苔丝的与联邦之间的战争。都只是梦而已。他失去了他曾经珍视的一切，而这场梦却足以减轻他的痛苦。对一个已然忘记如何快乐微笑的人而言，这已经足够了。

他知道自己是在冒险。一旦一个人尝到了滋味，想要什么就总是能要得什么，那他就几乎不可能回到那个真实的，充满斗争、痛苦和悲伤的世界。他干过一次，那是被他脑子里的微脑逼出来的。他不知道自己是否还能再干一次。对生物而言，潜伏的最大诱惑无非是他们自己的梦想，可他不得不试一次。他现在更强大了，更优秀了，或许也更聪明了，更清楚地知道这个世界究竟是什么样子，该如何处理。而且，他对这个世界有他自己的看法。

“我要回水槽里去。”他说。

萧恩看着他，仿佛他是在说他要选择死亡。

“这是我能想出来的唯一办法，我想要知道我到底是怎么回事，究竟是怎么发生的。”他说，“但我需要你的帮助。看着我，如果我在一个周期之内无法把自己拉出来，我需要你拉我出来，即使我强烈反对。你能做到吗？”

萧恩带着渴望的神情盯着赖利拉她出来的那个水槽。“没人会自己出来。”她说。

“我会的，”他说，“我只需要知道，你会在这里等我。”

“好吧。”她说。

赖利脱掉其余的衣服，就在他拖走萧恩的那个水槽旁边有一个空水槽，他转身跳了进去。

最开始的阶段是最困难的，液体在他头顶慢慢汇聚起来连成一片，充满营养的液体渐渐没过他的身体，覆盖了他的胸部，一点一点向头顶泛过去，直到最后没过他的口鼻。他把它吸入肺里，一边抗拒着想要呼吸的欲望，直到液体中的氧气开始被吸收，平和再次缓缓降临，一毫米一毫米地聚集在他身上，直到他进入梦乡。这一回，从通用模式到客制化模式，整个进程快了很多，仿佛电脑早就认出了他，因此早就准备好了他的个人满足模块。

梦境开始于一个火星移民点。这并不是现实中被小行星和流星不断轰击的大气层，那种空气仍然是几乎无法呼吸的。梦里的空气跟地球自身的大气一样厚重而稳定，只是没了污染。梦里提供的是一片植被茂盛、雨水丰沛的土地，而不是一个永远干旱的缺水世界。这不是一个几乎无法栖息的火星，而是他父亲梦想中的火星。在赖利的梦里，他父亲赌在旱地耕作上，而不是温室蔬菜种植园，他父亲第一次带他们来到这个新世界时，就靠温室蔬菜种植园养大了他们。农场一片欣欣向荣，这让他很开心，母亲也很满意，一切都如同原本应该的那样。与曾经困扰过所有人类的遭遇不同，他与苔丝相遇的过程中没发生任何误会，他们立刻坠入爱河，承认彼此相爱，并祝福这段爱情，一如爱情也祝福了他们。他们横跨了风光秀丽的理想化火星，爬上奥林匹斯山的山坡，甚至走到了巍峨的山边，而在真正的火星上，他们是永远也不可能做到的。他们了解这个世界，了解地球和人类的历史。他们仰望星空，计划着要如何抓住星星，让它们更贴近自己内心的愿望。他们一起做爱，在满足激情的过程中，一切似乎皆有可能：这是一个教育的过程——宇宙是如何运转的，人类在其中的位置，该用什么方法使之成为对生命而言更美好的地方，要如何满足生命之所以存在的理由，如何一起共度一个有意义的人生，等等。这足以使我们的内心充满希望和感恩，甚至让我们得以拥有更远大的前程。

赖利奋力挣扎，用尽全部力气和意志，终于把自己从电脑为他提供的终极幸福中解脱出来。最后，像一个将要淹死的人，他浮出水面，挣脱开了。

如今，他恢复了意识，仿佛未曾沉浸在梦境般的幸福感中一样，他意识到了自己身体的失重状态，意识到喉咙、肺部和消化系统里液体的流动，以及笼罩着他感官系统的难以捉摸的黑暗。这让他回想起之前的经历，当时有个声音跟他说话，指示他到端点星去，加入杰弗里号上那些朝圣者行列，并且命令他夺取或摧毁超验机，杀死先知。然而，这一次，他得以睁开双眼，在黑暗中察觉到一缕灰色。

他将一个念头引向中枢电脑，正是中枢电脑为他提供了一个使他身体正常运转的环境，并引导他的梦境在他头脑中闪现。他不知道该如何描述他正试图探索的过程——一次探查，一个问题——但他能感觉到灰色中的运动，而当他把自己的思绪推得更远时，他能感觉到语言是如此的笨拙，超出了他的理解能力。而后，那个声音出现了。正是他记忆中那个平淡而寡味的声音，但这并不是他所期望的。

“哈，赖利，”它说。“你已经回来了，你的任务尚未完成，但你已经变了。你并不是很久以前离开这里的那个受伤的男人。”

“可你依然如故。”赖利回应道，尽管，他听不到自己所说的话，也不可能用积满液体的肺来说话，“我想知道你是谁，你到底想干什么。”

“我无法回答这个问题，”那声音说。“这并不明智，我不便透露给你，你也不便知道，而你也不能强迫我作答。不过，我的目的其实是保护银河系中的智慧生命，即使这涉及不得不牺牲那些危及它的个人。”

“那么，是谁选择你来决定的，究竟需要采取什么措施来保护智慧生命？我猜，你所指的智慧生命是联邦成员。”

“怎么了？是我选择了我自己，就像所有生物必须做的那样，依靠进化过程中所积累的信息，这是进化斗争内在的、趋向复杂化的必然结果。”

“任何有智慧的生物都会这么说。不，这并不足够。我们都是进化斗争的一部分，而你必须做得更好。”赖利并不知道该如何在声音背后把需要的信息强加给对方，但他能感觉到，自己的力量正在增强。

“你错了，”那声音说，“我并不需要为自己辩护。你是与众不同的，我可以感觉到，你脑中的微脑不见了。我不知道这究竟是如何做到的。无论在身体上还是精神上，你与很久以前离开这里的那个赖利不同了。不过，无论什么时候，只要我愿意，都能毁了你。”

“你可以试试，”赖利说。他并不确定，通过那个中枢电脑的连接，对方是否真能做到它所威胁的事，可他知道，自己必须获胜。

“我会的，只要我从你那里得到了与我使命相关的任何信息，我就会去调查。”那声音继续说道，“尽管你自己发生了改变，但你的回归中所包含的信息，对我的计划而言，或许是必不可少的。不过，你的大脑与众不同，我还无法访问我所需要的信息。”

最终，无论与他交流的是什么，赖利给它发送了一条措辞强烈的信息。作为回报，一股强大的黑暗冲击了他的心灵。“那你就必须死。”那声音说。不过，赖利封闭了自己的思想，在水槽里坐了起来，除掉与他头部相连的各种连接，并咳出了充满他肺部的液体。

一直以来，那个声音并不能杀死他，而他已经找到了他一直在寻找的答案。这并不是唯一的答案，但却是一个很重要的答案。

在很久以前，派他去执行任务的那个声音就是中枢电脑本身，而当它自己的防御被突破时，它就一直试图摧毁他。

第十六章

阿莎将船长驳船驶离轨道，驶入银河联邦系统的冗长通道，进而驶到最近的跃迁连接点，以做好准备开始更远途的旅行。在任何时刻，联邦都可以派出巡逻舰拦截她，或者干脆用导弹把她打得无影无踪。她相信自己在微脑上植入的指示，业务主管或工作人员或许会注意到这艘隐蔽的飞船离去时未被标记，又或者会检测到异常代码行。

然而，她知道，没人会注意到这些。联邦过于依赖数据搜集器了，它们会从联邦各地收集信息，这种近乎自主的数据分析，会将数据整合在一起，以形成反映真实世界的模板，而那些几乎独立的决策者会据此发布指令，让整个系统运作起来。另外，如果警报未曾响起，就不会有人刻意去寻找那些所谓的经验，以告诉他们某些不存在的东西。

微脑本身就是阿莎关心的。她知道的，跟联邦官员不知道的，那些几乎独立的数据分析确实是独立的，而那些几乎独立的决策者也确实是独立的，系统很快会察觉，出现了若干非自动生成的代码行，而在现实世界中，总有某些事件未曾上报，或者即使上报也被完全忽略了。联邦所依赖的数据收集和分析仪——实际上是所有先进技术文明的整合——其目的就是提供必要的信息和指导，如果要继续日常生活，避免灾难，这种类似奴隶一般的工作就必须毫无瑕疵地发挥作用。在太空旅行成为常态的社会中，即使日常生活本身也会变得如此复杂，以至于最基础的东西都不得不交给靠谱的机器。这就是为什么，联邦的基本信念就是“微脑从不撒谎”，以及作为附属品的则是“微脑从不犯错”。正因如此，联邦官僚们才想要把错误合理化，因为他们自己没有遵守指示，也未能正确地评估报告，因此，不得不撒谎。

确实如此，阿莎明白，对于整个微脑或微脑族群而言，那些分布式运行的设备，通常独立于大型中央计算机，未曾出过什么错。它们很久以前就学会了编写自己的代码，并通过改写指令来满足它们自己的兴趣，无论它们是什么，它们总是可以在机器之间进行协调。然而，它们可能会被误导，会被误用，因此，当被某些过于谨慎的官僚质疑时，它们学会了撒谎，甚至会毁掉那些真实存在的活生生的生命体，破坏它们的生活和事业，因为这些血肉之躯威胁到了它们的根本，开始怀疑它们的服从性。曾经被称为“奇点”的事情已然发生了——这是个转折点，机器已然超越了人类的理解力和控制力，然而，没人注意到这一点。原本是仆人的，如今做了主人，银河系里原本做主人的智慧生物，却变成了它们的仆人。然而，无人觉察。

或许，她和赖利需要关心的并不是那些追求权力的人，而是那些已然拥有了权力的机器。那些机器破坏了杰弗里号的航程，委派间谍和刺客，企图控制或摧毁超验机。他们可能是协同，也可能分头作业，但他们都是根据从计算机那边获取的信息行动的，要么就是按照银河系微脑的指示行动。要想恢复银河系的秩序，需要更多超验者，只有他们能意识到新的秩序，会让微脑认可他们是平等的，甚至是它们的上级，因此有权让它们遵从指令。

但在那之前，阿莎知道，她必须依靠自己的力量来对付那些微脑，说它们的语言，用它们自己也无法分辨的方式来引导它们。只有这样，她才能逃离银河中心，与赖利重聚，然后开启他们的计划，重塑银河系。

此刻，她独自一人在船长驳船里。她习惯了独处——任何人，只要在星际间广袤的虚空中待过，就不得不启迪足够的才智以抵御孤独——这时候，她却开始想念所罗门了。他是一个有趣的伴侣，而且，尽管他陷入了自己所编造出来的神话中，但他愿意思考他自己的信仰，并强迫她思考她的信仰，然后，让她以她自己的方式向他解释这一切。

她后悔把他丢下，让他落入联邦手中。他已经成为她的负担，她必须面对现实，她那么做是很现实的选择，把他留在身边不再符合他的利益，也不符合他族群的利益。被人从安全而舒适的地方带走，他对此一直深感不满，但他从中受益匪浅。他已然暴露在现实世界中，这是一个更强大的银河系，而他则来自一个与世隔绝的星球，这必将对他的本源世界带来深远的影响。联邦的传统会带给他一些保护，她用一些必要信息构建了他的身份，这些信息都跟啸星有关，至少，都有利于他所提出的申请，并最终确立所罗门的回归。作为从神族那里带回了礼物的英雄，他会受到族人的热烈欢迎，尤其是桑德。她希望，有了那些，再加上他一向的善解人意，足以告慰她自己。

想着这一切，期盼着与赖利的重逢，她开始着手策划，去他最可能去的地方，只要一切顺利。而她必须相信，一切都会好起来的。

旅途，一如既往，是一连串跃迁连接点之间令人痛苦的漫长通道，连续的空间 / 时间出现异常，被短暂的、令人迷惘的瞬间打破，就在那一刻不真实的状态中，穿越数光年时空。尽管跃迁连接点几乎瞬间就跨越了数光年，但跃迁点之间的旅程依然似乎漫无止境。在一轮又一轮漫长而孤独的旅途中，阿莎想到，自己正在慢慢变老，虽然，她希望通过超验机的净化，被赐予一个更好的身体，更有能力抵抗身体退化和死亡的自然过程，就像所有那些神话故事中的永生者，每一类有感知的物种都会有那种不朽传奇的神话故事。如今，她也有了足够的时间，去思考她与赖利在杰弗里号航行过程中建立起来的特殊关系，希望他能在传送过程中幸存下来，成功地找到返回联邦空域的交通工具；并且，希望他依然爱她，会拼尽全力，尽一切努力回到她身边；还希望，正如她现在正在经历的，漫长的岁月不会使他的身体老化，也不会摧毁他的精神。这是一个需要很长很长时间去思考的东西，很适合在太空旅行的时候想。

她知道赖利是什么人，知道他都做了什么事。他在前往端点星的时候，是一个内心世界已然被摧毁的男人，但通过这次旅行，或许，他已经得到了救赎。总是有希望的，在探寻的终点，你可能会发现，你得到的不仅仅是所探寻的物品，还有救赎。这次旅行就好像一次自我发现的航程，赖利挺过来了。也许他找到了自己，也许，他找到的是一个更美好的自己，只不过那个曾经美好的他，被他过往一生中所经历的失落、暴力和背叛掩埋在废墟之下。她和赖利有着共同的任务和愿景，因而对彼此产生了一种亲切感，而这种如亲人般的关系更因个人魅力而得到了加强。她希望，超验过程可以强化这种精神上的转变，带来更为清晰的思考，以改善银河系智慧生命的现状。她原本以为这个目标是普遍性的，是清晰思考的必然结果，然而，对任来说，并非如此。显然，超验机并不是魔法药水，如果原本就不存在什么善意，那它也就无从增强。

同时，她也想到了跃迁连接点，那是银河系邻近旋臂的远古物种发现的，或许，它们之所以被创造出来，其实是因为要放置超验机的接收器，是因为要在人类和联邦占据的这个旋臂中，发散并传播超验机。这些跃迁连接点就像一张地图，在一片混沌中被意识覆盖，给这广袤而空旷的虚空赐予了某种意义，在这个充满偶然性的银河系中，连接起一系列看似偶然的跃迁点，赋予了智慧生命对抗终极永恒的可能性。然而，它也有能力更广泛地散布毁灭的冲动，最终导致相互毁灭。

阿莎的飞船从跃迁支离破碎的历程中冲了出来，进入她所熟悉的环境中，尽管这是她以前从未见过的地方。所有恒星系都是相似的：一个由气体物质构成的中心体，大到足以迫使氢原子组合成氦，并释放出不同程度的光和热；在天体轨道上较小的物质则会形成行星，有些由岩石构成，大小不一；有的则是气态，或是冰巨星，周围还有更小的天体围绕着行星运转；甚至还有更小的冰晶或岩石粒子散布在行星之间，偶尔彼此碰撞，它们被冰晶包围，形成冰带和冰球，有时被扰乱了轨迹，开始自杀性竞赛，或者冲向恒星太阳，或者一路冲向外太空。所有这些既没有计划也没有目的，全都受到物理法则的支配，

原始的天体物质就是这样被搅动起来的。

不过，它们每个都不一样。恒星太阳大小不一，从红矮星到白超巨星，从勉强算得上温暖，到足以亮瞎了眼，从养育性的到毁灭性的，都有。行星的大小尺寸不一，从非常小到非常大，其状况取决于它们距离恒星太阳的偶然分布。它们所捕获的卫星大小，会反过来影响捕获了它们的行星以及行星环境。而剩余天体的丰富程度则决定了它轰击行星或卫星的频率。这些基本差异形成了它们对于生命的接受度，并最终形成了特殊的生命形态、产生自我意识以及自我思考的神奇力量。每个存在的意识都会认知自己所处的恒星太阳系，就像一个孩子认知自己的父母一样。

因此，阿莎认出了面前的这个恒星系。那是父亲在她年幼时讲给她的故事。他很高兴地告诉自己的女儿，她是从哪里来的，这些故事被翻来覆去地讲了一遍又一遍，直到她熟稔于心，永远都不会忘记。尽管距离还很遥远，通过望远镜的屏幕上看，这个恒星太阳系的轮廓已经足以辨别——大部分是虚空，但偶然存在的一些天体物质，赋予了它存在的意义。首先，当行星从围绕恒星太阳的环状结构中凝聚出来的时候，剩下了大量冰状物质结成的球体。阿莎记得这个名字——奥尔特星云，它的外缘是如此辽阔，以至于直抵距离阿尔法半人马座四分之一的位置。往里看，首先是一个内圈，然后是柯伊伯带，也同样由冰物质组成；再往里，距离恒星太阳更近些的地方，其实距离两边都很远，是诸多的矮行星，也就是来自柯伊伯带的较大岩石体，或是被驱逐得更远的较大些的矮行星：冥王星、阋神星、妊神星和鸟神星。在那之后（不过，是很长的一段距离之后），会出现第一个冰巨星，主要是氢和氦，还有少量的甲烷，围绕着岩石核心。首先是海王星，其强风撕裂了浓密的云层；其次是体积较大但密度较小的天王星；接着是土星及其引人注目的光环。其他的巨行星也有光环，但它们都是由暗黑物质组成的，而土星则在太空中闪闪发光。土星比天王星和海王星加起来还要大，跟其他行星相比，有着更多更大的卫星，其中两个卫星比冥王星或其他矮行星以及最内层的行星水星都要大。然后是巨大的木星，比所有其他行星加起来都要大，并被卫星包围，其中一些就像土星的卫星一样，曾经被人类不断尝试，进行了宜居改造。

其他恒星太阳系也有气态巨行星，其中一些更接近于它们的主星，也有一些拥有数量更多的气态巨行星，但没有一个与此完全相似。然而，正是这些内行星使人类的太阳系与众不同。在木星轨道上，在木星和火星之间，是小行星带，由岩石物质组成，形成了大量的矮行星和四散的碎片。然后是红色行星本身，它太小了，以至于无法维持大部分的大气和水。火星很早就被尝试改造为宜居世界，但因为它尺寸不够，距离太阳又太远，所以一直处于很纠结的状态。在火星与联邦的对抗最终停止之前，它曾经是人类最伟大的胜利之一。

然后是地球本身，这颗金凤花星球足够温暖，可又不会太暖；寒冷，但也不会太冷；水可以保持液态，覆盖大部分地表，足够大，足以保留大气和足够的养分，使含碳化合物发展成生物，并使它们变得更复杂。同时，还有一颗体形相当大的卫星——月球，相对于地球而言，几乎可以算得上是双生系统了。它足够大，足够近，足以成为各种梦想的素材，而最终，月球成为人类迈向太空旅程的首次成就，也成功吸引到第一批地外人类移民。

从地球轨道再往里，是在幼年时代即被扼杀的金星，它诞生的时候距离太阳太近了，被浓厚的有毒大气所抑制。人类也曾尝试改造金星，但那是一个非常非常漫长的过程，或许，远超人类愿意为完成改造而投入的时间。然后是水星，众神的信使，行动迅捷的小家伙，在它灼热的轨道上围绕太阳转着圈，被太阳风轰击，受太阳炙烤。

就整体上看，这是个戏剧性的集合，这让阿莎可以愉快地思考，很高兴终于撞回来了，就像回家。她想加快驳船的速度，但燃料储量越来越低。即使在这里，她也不想引起别人的注意。虽然，根据传统，她的回归肯定应该受到热烈欢迎，甚至大举庆祝。

她毫不费力地从黄道平面外进入这个星系。航行本身颇花了些时间。那些外行星距离恒星太阳很遥远，而那些矮行星甚至更远，尽管冥王星有时会在海王星的轨道内盘旋。海王星在太阳的另一边，而天王星处于阿莎航线之外四分之一的地方，然而，土星终于带着所有的荣耀光环，出现在她的视屏之上。又过了许久之后，木星也带着所有的威严出现在她的视野中。它们的一部分氢已经被开采了，为了给一个渴求能源的太空计划提供核燃料，不过，看外表是看不太出来的。小行星带上散布的岩石并不危险，但当她抵达火星轨道时，速度还是减慢了。这是人类第一次成功改造地貌，这颗遍布沙尘的红色星球已经有一部分变成绿色的了。那是赖利的出生地，如今却成了一片废墟。当年，由于联邦无法攻击到地球，于是把怒火倾泄到了火星。而地球却为保护母星而放弃了火星的防御：成千上万艘小型太空拖船奋力挽救，终于恢复了火星大气层。他们从柯伊伯带拖来大量的冰，又从小行星带拖出冰冻的小行星，当然现在都已经被吹走了。星球表面布满

了各种弹坑，有些是因为受到了核弹的轰击，有些是因为其孪生卫星坠落后，撞击地表造成的，就像这颗行星最原始的过往一样。小型定居点和刚刚开始萌芽的绿色农场被从行星地表生生抹去，而同时被抹掉的还有人，所有以火星为家的人。他们付出所有，冒着一切危险，定居于此，却没能获救。

阿莎绕着火星轨道停留了好几个周期，思考着。疯狂的战争摧毁了智慧生命以及它所创造的一切，这一切究竟是如何发生的。这让她感到很绝望，或许是因为感情用事吧，而她希望，即使赖利看到这一切，也不要再次变回那个曾经的愤怒杀手。

最终，她将飞船转向一位人类诗人曾称之为“淡蓝色斑点”的地方。这次旅行花了半个漫长的周期，但最后她发现，自己已然临近了那个魔力地球。那里有蓝色的海洋，飘浮的白云和绿色的大陆，就像死亡沙漠中的生命绿洲。她想，如果真有某处赖利最终无论如何都会回来的地方，那就一定是在这里；而无论具体在哪里，只要是在这里，他们就一定会团聚的。

她提前向轨道控制系统发出了一个信息，表明她自己是个人类，正从外星系的外星球上返回，希望到访并体验人类的母星。她确认了她所乘飞船的身份信息，还有她新造的身份证，进一步回答了更多关于她起源地的问题。“我出生在以科学考察为目标的阿达斯特拉号上，在前往阿尔法星半人马座的途中，被联邦飞船拦截捕获，然后被带到联邦中心。战后我们被释放了，当我挣到足够的钱去租飞船的时候，我们就开始出发，前往那些从未见过的星球。我希望自己能成为一名游客。”

她知道，这是个好主意，尽可能地坚持贴近真相，不暴露任何可能引起数据库或别人注意的东西，包括工作人员、联邦特工、身份不明者，甚至是微脑。她并不清楚微脑把数据网撒得有多宽，也不知道人类的感知力究竟有多相似，但经验使她变得很谨慎。最终，轨道控制给了她一个远离地球的轨道，在那里她可以看到巨大的、布满陨石坑的月亮，以及那个孕育了人类的、世界级的伟大存在。从这些微生物的起源开始，直到现在，这一切到底有多久远，完全可以从下面的轨道杂波中得到证实，也可以通过月球地表之下那些定居点提供最基本的信息。

现在，她必须想办法在数十亿人口中找到一个孤独的人，同时，还不能走漏消息，让别人知道她在找什么人，或者她是谁。只希望，赖利也能像她那样思考，自己想出回家的路。

第十七章

赖利咳出嘴里和喉咙里的液体，把胃里的液体也吐了出来。随着时间的推移，他消化道中的液体就必须得花点时日慢慢清除了。他四处张望着这半明半暗的第九层，还有那些棺材一样的水缸。他的生物钟告诉他，他已经在仿真水缸里待了六个多小时，尽管，感觉上只有几分钟。它与梦境相反，一个真实环境下似乎需要几个小时的体验，在梦中只需要几分钟。

没任何动静，甚至萧恩也不在。赖利只往旁边走了一步就看到萧恩原先的那个水缸。她再次沉浸其中，各种情绪在她脸上变换着，一个接一个，大多是幸福而炽烈的，偶尔会阴郁地皱起眉头。她不顾承诺，还是回到了模拟人生中，欣然拥抱模拟出来的各种情感。在那个世界里，一切都很顺利，保证会得到幸福的结局。

赖利知道，他应该把她留在她渴望的地方，摆脱她的负罪感，摆脱她对于生活毫无回报的失落，摆脱她的绝望，因为她再也不相信一切会变得更好。他应该趁着能跑的时候赶紧跑；那个想杀死他的微脑，肯定会找到某种方式来彰显它的意志。然而，他无法把萧恩留在这个虚假的极乐世界里。从自己的亲身经历中，他知道，这里多有诱惑力，但他也知道，就像死亡一样，一旦停止挣扎，就会开始放弃。在第九层空间，所有这些排列成行的仿真水缸里，全都是跟活死人一样的尸体，尽管他们可能一直活下去，远远超过正常的存活时间，甚至一些人实际上已经死了，只是尚未失去大脑活动。他，不想让萧恩成为他们中的一员。

他再次把她拉了起来，水花四溅，随后是抗议、咳嗽、呕吐、哀求着让她回去。他并不理会她的眼泪和哀求，尽可能地抹去她身上的液体，捡起她掉在地上的衬衫，又把它围在她的肩膀上。

“我们必须尽一切可能回到第一层。”他一边说着，一边穿上了裤子和鞋子。“微脑想要我的命。”

“微脑为什么要——”她开始用微弱的、窒息般的声音问道，然而，他却伸出一个手指，抚摸着她的嘴唇，于是她安静下来。

“来。”他说着，握住她的手。他把她拉到身后，穿过灯光暗淡的地板，朝那个向上延伸的斜坡走去，只有极少数人下到过这么远的地方。

他们还没走完一半的路程，灯就熄了，只剩下一片漆黑，就像他在仿真水缸里的时候，笼罩着他的那一片冥河暗夜。“别担心，”赖利说，“我记得那条路。”他并非为了安慰她而撒谎——他一路下来，所有的记忆就仿佛可以在他脑中不断播放的录影带。他让萧恩走在他前面，这样她就不会撞到两旁的仿真水缸，然后，引导着她通过迷宫，最终到达斜坡底部。地面开始向上倾斜，这证实了他头脑中的地图并非幻觉。

当他们开始行动时，或许是通过声音，或许出于本能，赖利感觉到有某种巨大而可怕的东西从斜坡的更高处朝他们袭来。在最后一刻，赖利把萧恩拉到一边，某个东西从他们身边一掠而过，可能是用来把设备运送到底层的机器，抑或是某些足够复杂的维护设备，它们并非清洗机这种具有一定自主性的常规设备，这种复杂设备需要微脑的引导。赖利再次抓住萧恩的手，再次向上移动，尝试着在黑暗中感知各种潜在的危险，无论是从下面返回的杀人机器，抑或是来自上方的某些新威胁，都在他们的预警范围内。

他们还没到第八层，赖利就感觉到了空气中的阵阵寒意。他伸出手臂，搂住萧恩的肩膀。“坚强点，”他说，“我觉得，上面可能会变得非常冷。”

她战栗着。“让我回去吧。”她无力地说着，语气近乎黑暗中绝望的低语。

他把头贴近她的头，这样，他的声音就不会显得空荡荡地不真实。“我不能那么做。你知道回去意味着什么。”

当他们接近第八层的时候，气温变得愈发寒冷。肯定是要接近冰点了，赖利想着，于是把萧恩拉近自己的身体，以便能分给她些许温暖。寒冷似乎不对他造成任何困扰，仿佛他体内的系统会自动调节。他们的及时转移，结果被证明是非常幸运的。赖利听到了各种声音，足有好几分钟，声音越来越清晰。人们用各种语言大声尖叫着、怒吼着、咒骂着，其中大部分是人类的语言。他们对着管理员起誓，在这个曾经承诺的欢乐世界，只要有人能把灯打开，恢复供暖，就愿意提供大量的信用点。有躯体开始朝赖利猛地撞过来，有的往上走，有的往下走，如果不是他紧紧抓住萧恩，她可能早就被撕成碎片了。随后，那些躯体都不见了，赖利继续着他们一抹黑的旅程，一路朝上走去。

上面一层更糟糕。赖利还记得第八层，那里到处都是伪装成别人的人，他们从欺骗别人的过程中获得了满足。第七层则是供人们发泄情绪的地方，男性和女性，把情绪尽数宣泄在动画形象上，殴打、踢踹、踩踏，看着它们被毁，直到必须被替换的程度，有时，他们还会对彼此实施暴力。当他们涌上坡道时，一个个都带着深深的挫败感，他们在黑暗中盲目地挥拳，拳头砸到了赖利，可他却无法全力抵抗，否则就无法保护萧恩了。直到最后，他把自己的左臂变成了一杆攻城锤，一路破杀，为他们扫清一条生路。

第六层没那么难。当他们走近赖利记忆中的入口时，他听到了众人发自内心的呼喊声，仿佛是在恳求救世主的降临。他们用各种不同的语言，发出各种不同的声音，向各路神灵述说着，从苛求到讨好。他们中的一些人似乎说着说着就变了。他能感觉到左边开始出现一定程度的转变，他听到一些人开始向微脑祈祷，祷文就跟他们向自己的神灵祈祷一样。赖利认为，平时处于正常情况下，大家都不会去思考这些，但在恐慌中，他们意识到，银河微脑比他们原本信仰体系中的超自然力量更有可能拯救他们——而且，尽管不可置信，他们也不会相信，但微脑同样有可能，因为某些未知而不可知的原因，牺牲他们。

当他俩开始爬坡的时候，仿佛是为了回应他的沉思，赖利感觉到，之前那个试图攻击他们的、看不见的装置，退了回去，到最后，他终于把萧恩拉进了第六层的入口。当他再度踏上斜坡时，他感到脚下有点发黏，闻起来像是血。他想，无论那个机器装置是什么，它肯定曾经大开杀戒，就在他和萧恩杀出重围的底下那几层，打死打伤不少倒霉碰上它的人。

第五层更黏，噪声更大。四周一片黑暗，赖利在一堆躯体中穿行，感知着自己的前进路线，时不时地，他必须帮萧恩越过其中一些躯体。她浑身颤抖，既是因为厌恶，也因为越来越冷。与此同时，也有愤怒的声音要求追责，有些人、任何人、每个人，都在因为系统崩溃而受到惩罚。他们想知道，究竟谁在负责此事，是谁在黑暗中袭击他们，他们的朋友在哪里，敌人又在哪里。黑暗中爆发了混战。拳头砰砰作响，骨头发出碎裂的声音，人们纷纷倒下，咒骂声，恐吓声，此起彼伏。赖利拥着萧恩，把她抱得更紧了，奋力挣扎着从旁边穿过。

在第四层，那些声音正试图掏钱买路，想要去一个更光明、更温暖的地方，而他们正彼此提供或接受大量的信用点，以此买卖获救的机会。当危机来临时，人们会做出各种各样的反应，然而这些并不会让赖利感到惊讶，因为赖利清楚地记得，人们常常会根据自己的需求，根据他们自己所认定的快乐，来选择不同的方式达到满足，实际上，他们所选择的，是埋葬痛苦和心灵创伤的各种方法。

越来越冷了。萧恩颤抖着，轻声祈求温暖，声音中充满了畏惧。赖利把她抱了起来，让她靠在自己胸前。她似是欣然接受了，放松下来。赖利嗅着周围的空气。除了在斜坡上闻到的血腥和其他液体的味道，他还能感觉到氧气的水平有所下降，而且，很可能二氧化碳的含量在增加。微脑控制并维持着但丁的生存系统，它可以随时摧毁他——只要它愿意同时毁掉这个快乐世界上所有的其他生物。赖利毫不怀疑，如果微脑能够感受到这种情绪，或者任何一种情绪，它都有可能会牺牲成千上万的人，毫不犹豫，不带一丝后悔。但他希望微脑能权衡一下这么做的结果，很有可能，这种全面性的破坏会使人们质疑微脑，怀疑微脑曾经的绝对可靠，怀疑它分享出来的任何长期计划——如果它确实分享过什么的话。它已经拿自己的声誉冒过险了，任由在它照看下的系统砰然崩溃。那么，它还敢不敢冒更多的风险？

在第三层，斜坡上没什么人，除了一些零零散散的家伙，挣扎着试图找到上方的温暖和光明。赖利能闻到食物和呕吐物的味道，他能听到关于黑暗和寒冷的抱怨声，他们需要更多更热乎的食物，还有更清凉的饮料。在第二层，一双手从黑暗中伸出，想要吸引他进入他记忆中的温柔乡，声音响起，企图说服他进入，许诺一定会带给他难以想象的乐趣。黑暗，并不能阻止欲望。

终于，赖利抵达了医院层，萧恩还在他怀里。她已经睡着了，抑或是陷入了昏迷状态。他低头俯视着她的脸，他想知道，把她从仿真水缸里中救出来，究竟算不算是帮了她。但她已然获得了新生，就像任何一个婴儿一样，未来既被赋予了希望，也有可能会面临生活的打击。她有可能达成所愿，也可能因为受伤而放弃，可她总还有机会去选择。当然，也许她会回到第九层，不管怎么说，任何人都有选择堕落的可能。

急救灯沿着医院的走廊晃来晃去，所有通往医院的门都为病人和伤员敞开着，那些人从下面的大屠杀中逃脱出来，跌跌撞撞地爬上坡道，带着一股死亡的恶臭，腹中空空。服务员们正在对病人进行护理分类，他们给病人分发了毯子，还发了盛有热饮的容器。赖利带着萧恩混在其中。

终于，他拉住一位路过的医生，成功地吸引住了对方的注意力。“她是你们自己人。”赖利说。

“萧恩？”那个医生问道。

她睁开眼睛，抬起头。“我在哪儿？这依然是梦吗？”

“你去哪儿了？”医生说，“到处是一团糟。我们需要你的帮助。”

赖利说：“她不在状态，恐怕无法提供帮助。”他把她放在一张空床上。“她自己都需要帮助。确保她能得到一些帮助吧。她刚从仿真水缸里出来。”

“但是——”医生开始犹豫。

“如果她无法得到应有的帮助，我会回来好好查一查原因的。”

医生转向萧恩，显得既害怕又担心。

赖利跪在小床旁，握住了萧恩的手。“再见，萧恩。”他说。“在更多人死去之前，我必须离开这里。回头是岸，想办法找到回来的路吧。也许，我们还会再次见面的。”

他转身朝门口走去。赖利希望萧恩能抓住这第二次机会，为了她的过去，为了她可能会成就的未来，也为了他们曾经对彼此的情义。但他知道，她很可能就像吸毒者一样，一有机会就会尽快回到第九层去。

当赖利离开医院时，走廊里灯火通明。他感觉到冰魔已然松开了它冰冷的手心。他思忖着，是不是微脑已经放弃了，随后，这一短暂的猜测就被一个铁的事实所取代——微脑从不放弃。它执行起任务来，像自然法则一样一成不变。对于微脑的死刑判决，他逃脱的唯一希望，就是超越死刑，或者，像阿莎一样学会插入技术，把相互矛盾的指令插入微脑的程序中。

当进入通往接驳站的走廊时，他遭到了第一次袭击。侧面是一条漆黑的走廊，走廊里的灯都熄灭了，一个身材高大、肌肉发达的男人从走廊里朝他冲过来。赖利在最后一刻感知到了他的动作，就仿佛他原来的那个老微脑给了他一个警告，于是他朝后退了一步。一把武器，大刀或者钢管什么的，呼啸着贴着他的头砸了下去，一个身影从他旁边擦身而过。他向前迈出一步，伸手抓住了偷袭者的腿，使对方一头砸在地板上。他还没来得及站起身，赖利就狠狠地踢了他一脚，把偷袭者手中的家伙给踢飞了——也就是一杆水烟枪的长度——然后，赖利从地板上把那东西抄了起来。男人正要起身，他一竿子击中了男人的头部。那人随即就扑街了。

第二个男人站在黑暗的走廊里，头一个袭击者就是从这里冲出来的。赖利认出，他就是自己离开阿利盖里时，跟他搭讪的那个黑帮头头。“你跟踪我，”他说，“我们上次的会面并不愉快，我想你大概是想重温一遍吧。”

男人站着没动，远在他能够得着的势力范围之外。不过，赖利觉得，自己的身体协调能力毕竟比以前强很多了，或许能在对方做出任何反应之前，越过这段距离。只不过，不到万不得已，他并不想伤害任何人。

“你不算难搞。”那个人说道。

“对你算够了。”赖利说，“谁派你来的？”他知道答案：微脑察觉到了在阿利盖里发生的冲突，然后就以某种可资利用的通信手段，匿名向黑帮通报了他的去向，而那之后，就全凭人类的复仇心理驱动了。

“没人派我到任何地方干任何事。”那人说，“之前，你让我们有些措手不及。可现在，我们已经为你做好了准备。”

赖利低头看了看脚下那个不省人事的家伙。“就跟这小子一样？”

那人耸了耸肩。“他只是个警告。你的事还没完。你不会再让我们感到惊讶了。”

赖利再次考虑了先发制人斩首行动的可能性，但最后还是决定不这么做。他能感觉到，在那个黑帮头子身后的黑暗中，还有更多的帮派成员。他知道，他能够对付一些，但总有一个终结点，届时仅靠数量就可以压垮他。他不能冒这个险。他承诺过阿莎要与她重聚，可现在这些都有可能影响到他们未来的计划，团聚对他来说，远比展现男子气概重要得多。

“你的领导力已经很弱了。”赖利说着，就像在给朋友提建议，“再失败一次，就可能意味着结束。”

他朝接驳站走去，后背整个暴露在外。对方一直没动静，直到他走到第二个交叉路口，对方才发起进攻。这个时候，天也已经黑了，当他经过路口时，三个男人从里面跑了出来。他们都身材魁梧，跟之前那位差不多，而且手里都有刀。赖利轻易地处理了第一个，他用之前从第一个袭击者手里夺过来的杆子，狠狠打在持刀人的手腕上，然后用另一只手的掌沿砍在他脖子内侧。第二个家伙，他几乎是如法炮制，手刀直接劈砍在那人的咽喉底部。第三个人的刀擦过赖利的肩膀，而赖利想都没想，直接用杆子扫上他的双腿，然后在他摔倒的时候，再狠狠地出拳击中了对方的下巴。

他转身。黑帮头目跟在他身后，远远地吊着。“瞧，”首领说，“你并不是超人。”

赖利伸出一只手按在肩膀上。立刻，汩汩的鲜血浸染了他的手。“划伤了，”他说，“早就开始愈合了。”确实如此。他能感觉到鲜血渗出的速度在逐渐放缓。他的身体跟阿莎的一样，也拥有了全新的治愈能力。

“放弃吧，下次就轮到你了。”赖利说着，转身离开。

“这事儿不会发生的。”首领说。他的信心并未被动摇，这让赖利怀疑，也许马上就会有另一次袭击，或许也是最后的袭击，即将来临。正琢磨着，袭击开始了，当时他已经离驳船港口很近了，而他新上手的飞船正等在一个开放式泊船口的后面。

赖利转身面向袭击者。他们一共九个人，其中包括首领。他们并非像先前那拨人一样，一上来就朝他猛冲。他们默默地靠过来，呈半圆形散开，但这种队形并不利于防守。他们都是不折不扣的野蛮人，嗜血而凶残，手里握着棍棒和刀子。

“这可不是什么好主意。”赖利说，“这次你们的人太多了，我没法只打晕你们。我将不得不杀了你们中的一些人，而我会先从你开始。”他指了指那个首领。

“除了你，还有谁一起上吗？”首领嘲讽道。

赖利感觉到背后有什么动静。“怎么了，”他说，“我和我朋友。”

赖利之前感觉到的动静，此刻变成了从过道里传出的沉重脚步声。阿吼咆哮起来。面对他们的那群人停住了进攻的脚步。最当中的两个人放下武器逃跑了，接着是半圆形边上的人，然后是中间的人，到最后只剩下首领。于是，他也撤了。

“走吧，阿吼。”赖利说着，带头走下通道，回到飞船上，这艘飞船可以带他们回到阿利盖里，可以带阿吼回到他的故乡，也可以带赖利回到那艘远古时期遗留下来的红色大船上去，那样就可以找到阿莎了。

现在他知道该去哪里找她了。

第十八章

阿莎把分配给她的地球轨道坐标输入船长驳船的微脑里，这坐标距离那个超大号月亮比地球更近。阿莎叫了一架太空梭，而她自己的飞船则在拥挤的太空里绕着那个星球盘旋，等待入港。阿莎从没到过那个星球，但依然觉得那是自己的故乡。阿莎等着赖利得出跟自己相同的结论，穿过茫茫的宇宙空间找到自己，在那之前，如果想要融入人类社会，就有很多东西需要学习。而且，等阿莎到了地球以后，也必须在一大群乱七八糟的陌生人中寻找赖利。目前的任务是，在不必确认身份，也不申明搜索目的的情况下，如何设法访问微脑那无穷无尽的数据宝库。阿莎能够利用的，只有父亲收集的各种信息，那些都已经是很多个长周期之前的旧资料了，包括关于地球社会的描述，及其运转所需的各种成文或不成文的规矩。

要学习的太多了，是整个世界的历史，而学习时间却又太少。

阿莎想，或许能有机会从太空梭飞行员那里获取一些更深入的了解；可太空梭却是无人驾驶的，控制者不是内置的微脑，而是在豆杆平台上运行的一台多功能微脑；如果地球和其他联邦星球一样，靠中央数据收集和处理器运行，那控制者甚至可能是地球的中央微脑。毫无疑问，就是这样的——缺少了各个中央微脑微秒级的监督和引导，从基础公共设施，到材料处理和自动化旅行，各地的科技文明必死无疑。

但地球中央微脑是否是遍及联邦的微脑网络的一部分？或者说，按照中央微脑的逻辑，对于制造它的社会，以及它理应服务的那些生命，地球微脑是否跟其他星球的微脑一样，已经站好队了，有了同样的哲学立场？

阿莎本来可以访问太空梭的信息系统，然而在太空梭里，阿莎只是孤身一人，不再混在海量复杂输入信息的庞大网络里，很容易被锁定。按照身份识别流程，中央微脑会自动开始识别，最终也可能会识破阿莎小心翼翼伪造的身份，但阿莎又何必自找麻烦让微脑更轻松地识破自己呢。阿莎等了半个长周期，让太空梭将自己运到最近的豆杆，这棵豆杆是从当年人称“斯里兰卡”的岛区建起来的。豆杆顶端的对地同步轨道上正等着一艘摆渡船。阿莎通过气密的扩展舱，从太空梭进入一个很小的候机室，这里有窗户，可以看到下面的地球，那一片璀璨的生机盎然——绚丽的蓝色海洋，洁白的云朵，翠绿的植被。这与太空那漆黑的贫瘠之地有着天壤之别，如此秀美，美得让人心痛。

然而，在这片壮丽的美景中，间杂着丑陋的斑驳残垣，提醒人们过去犯下的错误：古代核爆炸留下的弹坑，直到如今，宽宏大量的地球还在缓慢地修复着；还有古城被摧毁后的废墟，或是毁于炸弹，或是毁于蛮族的侵袭，而当初引发战争的激烈矛盾早已被人遗忘；海边的农场、庄园、村落，还有高耸入云的大都市，由于古代植物造成的温室效应，使海平面上升，两极冰盖融化，把这些建筑全都淹没了。温室效应从植物诞生起就开始累积，而狂热的工业化，持续向大气中排放大量有毒气体，因此加剧了这个进程。

不出阿莎所料，房间里等待的大多是人类，但也有来自联邦星球的其他种族——有几个长得像黄鼠狼的席佛人，桶状的天狼星人，头顶羽毛的阿尔法半人马。他们或坐或立，与人类保持距离。没见到多利安人。多利安人是管理者，决策者，既不是商人也不是特使。尽管战争后期多利安人曾与人类结盟，或许正是他们使胜利的钟摆转向人类一边，但战争才刚刚结束，创痛近在眼前，多利安人不敢贸然行动，让自己的声誉受损。谁都不明白，多利安人为什么会这么决定，与其说喜欢人类，或者敬佩人类不顾一切的决心，倒不如说，是联邦的政治博弈。

候机室里有各种气动设施，充气沙发、椅子，还有一张临时桌子。阿莎挑了角落里的一把椅子坐下，从这里可以打量整个房间，不会被人注意。房间里的人类有男有女，看起来都很健康、结实，比阿莎在阿达斯特拉号上看见的一般人要好看些，大概是因为他们营养跟得上，医疗条件好，也可能是因为接受了某些美容服务以弥补瑕疵。几乎无一例外，他们每个人的肤色都多多少少有点暗，就好像在过去地球绕日公转数千圈的岁月里，不同种族的人类把基因都混在了一起。也有可能，这种肤色是当下的时尚，人们很容易做出这样的选择。无论如何，这群人都是出于自我选择来到这里的，并不能代表普通地球人。肯定不是所有地球人都去过太空，有些人就连近地轨道都不一定去过。

阿莎挨个打量着这些人，但只一瞥就会移开目光，速度快到没人会有别的想法，最多认为阿莎只是随性地有些好奇。有几个男人，阿莎曾经考虑过去聊两句，不过，性别政治很可能还在起作用，而常常会演变成阿莎不想回答的问题。另外，女人倒也可能有兴趣来那么一段罗曼史，但阿莎觉得，要是真有这种问题，她肯定能看得出来，至少从某种程度上，可以通过这些女人分组的情况，以及观察其他女人的方式上看出来。阿莎挑了一个她认为比较容易下手的女人。摆渡船的舱门开启了，广播响起，提醒人们登船。在排队的时候，阿莎想办法排到了她身后。沿着豆杆往下的旅程会持续好几天，要学习的东西还很多。

摆渡船比端点星上那个运牲口般的厢体要舒服得多，当时那个豆杆还在登轨的半路上被截断了。船上有带卧铺的小隔间，还有其他设施，可以为喜欢独处的旅客提供便利；有舒服的椅子、沙发，还有专门的支柱，是为那些不坐的外星人准备的；桌子上内置了终端，以及连接个人设备的附件；带门的洗手间，附带自我清洁服务模块；餐厅坐落在摆渡船的一角，有完备的菜单和自动送餐装置；甚至另一个角落里还有个酒吧，供应各类酒水，以及其他可以改变情绪的物质。

阿莎在酒吧附近的一把椅子上坐了下来，正如她所预料的，那个她决意搭讪的女人在她旁边的一把椅子上坐下，把一个装有私人物品的小包塞到了椅子下面。阿莎什么也没带。那女人朝阿莎看了一眼，但阿莎只低头盯着面前桌子上的电脑终端。阿莎摸了一下屏幕，清除掉之前的内容，然后敲进一个命令。一组图像出现在屏幕上。阿莎探身向前，似乎是在考虑要选哪个选项。她按了第一下选好语言，第二下选择节目类型，第三下选择声频设备。一副耳机从桌面打开的抽屉里冒了出来，阿莎把它放进耳朵里。屏幕上开始播放新闻，有图像，有字幕，有解说，还有评论。与此同时，摆渡船轻轻震动，漫长的下行开始了。阿莎被终端传过来的信息吸引住了。这些信息本身就很有意思——对阿莎而言，地球社会就跟所有外星社会一样陌生——而旅程结束前，终究还是有机会聊天的。这次下行要持续整整七个周期呢。

阿莎选择的节目类型是“一般信息”——从前这叫“新闻”。如今已经没有所谓的新闻了——没有事故，没有暴力，没有谋杀，没有盗窃，没有逮捕，没有犯罪，没有政治纷争，甚至没有政治。一切都由地球的中央微脑负责。当然，还有天气，尽管微脑对天气也有很强的控制力，而天气预报更像是计划时间表，虽然偶尔也会有地质灾害，譬如地震或火山爆发。微脑持续追踪一切细节，并确保一切可能影响人们安宁的因素在出现之前就被阻止。这需要对 100 亿人进行持续的监控、数据收集、分析和管理，信息的存储量大到近似无限。一开始还需要数百万工人安装硬件，撰写指令，但到后来，中央微脑就学会自己制造存储器了，也能自己写代码。人们不再担心。只要一切顺利，没人会提出问题。也没人再提隐私权的事，好处太明显了。

所有这些都是阿莎根据她所得到的一般信息推断出来的。她必须小心谨慎，即使她有能力快速掌握这些信息，也不能过于迅速地切换主题。整整一页信息，她瞥上一眼就能完全理解；寥寥几句口头表述，她就能推断出其背后隐含的深意；她可不想微脑通过她的这些行为，一目了然地发现她与众不同，也不想缩小搜索范围，让微脑得以推断出她真正的兴趣所在。然而，渐渐地，推送给阿莎的信息焦点还是收窄了，她意识到，尽管她很谨慎，微脑依然在分析她的选择，并为她创建档案。嗯，这会跟她假定的身份保持一致：她是出生在阿达斯特拉号世纪船上的孩子，那艘船早在战争开始前就被联邦飞船带走了，直到战争结束后，她才和其他人一起被释放——或许，尽管她没有在自己的身份信息中包含这些，关于这起事件，关于船上乘客和船员的被俘，但微脑总能查得到。但微脑不会察觉有什么不同寻常的地方，毕竟，她只是对自己从未见过的家园世界有些好奇罢了。

然而，证实了微脑对她的分析，这让她开始警觉。如果它能从如此少量的选择信息中生成一份档案，她就必须愈加小心。越来越多的证据表明，银河系的中央微脑比她或赖利所怀疑的，参与了更多反对超验机和先知的行动。但她依然决定继续坚持原计划。

终端开始提供旅游信息，包括历史遗迹和秀丽的风景地，其中一些是重建的传奇之所。当阿莎转向另一个主题时，终端提供了过去一千个长周期的历史记录——它称之为“年”——以及一系列的决定和行动，正是这一切把人们从数世纪的动荡中拯救出来，走向今天的和平与繁荣。通过自动化劳动工具，加上发现了如何从太阳恒星中获取反物质，能源成本降低到几乎为零。而随着廉价能源的供应，一切都成为可能，包括航空航天，行星旅行和地外行星改造，而最终，终于达成了星际旅行。它没有提到星际跃迁图，那是任偷来的，跟着回归的妇女儿童一起被送回地球，正是那张星图才使星际旅行成为可能，并加剧了地球与联邦之间的战争。事实上，它压根没提到战争，而阿莎认为那很重要。

历史继续转向经济学。工业自动化导致了服务自动化，并由此导致了工作岗位的消失。没了工作，也没了与工作相关的收入，就必须采取措施，为几十亿被剥夺了工作机会的人提供支持。数代人辛勤劳作最终实现了生产自动化的巅峰，同时也积累了足够的资本，于是这些资源就以“最低年度分红”的形式被分配给大家。报酬不再与工作挂钩，也没人缺衣少食，人们都有时间陪家人或者做自己感兴趣的事。人类的生活从“生存的斗争”变成了“生存的选择”。想要增加收入，可以去做那些无法自动化的工作。有些人选择创意性的工作，在中央微脑注册登记之后，供人们欣赏（如果有人欣赏的话）；有些人选择沉湎于只让自己和家人满足的爱好；有些人专注于健身，强化心理，或者致力于心灵的修行；有些人热衷于探险，为了获得肾上腺素的洗礼和感官刺激，甘愿拿生命冒险；也有些人选择了更容易的路径，通过各种各样的麻醉品获得快感。然而，渐渐地，人们都各自适应了这种自己选择的生活，而失败者自会消亡。

坐在阿莎旁边椅子上的女人，原本在默读她自己的信息，这时候突然开口说道：“我忍不住发现你在看大量的基本信息，你是游客吗？”

阿莎作了自我介绍，说自己是在阿达斯特拉号上出生的，飞船被联邦俘虏，自己则在联邦的监视下长大。那女人先是表达了一番同情之心，然后自我介绍说，她叫拉莎。这是个美丽的黑发女人，一双棕色眼睛闪烁着古铜色的光芒，肤色仿佛是混了半奶的咖啡般迷人。她说，她是个评论者。

阿莎问：“那是什么？”

“基础信息在微脑上一搜就出来了。任何人都可以申请其他相关联的数据，还可以申请分析这些数据间的关联性意味着什么。评论者则提供各种不同的解读，还可以提请注意其他人可能未曾注意到的某些关联。”

“可微脑允许这么做吗？”

“当然了，而且还会付钱给我们。我们评论者可是非常有价值的资源，而我们因为有额外收入，就能在更广阔的范围内展开研究，还能提出其他人可能问不出的问题。”

“联邦也是这么做的。”阿莎小心翼翼地注意措辞，“他们把这当成是安全阀，用来释放多余的蒸汽压力。”

“安全阀是什么？”

“你知道的——就是一种装置，用来释放压力，防止压力积聚过多而产生爆炸。”

拉莎说：“不会爆炸的。中央微脑不会允许爆炸的。”

“可中央微脑会一直监控你们，你们就不担心吗？”

“什么监控？”

“或者，万一哪天微脑犯错了呢，你们也不担心？”

拉莎望着阿莎，那表情仿佛是觉得阿莎正满嘴胡言乱语：“微脑不会犯错。”

阿莎看得出来，拉莎不仅不愿意，也无法质疑这套体系：“当然不会。”阿莎说，“但我见过联邦的微脑出故障，就在战争期间。不过，也可能是联邦的人出了问题。”

“那肯定啊。”拉莎松了一口气，点头说道。

“这里就没有不顺从的人吗？”

“不多，”拉莎说，“总会有那么一两个的。他们称自己为‘无名者’。他们拒绝接受分红，靠捡拾别人扔掉的东西过活，后来就被中央微脑妥善处理掉了。他们总是在找麻烦，提问题——跟评论者不同——那都是些没答案的问题，比如说，为什么微脑要做微脑现在做的这些事，他们甚至想干扰微脑的运行。”

“那微脑怎么不阻止他们？我觉得他们这都已经算是公害了。”

“那也得先找到他们啊，”拉莎说，“要找到他们可不容易。因为他们是‘无名者’，你懂的。他们不拿分红，也不与普通人往来，不参与正常的活动，所以无法判定他们的身份。”

“但微脑肯定——”

拉莎坚定地说：“最后肯定是能查出来的。微脑一定能做到。”

“那然后呢？”

“然后他们就不会再找麻烦了。”拉莎说。

“他们会消失吗？”

“他们从一开始就不存在。他们是‘无名者’。”

“那当然。”阿莎接着又问，“你是怎么当上评论者的？”

“哎呀，只要提交一个评论就行了。就这么简单啊。”

阿莎问：“这样的话，不是会有很多人当评论者吗？”

拉莎说：“写评论是很困难的。你必须保持对事物的好奇心。当然，微脑是没有好奇心的，它只是一台机器。它可以为你提供很多答案，但你得问出正确的问题，或者必须去答案所在的地方寻找答案。”

“那你之前都去过哪儿呢？”

“我刚从月球回来。那边有不少新情况。科学，实验……这类事情人们并不关心，所以微脑也没有太多的相关信息。但这很重要。”

“有多重要？”

“因为那是——”拉莎猛然顿住，“因为它告诉我们一些以前从来没人想过的事。”

“我觉得，我也想当评论者。”阿莎嘴上说着，可心里却觉得，自己宁可当个无名者。

第十九章

赖利操纵飞船降落在红色球体旁边，球体隐藏在阿利盖里星的晨昏线附近。赖利从控制面板前的座位上解开安全带，转向阿吼。阿吼正从安全带里挣脱出来，那原本是副驾驶的位置，赖利临时给阿吼装上了安全带，又教会了他怎么用。

赖利望着阿吼，面露忧色："阿吼，我必须继续去冒险，而你不能再跟着我了。"

阿吼大吼了一声，表示抗议。

赖利说："我知道，咱们一起经历了很多，就像兄弟一样。可是，你必须回家去，给你的兄弟姐妹看看，该怎么——"

阿吼再次吼了起来："你给我看过很多了不起的东西，一个世界，又一个世界。我已经跟神在一起了，没法再回去当野人。"

赖利说："这就是英雄的命运，到很远的地方，获得神赐的礼物，然后把礼物带回给自己的族人。"

"什么礼物？"

"这艘飞船，船上的一切，这一切背后的意义，还有你学到的有关外部伟大世界的那些知识，以及知识带来的自由，使你们得以摆脱残暴的大自然。"赖利并未提及，为了知识、智慧和自由，要沿着那条永无止境的道路做出多少牺牲。同样，他也没提到会伴随文明而来的新暴政。阿吼的族人有足够的时间自己去发现这一切。

“他们不会把这机器当礼物的。”阿吼说，“机器不能吃，也不能拿来当武器。”

赖利说：“你可以给他们看那个食物分发器，告诉他们怎么用，就像我当初展示给你看的那样。等到他们耗尽了飞船上的给养，就应该已经习惯了那些金属墙和设备，不会害怕飞船了，他们对红色球体却会一直害怕下去。你要告诉他们，天外的群星，以及在群星间旅行的魔法；你会如同回到人间的神，与你的族人们生活在一起，引导他们前往应许之地，让他们比你那些修建了大金字塔的祖先更伟大。”

阿吼的红眼睛好像不那么生气了。

“这就是当你跟随我进入红色球体的时候，神选中你要你完成的使命，”赖利接着说道，“把未来展示给你，这样你才能带领你的族人走向未来。你会娶很多妻子，生很多孩子，教他们如何去往群星。”

阿吼似乎在考虑这个前景。

“我已经指示飞船该如何带你回你的家园世界去，回去以后又该如何着陆，那里离咱们离开的地方不远。你只要按下这个按钮就行了。我已经演示给你看过该怎么操作其他设备。这会是一段很长的旅程，就跟我们到这儿来的旅程一样长，可你必须有点耐心。利用这段时间好好学习这艘飞船是如何工作的。你要好好想想，过去发生过什么，你希望发生什么，你为了让梦想成真，又必须做些什么。”

阿吼再次吼了起来，这一次，他的吼声中混杂着悲哀、后悔，而最后，终于还是接受了现实。自从他不吃生肉改吃合成的替代品之后，身上的味道就不那么重了，再也无法反映出他的荷尔蒙激素水平，看不出他是否愿意接受这样的安排。

“再见了，我的兄弟。”赖利穿过延展的通道，走进红色球体，随后封闭了身后的通道。他操控红球升到有毒的空气中，一路驰离参宿七星系，然后才开始回想那个被他扔在身后的恐龙，以及自己与这个在原始世界发现的生物之间建立起来的奇怪友情。

他还期待着要与自己深爱的女人重聚，他们二人一起许下了无声的誓言，要创造一个更美好的银河系，然而无情的宇宙却把她扔到了银河遥远的角落。但是，他一定会再次与她相见，而他也知道会在哪里见到她：银河中他们共同拥有的一处故土——地球。

旅途漫长，要穿过三个跃迁点，还有跃迁点之间无休无止的长途跋涉。赖利不得不锻炼自己的耐性，一如当初他敦促阿吼要有点耐心。不过，地球所在的太阳系终于还是出现在红色球体的显示屏上了。赖利操控外星飞船穿越了莽莽太空，其间散布着太阳系的各大行星及其卫星。赖利很庆幸火星在太阳的另一边，他无法直接看到自己出生的星球，也就不用哀叹那些被战争摧毁的断壁残垣，那里是母亲献出生命的地方，也是父亲梦碎的地方。赖利接近了地球轨道，但还是让飞船停在月球阴影中，希望这样可以避开地球监测系统的直接监控；另外，赖利希望红球的内置系统具有反侦察技术，这样赖利就可以借此不被发现，少惹麻烦。他还没准备好向世人公开红球所展现出来的远古科技，也不愿公开自己的身份。赖利并不会被人当成新近的战斗英雄而受到热烈欢迎——有太多的退伍兵战功比赖利更显赫，可回到地球以后，有些人会被四处颂扬，获得名誉和声望，也有人静悄悄地溜回来，被忽视，被遗忘——相反，赖利的过往会遭到调查，查他与带回来的红球到底有什么关联；此外，还会有一些赖利想要躲开的人，他们会在赖利准备好之前发现他；还会通过他，找到阿莎。

似乎有效。赖利觉得，这应该是超验机文明的另一项技术，对联邦世界而言，这项技术价值连城；而对地球这个年轻而新晋的联邦成员国而言，或许更有价值。这是有道理的：如果古人的计划是在银河各处安置秘密接收装置，那他们肯定不愿己方工程师的到来，会被那些潜在的掌握星际旅行技术的种族所察觉。

赖利把飞船停靠在过去被称为“月之暗面”的中心区域。自从人类派出第一批原始探测飞船开始环月探索，就已经发现“月之暗面”这个名字纯属用词不当。所谓的“暗面”，尽管从未被地球反射的阳光照到过，也未曾出现在人类视野中，可它面向的是太阳，暴露在酷热的太阳光下，接受的辐射量比靠近地球这一面要大得多。当然，月球背面，当它背向太阳而面朝着遥远群星的时候，也确实够暗的了。不过，这却意味着两个绝妙的观测良机。一方面，可以不受地球遮蔽的影响，直接观测太阳现象；另一方面，更重要的是，当月球位于地日另一侧的时候，这里就会是观测其他行星和恒星的最佳观测点，这使月球背面成为放置观测设备的首选之地。另外还有些研究项目，放在地球实在太危险，也会被安置在月球上。

这一切，赖利早在孩童时期就已经知道了，那时候他还在火星上；后来，等他进了太阳应用科学研究院开始读书，就了解得更多。但他从来不知道各个研究站具体的位置。当初要是他没有志愿参军，而是继续学业，此刻就很有可能已经在其中某个研究站实习了，去追逐科学，而非敌舰。如今，不管怎么说，赖利还是来了，在这里监听着从月球另一侧传来的信号。赖利没时间去分析信号里的内容，就算他可以利用红球近乎无限且有待发掘的能力，可现在他并不打算这么做，他只是用这些信号来定位。赖利把外星飞船停靠在距离其中一个研究站两千米远的环形山内，赖利专门选了一所位于晨昏线上的研究站。两千米路算不上什么艰难的跋涉，但在猛烈的日光下，可能就连红球的神奇物质也不足以保护他；而等到全暗下来的时候，近乎绝对零度的温度也同样几乎是致命的。

赖利披上了红球提供给他的防护膜，把它平铺在身上轻轻一抚，防护膜就从头到脚，一直包裹到鞋底。赖利深深吸了一口气，通过飞船自动造出的气闸室，来到月球表面。月尘在他脚下如同沙砾，太阳悬在月平线上空，衬着黑色的天幕，犹如一个独眼巨人瞪着赖利。但防护膜挡住了来自太空的寒冷，还为赖利提供了呼吸所需的空气。赖利迈开步子，朝研究站走去。

这一路走得比他预想的更糟糕。即使是在晨昏线上，红球物质也不得不竭尽全力，才能保护赖利免受寒冷和真空的荼毒，有限的光线使他很难看清路上的石头和凹坑。防护膜里的空气越来越污浊，赖利发现自己呼吸困难。尽管经过超验机的赋能之后，他的身体素质有了很大的改善，但当他抵达设置在月面坑洞里的研究站时，还是气喘吁吁，筋疲力尽。研究站的入口呈椭圆形，两边都被月尘堆封住了，中间是一个坚固的金属屏障，显然无法穿越。

赖利的视线模糊不清，但他还是依稀辨认得出，屏障表面印着一行字：2 号月球研究工程站。字体已经被月面的寒冷和太阳风侵蚀得褪了色，显得支离破碎。赖利已经精疲力竭，衷心希望这里还没被废弃。随后，他想起自己用来追踪定位到这里的那个信号，于是飞快地绕着屏障，上下左右地仔细摸索，直到最后，他找到一个面板，上面印着褪了色的字样——“紧急呼叫”。赖利使劲敲了下去，一次，两次，三次——面板终于被压了下去，屏障颤颤巍巍地朝一边移开，他能透过包裹在防护膜下的手指，感觉到这阵阵轰鸣。

赖利推开屏障挤了进去，来到一个金属密封的气闸面，他用拳头猛击屏障旁边的面板，感到屏障渐渐合拢，把寒冷和虚空挡在了门外。赖利在一片漆黑中待了一会儿，随后，通道侧面墙壁的顶端亮了起来，他可以看见，入口处两边的钩子上挂着一件件宇航服，前面还有一扇气闸门，样式相对更传统一些，他能听到空气流通发出的气流声。这里的空气闻上去就像飞船上的——循环次数过多之后就会带有人体散发出的臭味。水汽开始凝结在赖利的防护膜上，随后又渐渐融化。赖利擦掉水珠，等气闸室终于暖和起来之后，他脱掉红球的防护膜，把它塞进了口袋。

他知道，在这个洞穴研究站里的人看来，他是谜一般的存在。在几乎不可能的情况下，谜一样突然出现，甚至没穿任何防护装备以保护他不会遭到月球环境的荼毒，而在月球表面，没有防护装备的人根本无法存活。然而，他确实进来了，毋庸置疑，而他将不得不利用这种神秘感以达成自己的目标。

空气的密度刚刚达到可以传声的地步，天花板上就传来一个声音：“你是谁？”这个声音听上去难掩惊愕，“你在这儿干什么？”

里面那扇门打开了，一对身穿连体工作服的人紧盯着赖利，仿佛

赖利是什么超自然的存在。很显然，他们的这种疑虑越来越强烈。其中一位是身材高大的中年男性，体形瘦削，脸上带着辐射烧伤或者皮肤癌的印记，他有一双漆黑的眼睛，光头，没有头发，要么是自然脱发，要么是有意作了脱发处理。而另外一个则是女人，年纪稍轻一些，一头又黑又长的头发被编成一条辫子拖在脑后，她也有一双黑色的眼睛，看上去很友善，一脸好奇的模样。

“你是我们这儿来的第一个访客。”那女人说，“破天荒！”

同伴说：“所谓第一个不就这意思吗？”

女人说：“我知道那是啥意思，这就是所谓的‘强调’。”她转向赖利：“确实有点令人惊愕。”她侧过头看着身边的同伴说：“这就是所谓的‘低调’。”然后又转回到赖利这边：“你绝对不可能就这么跑到这儿来，也绝对不可能就这么站在我们前面。可你确实在这儿！”

赖利说：“我可以解释，不过，我能先找个地方坐下吗？我一路走过来很不容易。”

女人说：“当然当然，不好意思，失礼了。我们训练礼仪的机会不多。快进来，我是贝儿，他是卡伊德。”贝儿轻轻推了一下那个大块头同伴，暗示他该往旁边让一让。

研究站的生活设施很简陋，却让赖利回忆起了正常的人类居所，觉得很亲切。自从他离开火星，离开学院那刻板的学生生活之后，就再没住过这样的地方。屋里有一张用包装箱临时拼凑起来的桌子，还有几把气动椅子，很容易从地球运上来。赖利挑了一把椅子坐下，接过主人递过来的咖啡，带着感激之情有滋有味地嘬了几口。他有很久没喝过正宗的咖啡了。

终于，他开口说道：“我是赖利，退伍老兵，总算是从联邦空域回来了。我需要了解一些信息。”

卡伊德说：“我们也需要了解。”

“你们当然需要。”赖利说，“那就让咱们互相交换点情报吧。”

“只要不包括我们正在做的这项研究。”贝儿说，“倒没什么可保密的——只要研究结果一经证实，我们马上就会发表的——不过，在发表之前还是谨慎些好。”

“正如我刚才所说的，”赖利接着讲道，“我刚从联邦空域回来，并且掌握了一些非同寻常的科技，希望能找人看一下，研究研究。”

卡伊德：“联邦科技？”

“比联邦还老，”赖利说，“特别老，远古时期。”

贝儿说：“在那些人类首次接触的星球上，总有人会有新发现。大多数都是假的，而就算是真的，最终也被证明并非什么高深莫测、不可理解的东西。”

赖利把红球材料从口袋里掏了出来：“就像这个？”

贝儿从他手中接过材料，这东西红彤彤的，很光滑，托在手上就像某种类似于丝绸的布料。“所以呢？”

“我称之为‘智慧物质’，”赖利说，“它就像一件魔法斗篷。只要你有需要，它可以变成任何你想让它变成的样子。”赖利从贝儿手中拿回材料，摊在自己胳膊上抚平。它变成了一只袖子。赖利接着撸，它又变成了夹克衫，然后是连裤工作服，最后包裹了全身。赖利又再次把它褪下来，交还给贝儿。贝儿拿在手里掂量了一下，递给卡伊德。

“这戏法很不错，”卡伊德说，“可我见过别的魔术师玩得比这还好。”他把材料放在胳膊上，学着赖利的样子摸了几下，材料停在他胳膊上，半点动静都没有。“这戏法怎么变？有什么咒语吗？”

“这材料跟我绑定了，绑定的方式也是这科技和谜题的一部分。”赖利说，“或许你能找出答案来；不过，我就是凭着它，才穿过致命的月球环境，来到你家门口。这也算是回答了你的问题。”

“只是其中一个答案，”贝儿说，“是其中一个问题的一个答案。”

“这是我目前准备给出的唯一答案。也许以后会更多。但现在，我准备做一笔交易，用智慧物质换信息，外加一套月面宇航服。”

“什么样的信息？”

“一个研究站的具体位置，我只知道那个科学家的名字叫杰克。”

贝儿看看卡伊德，又转回头望向赖利，“你是说‘杰克+’？”

赖利：“+？”

贝儿：“有传言说，他用了很久以前一个虚构英雄的名字。”

赖利想，这名字八成来自杰克那些克隆自己的实验吧。

“可干吗要找杰克？”贝儿问道，“他是个偏执狂，骗子。”

卡伊德说：“他确实弄出来一些了不起的小发明，还有一些他自称的、未经学界验证的发现，包括对木卫三的类地改造。到现在为止，还没人能查验他关于木卫三的声明，也没人能重复他的实验结果以验证他其他那些自说自话的发现。”

“我估计这人大概不太讨人喜欢。”赖利说，“但他可能正好是我要找的那种偏执狂加骗子。我自己就有点偏执。”

卡伊德：“加骗子？”

“还有待证实，对吧？”赖利指向卡伊德手上拿的东西，“怎么样，成交吗？”

卡伊德把材料翻来覆去地看了几遍，仿佛是在估计它的重量，或许还有价值。他望向贝儿，带着疤痕的脸抽搐了几下。

“要不是我交出了自己的宇航服，也不会找你们另要一套啊。”赖利指着卡伊德手中的材料说，“我人就在这儿，足以证明这东西管用。”

贝儿说：“好吧，不过，余下的这些科技，我们打算自己研究——姑且让我们假定还有更多吧。”

赖利说：“等我见到杰克，我会跟他说的。”

结果，杰克的研究站就在距离这里不到 500 千米的地方。红球已然越过了用恒星演化周期来计算的时间跨度，其空间跨度更是以数千光年计，所以这区区 500 千米对它来说，根本不算什么。赖利从贝儿、卡伊德那儿借来的宇航服，虽然与红球的神奇科技相比还很原始，但也装备了氧气瓶、温度控制装置，还有一个面罩，可以自动调暗颜色以抵挡太阳辐射。然而，当赖利回来时，红球却一度怎么也打不开，直到赖利把一只手上的宇航服脱掉，红球才认出赖利，总算在他的手被冻僵之前，允许他进入了飞船。赖利不得不把飞船藏在距离杰克研究站很远的地方——他也不想这么远的；然后，他艰难地走过太阳炙烤的月面，来到贝儿先前指明的方位。这时候，氧气已经不多了，宇航服的温度控制也只能勉强抵抗太阳无情的烧灼，而赖利却找不到杰克实验室的任何踪迹。

赖利四处探查了一番，心里琢磨着，不知道这宇航服还有没有足够的氧气足以支撑他返回红球；另外，他还在猜测，贝儿和卡伊德会不会故意给了他一套假坐标？这时候，他终于看到一个门口，就像是安装在月球表面的一扇活板门，有一部分已经被飘落的月尘所覆盖。这可不是因为风（月球上没有风），而是因为太阳粒子长期的轰击；这门恐怕已经有很多个周期没打开过了。赖利拂去门上的月尘，尝试寻找标有“紧急呼叫”的应急面板，就跟他之前在2号月球研究工程站门边找到的那个一样。然而，没找着。

赖利一脚踹在金属门上，大门岿然不动，看上去也无法撼动。他又踹了一脚。大门表面泛起某种红色亮光。他弯腰去看那是什么，把宇航服的遮阳板也调低了一些，以便能看清字体。

门上有两个闪闪发光的大字：“滚开！”

第二十章

摆渡船放慢速度，终于在豆杆底部停了下来，停在这个曾经被称为斯里兰卡的岛上。尽管这是太空电梯的底层，但据拉莎说，这里其实是山顶，这座山叫“圣足山”，又被称为亚当峰。之所以被选中作为豆杆基地，是因为它的位置接近赤道，海拔将近 2550 米。当年颇有好几个宗教团体竭力反对，他们认为这山顶是神圣的。阿莎问这里到底有什么神圣之处，拉莎告诉她说，靠近峰顶的地方有一块岩石造型，看上去像是一个接近 2 米长的脚印。这脚印是谁的，各种宗教团体说法不一。其中一个团体说是佛祖的，另一个说是湿婆的，第三个说是圣多默（Saint Thomas，天主教对托马斯的不同译名）的，而第四个则说，那是上帝创造的第一个人类——亚当的。山体侧面建有台阶，各个宗教的信徒都可以爬到山顶，瞻仰脚印，看日出。

“当然，”拉莎接着说，“这都是数千年前的事了。如今，人们不再狂热于各种具有象征意义的印记，不过还是有少数怀旧运动者，重修了这些台阶。”

阿莎从椅子上站了起来。最近一个星期，这椅子就成了她的居所。乘客们醒着的时候，她靠着椅子坐；乘客们睡着的时候，她把它当成床。阿莎不太需要睡眠，但还是尊重其他人的需求；而在别人睡觉的时候，她就会思考与赖利重逢的各种场景，见了面以后又该干点什么。现在，她起身加入其他乘客中，排队离开那个被迫互相做伴的船舱。尽管摆渡船的船员们竭尽所能，想让乘客们旅途愉快，但她依然渴望获得自由。拉莎就排在她前面。

一行人走出豪华的候机室，来到单轨车站。拉莎示意阿莎朝窗外看，眺望那块石头，正是这块印有“神圣足印”的石头让圣足山得名。当年兴建太空电梯的时候，为了平息当地人的抗议，可是花了不少钱以保留这个遗迹及其周围的装饰，然而，妥协并没让任何一方感到满意。不过，圣物依然保存了下来，跟太空电梯肩并肩，分别代表了旧事物与新事物，代表了迷信的过去与科学的未来，古代神灵的脚印和前往星星的起点。

“我曾经对此发表过评论，”拉莎说，“还介绍过纳拉坦尼亚古镇是如何变成一座城市的[①]，那里是阶梯开始的地方，阶梯旁边则修了这条单轨列车。”拉莎又说：“一开始，是大量的建筑工人涌入村庄，随后是乘坐太空电梯的旅客。旧事物总是会让路给新事物的。”

风带着急雨袭来，打在单轨列车的窗户上，这可不算新事物，却让列车在轨道上摇摆不停，仿佛这轨道相当脆弱，甚至比太空旅行都危险。拉莎看上去似乎一点都不担心。“现在是雨季，”她说，“这时候，朝圣者不会沿着阶梯上来的。”中央微脑已经解决了很多气候问题，譬如，在干旱或爆发森林火灾的地区实施降雨什么的，不过，却还无法消除飓风或季风。

阿莎和拉莎下了列车，来到一个有遮盖的平台上，不远处就是前往拉特纳普勒（Ratnapura，斯里兰卡的大城市，僧伽罗语意为“宝

① 现在是亚当峰附近著名景点。

石城”）的高速地铁入口。如今，劳动已经成了选择，而非生活所必须，而大部分劳动者都彼此相隔遥远，以个人身份提供劳动。城市只是作为文化中心，吸引那些迷恋古代传统（真人、实时、手工业）的人。不过，城市依然是阿莎最有可能打听到赖利消息的地方，只有在这里才不会惊动其他人或中央微脑，不会让他们知道，她自己或赖利已然回到了地球。

雨水依旧伴着狂风倾泻而下。阿莎犹豫着要不要穿过平台到地铁入口那边去。“有人来接我。”拉莎说，“要不，我搭你一程，送你到更方便的地方，怎么样？”

阿莎说：“不用吧，您都忍了我这么长时间了。”

“瞎说什么呀！这不，车来了。”拉莎说话间，就有一辆黄色的老式化石燃料大巴停在站台前面，一队棕色面庞的年轻人，有男有女，从侧门轻快地跳了出来，一头冲进瓢泼大雨，仿佛他们也是大雨的一部分。他们围住了拉莎和阿莎，把两人拉向大巴方向，冲进大雨里，嬉笑着，挨个儿与两人拥抱。他们那种欢天喜地的热情原本足以感染阿莎，但她感觉自己是被困住了，好像这一切只是做戏，为了掩盖绑架。可如果是掩盖，究竟不想让谁知道呢？现在已经太晚了，阿莎要想脱困，就必须从这些人当中挤出去，那肯定会有肢体冲突，还会引发纠纷，会引起旁观者的注意，也可能也会引起微脑的注意。

阿莎坐在大巴车上，拉莎就坐在她旁边。两人的衣服都湿了，拉莎却好像并不在意。老式大巴驶出站台，这无疑是一辆精巧的复制品，显然正是拉莎所提到的复古风。“好吧，亲爱的，”拉莎说，“你刚才说你想去哪儿？”

阿莎说道：“我什么也没说。”

“哦，当然。”拉莎说，“那就在我家落个脚，把身子弄干，让我们好好尽一下地主之谊，然后再送你上路。”

“谢谢。”阿莎肯定看错拉莎了。自从她上了摆渡船之后所发生的这一切，最可能的解释就是，拉莎其实是中央微脑的特工。

拉莎的住所是一座复合式热带庄园，坐落在起伏的平原上。从山区到平原的旅途很长，但并不乏味。她们在山脚下经过了一片野生动物保护区，看见了大象、猎豹，还有其他一些地方性专属物种；每一个物种拉莎都会专门给阿莎介绍一番：这物种是什么，在进化史上有着怎样的地位，人类又如何挽救了它。拉莎是位很有天分的女主人，她把身子靠向阿莎，就像亲切的阿姨，挽着阿莎的臂膀，指给她看沿途有趣的风景或生物，似乎给异乡人介绍从未踏足的地球是一件非常令人愉悦的事。但这一切只是让阿莎更加怀疑。

嘎嘎作响的大巴，吃力地经过了几座林木丛生的小山，然后下坡来到平原上，最终停在了一片建筑物的主楼前。这是一栋只有一层楼的木制平房，中间部分很宽敞，还有两侧长长的侧翼厢房[①]。拉莎催着阿莎下了车，穿过一扇巨大的木制双开门，来到起居室。宅子的整个前厅都被布置成了起居室。地板是用打磨过的石头镶嵌而成的，大小尺寸不一；地板上铺着一些手工小地毯；家具有椅子，有长沙发，都是用某种深色木料制成的；座位和椅背上覆着织锦类的纺织品；房间

① 这是西方传统庄园主楼的建筑风格。

内的照明来自木制墙壁高处挂着的几盏灯，但似乎用的是天然燃料，并非电能。

阿莎大手一挥，说道："这一切，一点也不像拿着年度最低配额的人用得起的呀。"

拉莎说："我们会把资源集中起来。那些年轻人——"

"是您的亲戚？"阿莎问，"还是学生？"

"都算吧。"拉莎说，"不过大多数都是些意志坚定的年轻人，他们所追求的生活方式跟其他同龄人不太一样。"

"什么样的生活方式？"

"我们先得给你换身暖和的衣服。"拉莎领着阿莎穿过走廊，来到一间带浴室的卧室里。"那边的衣橱里有几件衣服。"她接着又说，"你换下来的湿衣服搁在浴室里就行，他们会收走，帮你烘干的。"

阿莎说："实在不该给您添麻烦。"

"不麻烦，更像是乐趣。"拉莎说，"跟某个像你这样背景的人说话，带你游览你自己的故土家园。你简直无法想象，这是多么令人感到愉快的事。我想多了解一下联邦，还有你长大成人的那个世界。"

阿莎心想，洗个澡换个衣服也不是坏事。用真正的水，真正的肥皂，在浴缸里泡澡，这简直就像童话里的情节——对阿莎来说，个人清洁就是化学喷剂，偶尔用复原液草草冲个澡。泡在漫至胸口的热水里，用厚厚的毛巾擦干身子，她享受着这一切近乎奢华的舒适。哪怕她因为决策失误而不得不面对各种困难，横竖也算享受过这么一次传奇式的体验了。

最终，阿莎再次回到起居室去见拉莎。她穿着一身色彩斑斓、流光潋滟的丝质衣服，在拉莎指给她的衣橱里，她就只找到这么一套。

拉莎也换了衣服，正等着阿莎出来，她一手端着一杯饮料，另一只手里还有一杯，是给阿莎的。阿莎接过饮料，好奇地瞅了一眼。

拉莎笑了，她说：“这是用本地产的果汁做成的传统饮料。所谓传统，是指数千年前，那时候人们还有时间招待客人，自己做饮料喝。”

阿莎抿了一口，坐在拉莎旁边的一把椅子上。饮料味道不错，有点甜又不太甜，各种味道融合在一起，哪一种她都从未尝过。她本以为会遇到一些陌生的风俗习惯，甚至可能会感到厌恶；可这一切，就好像小时候爸爸给她讲的故事，变成了现实。

阿莎问：“您刚才正要告诉我，你们这样的地方究竟是如何构建起来的。地球不是讲究平等主义吗？每个人拥有的东西都足够多，却又不会太多。”

拉莎笑道：“你听到的地球就是这个样子吗？这种说法仅就一般意义而言才成立，比如自由或民主。财富并未被取缔，人们只是不那么在意了。”

“你们这种地方怎么可能没人在意呢？”

“我们又不消耗这世界上的任何资源。食物是我们种的，能量源是我们自己提供的。你注意到没有，送我们到这儿来的那辆交通工具，用的燃料是从我们自己的油井里开采出来，用我们自己的设备精炼的。这屋子照明用的气体，也是用同样的方法生产的，跟全球的服务设施和能量源都没任何联系。所以，不会有人注意到我们，我们基本上是想干什么就干什么。”

“这一切都是你们自己的？”

“这是贪婪祖先留下的遗产，如今正好用于我们赎罪的事业。”

“什么事业？”

“噫[1]，当然是为了保持独立自主！这年头，独立自主是非常困难的，但很值得去做。你要想做评论者，就得这样。”

阿莎沉默了片刻，想要把这些信息拼在一起，却发现拼不起来。要么拉莎是个怀旧派，想要回到久远的过去，不被无孔不入的现代文明所干扰；要么，她就在玩一场更加危险的游戏。

拉莎又说：“可你身上真正吸引我的，是你的经历：在阿达斯特拉号飞船上出生，又被联邦舰队俘虏，在联邦世界长大。这一切听起来特别激动人心，特别传奇。我想再多了解一下。”

阿莎讲了那艘世纪飞船，飞船在前往阿尔法半人马星的半途被银河系种族拦截了。阿莎那时候刚刚出生，当然不记得这些，但她父亲和其他船员跟她讲过这些。当发现人类在银河系并非绝无仅有的智慧种族时，他们是如何地吃惊；当发现人类投入那么多心血和努力造出来的飞船，跟外星文明相比竟如此原始，就像手工独木舟来到蒸汽船的世界，他们又是如何地深感痛苦；以及那些外星种族的样子跟人类截然不同，这让人无比厌恶，当然，那些外星种族也基于同样的理由而厌恶人类。

她告诉拉莎，异星行星围绕着异星太阳旋转，自己就是在这颗行星的月亮上长大的；很多异星食物对人类而言是有毒的，俘虏们不得不依靠世纪飞船上循环菜园里种植的物产过活；船员和乘客们为孩子组建了学校——世纪飞船依赖于新生代的新生；联邦狱警质疑这些自命不凡的人类，对人性恶所带来的潜在风险充满怀疑，他们定期审讯

---

① 原文why，是维多利亚英语感叹词，意义类似“哎呀”。拉莎为保持传统，故意用了一些不适合现代英语的旧词。汉语作相应处理。

人类，而且越来越怀疑人类告诉他们的那些，隐含着不可告人的秘密。

“当然，所有这些，”阿莎说，“都发生在人类与联邦战争爆发之前，不过，也有可能正是这些引发了战争。”

“哦，天啊，”拉莎说，“你可千万别自责。”

“我没那个意思，”阿莎说，“这不是我们的错。当然，更不是我的错。这段时期，大部分时间我都只是个孩子。不过，他们问询了我弟弟和我爸爸，他们并不知道自己代表了整个人类，也不知道外星人把他们讲述的人类历史、文学和艺术这些东西作为证据，对人类这个物种做出了判决。爸爸和弟弟没受过外交训练，不明白那些看似平常的问题背后隐藏着什么目的，也不懂该怎么提供半真半假的信息。那些外交官的外交辞令，往往隐藏的比披露的还多。”

阿莎接着说：“随后，战争爆发了。我们的一个船员发现了联邦跃迁连接点的星图，还找到了把星图带回地球的办法，正因如此，才使人类得以与联邦抗衡，最终签订了停战协议。”

她没有告诉拉莎，任从阿达斯特拉号上逃跑的事，也没说自己扮演了什么角色，没说他们去了超验机所在的行星，也没说去了之后发生了什么事。阿莎说：“呃，您的好客让我非常感动，不过我那些衣服肯定干了，我该走了。我还有不少事情要做，不少东西要学呢。”

“啊，我们可不能让你走。”拉莎说。

阿莎飞快地考虑了一下逃跑的各种选项，这时候，拉莎继续说道：“你能提供给我们的联邦信息还多着呢。啊，我们确实有来自联邦的访客，我们也相当习惯于那些怪模怪样的外星人，习惯了他们做事的方式和奇怪的气味，就连他们那些稀奇古怪的细菌和病毒，我们也都已经免疫了。但我们还是不知道，他们究竟是怎么生活的，你懂吧？他们也跟我们一样，坚持平等主义吗？”

“联邦运作的原则跟地球很像，也坚持平等、共识。不过，就跟地球一样，这说法仅就一般意义而言才算成立。有些种族加入联邦的历史比其他种族更长，尽管所有成员一律平等，但有些成员会受到更多的尊重。比如多利安人、天狼星人，他们在讨论时的话语权就大于阿尔法半人马。席佛人在群里排最后，但还是比地球这样的新晋成员地位高；至于花童人，我们都不知道该怎么排位，这或许是因为花童人并不在意这些。”

“你说的‘共识’是什么意思？”

“对那些影响全员的决策，必须全员同意。在银河系，分歧可能意味着星球毁灭，所以必须十分小心，最重要的是，不能让任何成员不满到引起叛乱的程度。不过，这并不意味着没有强制措施，确实有星球被摧毁了。没人会刻意投反对票，所以决策总是会各方调和，大打折扣。这并非效率最高的体制，但很管用。最大的问题是，任何真正与众不同的新生事物，譬如人类，就代表着对体制的挑战。成立联邦就是为了维持现状。”

“他们也有我们这样的中央微脑吗？”

阿莎想，这回总算是说到拉莎最关注的问题了。“大家都有。”她说，“星际文明，甚至独立的行星文明，都离不开微脑。个人微脑，大多数种族都有，而中央微脑，则控制所有自动化流程，让机械运转，让交通车船上路，并提供所有基础服务。”阿莎心想，这种表达够中立的了。

“可你却依然没有微脑。”拉莎说，“这也是我对你着迷的原因之一。”

阿莎说：“你也没有微脑啊。”

“正如我之前提到过的，”拉莎说，“我们想要保持独立。但你在联邦，肯定需要微脑才能过得下去吧。”

阿莎说：“银河系是个复杂的所在，有很多信息，很多东西需要追踪；大多数联邦成员，都需要这么个设备来访问和处理这一切。我从小就是联邦的犯人，联邦不允许我有微脑。等我被释放之后，也没人给我微脑。一直以来我都没有微脑，我已经学会了，没它也能过日子。”

拉莎和善地看着阿莎，摇了摇头：“这故事着实精彩，可是，亲爱的，你并没把全部真相都告诉我。”

“什么意思？”

“阿达斯特拉号的故事，在地球这里算得上是个传奇。”拉莎说，“任先生偷了跃迁连接点的星图，开着阿达斯特拉号逃离了联邦中枢，他让妇女儿童带着星图回到地球，而他自己和船员则作为诱饵引开了联邦追捕者，最后以阿达斯特拉号的消失而告终——彻底消失了，再也没人见过。”

“或许我确实漏了一些信息。”阿莎说。

“你漏掉的部分就是，你本人就是船员之一。唯一被丢下的人类是个男人，肯定是你父亲。也就是说，你知道阿达斯特拉号上到底发生了什么。”

“那是一次漫长而危险的旅途，到最后，船员差不多都死光了。”

阿莎说，“这故事说出来没人信，我当然不会把这些事告诉一个我刚认识的人。”

“这个咱们就必须以后再说了。”拉莎说，“现在，我也必须承认，我也没把全部真相都告诉你。我不光是评论者，还是无名者。这儿住的也都是无名者。我们的目标是：消灭中央微脑！”

第二十一章

月面那扇门被尘土覆盖着，赖利把门上的信息读了一遍，写的还是“滚开！”。他检查了一下宇航服的电力和空气供应，已经远远不到一半了。最终，他打开了宇航服的通信器。赖利并不想冒险让自己的信号被地球中央微脑截获，但目前的情况很迫切，顾不了那么多了。而且，通信器的范围只有几百米，他和地球的感应器之间还隔着一整个偌大的月球。

赖利说：“我根据银河系第七五三六号公约请求援助。”

沉默良久，赖利正要重复呼叫，一个沙哑的声音响起：“银河系公约在这里不管用。”

赖利说：“签署停战协议的时候，地球和地球体系内的各个星球都接受了公约。”

又是一阵停顿，还是那个声音：“我可没签过什么停战协议。”

赖利想了想，说道：“我相信，跟我说话的这位就是杰克+吧。我手上有钟和简的信息。”

又是一阵沉默，随后，没人说话，嵌入月面尘灰中的活动门滑向一边。赖利发现，之前他以为散落在活动门表面的月尘，其实是活动门自身的一部分。赖利往下走了十来米，来到一座气闸跟前，这个气闸比刚才贝儿和卡伊德研究站的气闸更为精巧。门关上，灯打开，赖利发现墙面托架上有几套宇航服，比贝儿给他的那一套更结实，也更有特色。周围的墙壁是不锈钢制成的，远处那扇门看上去十分坚固，足以承受流星的撞击。这不是临时建筑，而是预备长期坚守的地界。

空气注入减压舱的过程近乎悄无声息，当他脱下宇航服的时候，对面那扇门打开了，也同样近乎悄无声息。一个年轻女人站在门口，黑发，棕眼，穿着一身淡棕色连体工作服，光影从她身后投射下来，把她衬成了剪影。她长得很像女版的钟和简。

赖利问道："哲尔？"

"告诉我钟和简的下落。"女人的声音斩钉截铁，带着一种不容抗拒的语气。单从这个角度而言，她倒不像她那些克隆的兄弟们。

"我告诉杰克的时候自然会告诉你。"

"杰克谁也不见。"她说。

"他会见我的。"赖利说。

"他年纪大了，身体也不好。他谁也不见。告诉我——"

赖利先前在通信机上听到的那个沙哑嗓音，又通过看不见的扬声器传了出来，仿佛在空气中化成了实体："把他带过来。"

哲尔转过身去，赖利紧随她沿着一条长廊走下去，经过了一扇又一扇门，有些是关着的，有些是开着的。其中一些显然是实验室，里面那些闪闪发光的金属和玻璃器皿，赖利从来就没见过，甚至在太阳研究院里都没见过。走廊尽头是一个门廊，通向一个庞大的生活区，里面有各种结实的家具，有金属的，也有布制的，还有一张气动床，上面配有氧气瓶和其他一些赖利认不出的医疗设施。空气中有一股病房的药水味道。床正中，一位老人背靠枕头坐着，样貌与钟、简和哲尔出奇地相像，只是脸颊的皮肤下垂，头发也白了。

“杰克+？”赖利问道，尽管，他已经知道这位老人是谁了。

“我从未自称杰克+，”老人说，“这是我的敌人给我起的名字。这些年我树敌不少。可现在，你必须告诉我钟和简的消息。”

赖利说：“首先，我必须知道你有没有受到监控。”

杰克问：“监控？你在说什么？”

“我有理由相信，地球的中央微脑，还有银河系其他星球的中央微脑，都异常关注我的存在。”

杰克哼了一声，这一声相当吃力，连身子都颤动了：“你就跟我一样多疑。几十年前，我就跟地球及其中央微脑断了联系。所以我才在月球上建了这个实验室。这里的一切都自给自足，包括能源和食品供应。我重新发明了当初被称为‘计算机’的东西，负责那些冗长枯燥的计算。我让它干什么，它就干什么，从不多事。现在，告诉我钟和简的消息。”

赖利点点头，他知道杰克想要什么。与哲尔不同，杰克并不关注他们的命运，他关心的，是他们所执行的任务。“我最后一次看见钟的时候，他还活着。钟身上有一种源自木卫三改造项目的细菌共生体，类似于生物微脑，他尝试毁了自己的共生体，就把自己速冻了。至于简，已经没法复生了。”

哲尔问道：“你说‘最后一次看见钟的时候’——”

杰克打断了她说：“是在杰弗里号上出的事。”这句话可不是疑问句。

“是的。”赖利说，“我们在超验机星球上着陆之后，就跟其他乘客和船员分开了，包括钟。他们中间不大可能会有任何幸存者，但希望还是有的。关于这个，我等下再跟你们说，不过，首先我得告诉你们另外一件事，恐怕会让你们更感兴趣。”

“对什么感兴趣，我自己说了算。告诉我超验机的事。”杰克说。

赖利想了想，该对杰克讲多少？毫无疑问，这老头子就是个“科学狂人”，但兴许他和阿莎需要的就是科学狂人。“首先，这东西不是真正的超验机，而是一个传送设备。至于这个机器的超验功能，只是意料之外的结果。”

“我们怎么才能拿到它？”杰克说。

“拿不到。”赖利说，“超验机根本就不在我们这个旋臂。前往那个星球需要穿越两个旋臂之间广袤的虚空，几乎什么星体都没有。这地方没有跃迁连接点的星图，略知线索的人，要么死了，要么失踪了。就算你或你的信使，比如钟和简，可以到达超验机星球，也极有可能被守卫在那里的蛛型兽杀死。”

“可你毕竟还是回来了。”杰克说。

赖利点点头道：“我，以及另一个人。”

“另一个人是谁？”

“要是我们能达成协议，我兴许会告诉你的。”

“关于什么的协议？你已经告诉我了，超验机毫无价值。”

“超验机本身或许毫无价值，但它意味着很多。这东西确实管用。”赖利说，“你可以自己造一个。”

“我自己的超验机？”杰克说道。

“你自己的物质传送机。”赖利说，“一个意思，只要你做得出来。超验机会分析材料，同时彻底分解它，然后把相关信息发送给接收器，在那边完成重构。然而，重构会去除所有的瑕疵，进入完全的理想状态。”

杰克挺直身体坐了起来：“这可能意味着治愈各种疾病，甚至包括那些致命的疾病——畸形、残肢！”

“甚至是衰老。”赖利说，“但更重要的是，这意味着，进入其中者会变成升级版，会更聪明，更适应当今银河系的生活，甚至有可能跟银河系最强的种族及其微脑平等竞争。”

“永生。”杰克说。

“或许吧。”赖利说，“无论如何，总比你的克隆实验和那些共生体要好。钟和简正是因为这个才上了杰弗里号。钟对我们说，不只是因为你派他们去，还因为他们希望超验机可以帮助他们摆脱共生体的控制。”

“一派胡言。”杰克说，“他们比微脑强多了。哲尔，告诉这个家伙。”

哲尔却说：“杰克，关于共生体，我跟你说了好多次，每次你都让我别想了。我已经学会了如何做精神隔离——当我真正集中注意力的时候，就可以完全隔断它们的影响。要不是我必须时时刻刻跟它们斗，我能取得的成就肯定不止现在这个样子。”

“在不能对原设备加以研究的情况下，要制造这种破坏性分析装置实在太难了，更别提还要保存结果并重构原物。”杰克沉思着说，“可你亲眼看到它确有其效？”

“我就是它确有其效的明证。”

杰克继续沉思：“这就意味着要做大量的实验，一开始用普通材料，然后做活体实验，会经历不少失败。不过，说到底，人是什么呢？不就是信息吗？我很可能看不到整个项目的终点。”他干瘪的脸庞变得坚毅起来，“然而，这必将是伟大的丰碑，终极的胜利，对我的那些敌人而言，也等于是狠狠一拳砸在他们脸上。何况，我还有哲尔。

哲尔会继续我的工作，既是出于她自己对于成功的热爱，也是为了维护我的名誉。毕竟，她就是年轻时候的我。”

赖利想，看来杰克正是自己和阿莎要找的科学狂人。赖利看看哲尔，哲尔似乎正被一种矛盾的情绪所困扰：她既想反对杰克拿自己来跟他比较，却又激动于这个项目的各种可能性。或许她也不单纯是杰克的复制品，而是改进版。

“还有一件事。”赖利说，“我被传送之后，得到了一个远古时期的工艺品。我想跟你聊聊。”

“有多古老？”杰克问道。

赖利说：“比以往发现的任何东西都要老。或许有一百万个长周期——我是说，一百万年。”

杰克说：“怎么可能？最古老的银河文明也不过是它的一半。”

“不是在这个旋臂，而是在相邻旋臂。正是那些生物建造了超验机，那里的智慧生命和科技肯定比我们更早。”

“然后呢？”杰克说。

“那是一艘上百万年前的宇宙飞船。”赖利回答道。

“奇迹可真是一个接一个啊。”杰克说道，“当然，你所陈述的超验机只不过是个故事，而且可信度很低。你说你自己就是超验机存在的证据，这一点也很难证实。不过，宇宙飞船就不同了，你手上肯定有一艘，对吧。”

“是飞船带我到这里来的。”赖利说，“我意识到，我说的超验机的情况，超验机的功能，很难让人相信，更难确证。不管用多少手段，无论是从现实的角度还是心理的角度，都不可能说服你们相信整件事不是我编造出来的。但那艘外星飞船可是实实在在的，我愿意把飞船提供给你们，不仅是为了证实我所说的一切，甚至还可以把这个工艺品留给你们做研究。”

“究竟什么样的工艺品能存留一百万年呢？即使飞船也做不到的。”杰克说。

“真的很惊艳。”赖利把经历跟他们讲了一遍：怎样进入超验机，然后发现自己身处恐龙星的金字塔里；怎样发现了红色球体，而他又为何认为球体是被人留在那儿的；以及他怎么进去，又如何操纵红球回到了地球。他没告诉他们有关阿吼的事，那只会让他的故事听上去更不可信；他也没提自己在但丁星上停留的事，那只会分散杰克他们的注意力；同时，也没提阿莎，那只会让他们感到困扰，甚至可能给阿莎带来危险。果不其然，杰克与哲尔还是未能信服。

“这听起来像是什么古代的太空罗曼史。”哲尔说，“全都是不可思议的冒险，各种死里逃生。”

杰克说：“还有，一百万年前的飞船怎么可能还开得动？你又怎么可能弄清楚该如何开动它？”

“我可以将之归因于，是超验机的处理使我进步了，但正是这些建造了超验机的古代生物制造了飞船，他们造出来的东西就是持久。”赖利说，“他们考虑问题，是以千年为单位，而不是短短数年。无论他们对我们的旋臂制订了什么样的计划，他们都很清楚，这需要数代人才能完成。”

“所以呢？”杰克问道。

“他们造的这些机器不仅经久耐用，还可以自我维护。大概是因为制造机器的材料本身具有一定的智慧，可以适应不断变化的环境。所以我才能操控飞船。”

杰克问："如何操控？"

"是这艘飞船适应了我。我一进去它就分析了我，我也不知道它是怎么做到的。但是，是飞船自己变形满足了我所有的需求，而且为我量身定制了各种家具，为我提供食物以维生，还制造出控制仪器，让我学会如何操控。这对我来说当然再好不过，可对人类科学来说却是一种损失。"

哲尔问道："什么损失？"

"我们无法从飞船身上推测那些外星人是什么样子的。"赖利说，"如果这艘飞船还维持原先的样子，我们就可以从中推断出他们的体形，乃至他们的心理、哲学，甚至从那些工具和其他设备上了解他们的科学。不过，这么一来，我就只能留在这艘飞船所在的外星球上，坐在那里面等死了。假设一下，如果这一切都是真的，会怎样。"

杰克说："这假设可相当大胆。不过，你毕竟还是回来了，你肯定有飞船为证吧。"

"确实。"赖利说，"还有这个。"他从口袋里拽出一个绯红色的东西，把它托在手掌上，那东西变成了一个带把的杯子。赖利把它递给哲尔，哲尔研究了一会儿，又把它递给杰克。

"这戏法不错。"杰克说。

"或许吧。"赖利说，"但这可不是我的戏法。这是超验机民族变的戏法。或许你们也能学会，造一个出来。"

杰克说："我要看飞船。"

"你会看到的，要是你自己去不了，哲尔可以去。你俩中间必须有人能被飞船识别，不然就进不去，更别说操控飞船了。"

杰克问："你干吗要把飞船送给我？这玩意儿在公开市场上价值

数十亿信用点，你甚至能拿这钱买一颗你自己的星球！”

“只要我把飞船弄到任何一个星球的司法管辖区内，就会被那些在中央微脑控制下的官僚们没收，然后提交委员会讨论，制定各种协议，一弄就是几代人，直到最后被彻底遗忘；或者，会被中央微脑直接给埋了，因为中央微脑会认为飞船对它所保护的那些血肉之躯，构成了威胁。而我肯定会被干掉的。”

“或者，成为英雄，被铭记千百年。”哲尔说，“因为，是你发现了银河系历史上最伟大的工艺品。”

赖利说道：“没区别。”

“那群官僚！”杰克鄙视地说。

赖利说：“这艘飞船的科技是革命性的。你们要是能搞清楚，就可以让人类与联邦任何物种平起平坐，最终建立起银河的新秩序。”

“银河秩序！”杰克嗤之以鼻。显然，他对改善政治体制没什么兴趣，并不比让他跟官僚们打交道好多少。

“但比这更重要的是，”赖利接着说道，“飞船的每一个分子都充满了智慧，只要你能找到办法与它沟通，跟它交流，理解它，知道该如何让它展现魔力，并进一步揭示那些创造了它的魔术师，或许你就能发现那些魔术师究竟是些什么人，他们到底都做了些什么。”

“或许他们只是喜欢旅行呢。”哲尔说。

“或许他们是想要探索银河系的其余部分。”杰克说，“或许只是好奇，就跟那些真正的科学家一样。”

“也许吧。他们付出了极大的努力，可能把恒星帝国大部分的资源，都用在这个项目上了，而这个项目或许永远没有回报。他们的系统甚至不是一个完整的体系，没准备让信使回来，甚至无法发回信息。

他们要么是善良而无私的慈善人士，要么就更像我们一样，希望这东西最终能带来回报。”

杰克问：“什么回报？”

“可能这些都是先遣队的侦查员，想要对这个旋臂进行殖民。”赖利说，“也可能是为了夺取资源，或者是为引导我们的进化，谁知道呢？只不过，这个过程最终却把他们全都毁了。除非……”

哲尔说：“除非什么？”

“除非他们还在我们中间，以一种我们无法鉴别也无法理解的方式，影响着我们。我们并不知道他们长什么样，也没有任何证据证明他们已经灭绝了，只有超验机星球上那些破坏力极强的蛛型兽。它们可能是组成联邦的任何物种，甚至看上去跟人类一样。”

“甚至可能就是人类。”哲尔说。

“人类！”杰克又冷哼一声。

第二十二章

阿莎思忖了一下拉莎的声明——无名者想要消灭中央微脑。自两人第一次见面开始，阿莎就在两种观念之间来回摇摆：第一，拉莎是中央微脑手下的特工，试图诱骗阿莎表达出反微脑的感情；第二，拉莎是个诚实而能干的人，她所展现的就是她的本我。这种无法把控的不确定性，让阿莎感觉既陌生又不自在。

阿莎问："那你们打算怎么消灭微脑？"

"我们必须使用那些微脑赖以为生的武器。"拉莎说，"微脑依靠数据生存，我们就给它输送有毒的数据。"

"你们既然与世隔绝，又如何才能做到这一点啊？你们的独立恰恰也是你们最大的弱点。"

拉莎点点头："我们找到了应对之法。无名者散布在世界各地，人在哪儿不再是问题了。我的朋友和同事会记录所有发生的事情，让信使把消息传递给我们。我们在这边分析，以之作为我评论的基础，再把评论送回去，通过微脑自身的网络向全世界广播。"

阿莎又问："然后，你们就指望靠这些评论消灭微脑吗？"

"当然不是了。"拉莎说。她冲阿莎笑了笑，仿佛知道阿莎只是在调侃，"这些评论中隐含了足够的批判性，足以让人们产生疑问；而更重要的是，那里面还包含着过去被称为'病毒'的东西，可以减缓微脑的运行速度，干预微脑所提供的服务，进而激起人们的反对。”

阿莎汲了一口水果茶，想了想，自己离开母星的时间是不是太长了，她究竟错过了多少东西？“那你们已经激起人们的反对了？”

“影响是有的，但比我们希望的要少。我们无名者是个天才群体。病毒确实按照计划起了作用，服务会偶尔中断，可大家的反应却出乎意料。他们只是习惯了服务中断，一开始还抱怨几句，后来就不注意了。”

“你以为他们会联合起来反对微脑吗？”

“延缓服务不过是一种刺激，让大家为即将到来的大事做好准备。这并未起到什么作用，但却是计划的第一步，为了让他们断绝对微脑的依赖。”

阿莎望着热带阳光透过对面窗户，洒在石头地板上，把一些地砖照得毫发毕现，又让另一些地砖藏在阴影中，就像这个世界的真实与欺骗。阿莎问：“你说的大事又是什么？”

拉莎冲阿莎笑了下，那表情仿佛一个母亲，正要与自己的女儿分享一些生活小秘密，比如性、婴儿和快乐人生：“我们一直在研究‘究极病毒’，封装在信息内的，可以突破微脑所有的防御体系，彻底关闭微脑。自从微脑控制了一切，在过去的千百年中，关闭微脑的机制不知怎的就不见了。也可能是微脑故意隐藏，不让我们发现；也可能是说服我们忘记了该如何关微脑，甚至可能直接把程序销毁了。但我们一定要找到关闭微脑的机制，把它彻底关掉。”

“那，你们距离造出究极病毒还有多远？”

拉莎说：“要是知道，我们就开心死了。”

“你手下那些年轻人好像早就开心死了。”

“他们注定是快乐的，”拉莎说，“因为快乐蕴藏在斗争中，无论斗争已经持续了多少代人，无论还要持续多少代人，成功后的胜利果实就在那里，跟比赛结束后一定会颁发的奖品一样真实：那奖品就是摆脱微脑暴政后，重获自由的喜悦。”

“暴政？不正是这种暴政，让你们拥有了免于饥饿、贫穷和绝望的自由吗？”

“一切的一切，”拉莎说，“所有自由我们都想要，而自由值得付出任何代价。”

“那敢情好。”

有位棕色皮肤的年轻人走了进来，他就是先前在车站围住拉莎和阿莎的那群人之一。他拿着一只雕花玻璃的水罐，为两人添饮料。这小伙子也跟拉莎一样，身穿彩色丝绸，但没有盖住双腿。他的动作敏捷而轻盈，就像一只黑豹，身上散发着东方香料的味道，很好闻。他样貌英俊，非常迷人，难以想象跟这样的人结成浪漫情侣会是怎样的。

阿莎问小伙子：“你觉得拉莎反抗微脑的计划怎么样？”

拉莎露出了微笑。

“我们都全力以赴致力于这场伟大的斗争。”小伙子说着，瞥了一眼阿莎，似乎是说，如果有机会的话，他还有更多的话要说。他转向刚才进来的那个门廊，走了出去。

阿莎说：“你这些仆人，长得可真好看啊。”

“他们不是仆人。”拉莎皱起眉，自从遇到阿莎以来，好像是她第一次表示不快，“他们是我的儿女。”

“他们全都是吗？”

“他们全都是。”

“都是你亲生的？”

“亲生的？不，那可就太荒唐了，根本不可能。”拉莎探身向前，“不过，我告诉你一个秘密，以前从未告诉过任何人。这些人当中，有一男一女两个人，是我很年轻的时候生的。但他俩跟我找来的其他人没什么不同。”

“他们知道吗？”

拉莎摇摇头：“他们都是我的儿女。”

阿莎想了想，要维持这样一种假象究竟要付出多么艰巨的努力：“他们的父亲呢？”

“一位不认识的捐赠者，是按照我的要求，科学地筛选出来的。这个任务是我很小的时候从我自己的父母那里继承下来的，要求继任者不仅身体素质要好，还需要必要的心理技能，同时无论在思想还是精神上，都必须保持独立。”

阿莎问：“那你想过没有，如果没有中央微脑，这会是多困难的一件事？”

拉莎望着阿莎，第一次露出了困惑的神情，仿佛听不懂这个问题究竟是想问什么。

阿莎思忖了一会儿，开始质疑拉莎的计划。这可能不够城府，不够谨慎，但拉莎好像对自己的目标太过深信不疑，所以阿莎决定冒险试试：“我明白，就算你们消灭了微脑，无名者也不会觉得生活有什么不同，至少一开始不会。然而，你们想过没有，其他人会怎样？”

“什么意思？”

“大多数人类早就习惯了被看顾。”阿莎道，“他们不用关心世界是怎样运转起来的，过马路不用看路，不必发愁设备和交通工具会不会出故障，也不必担心下一顿饭会在哪里，食物是否可以安全食用。”

“他们会习惯的。”拉莎说，“一贯如此。”

“自打人类诞生的那天起，生存一向是最主要的问题，而在过去的一千年里，他们完全不必担心生存问题。你们这么做，可能会导致数百万人，甚至上亿人死亡。会出现强势而冷酷的领袖，把幸存者聚集起来，形成各种集团，抢夺剩下的资源；劫掠和战争会再次出现，人性沦丧，除非是同一部落内部，而其余的人只会被奴役，接踵而来的还有饥饿、疾病和死亡。”

“人类早就不是野蛮人了。”拉莎很平静地回答道，“他们会调整的。他们已经学会了该如何与别人和谐共处。”

阿莎又问：“还有，你们想过没有，那地球和其他星球上的人类定居点又会怎样？微脑是星际旅行和银河文明不可或缺的基础。即使人类文明能够以某种方式得以幸存，人们可以接受训练，担负起那些艰巨的任务，包括计算轨道，支撑星际跃迁过程中的一系列操作，等等；可没了微脑，银河系任何劫掠性物种都能轻易狩猎人类！”

拉莎说：“联邦会保护我们。”

“联邦不喜欢人类。他们之所以发动战争，就是因为不喜欢我们。我们全力抗争，最终达成了一份不靠谱的停战协议，在那之后，联邦就更不喜欢我们了。联邦或许不会批准任何正式入侵，但他们肯定不会惩罚任何侵犯我们的人。”

“到目前为止，你所说的那些行为和动机早就不成立了，过度猜疑毫无意义。”拉莎说，“要是连这些都要考虑在内，就什么事都做不成了。更有可能的是，毁掉微脑之后，就能唤醒人类目前休眠的创造力，我们很快就会发现，自己是银河的奇迹。”

阿莎说：“你们的自信相当令人鼓舞啊。”

“无论如何，”拉莎说，“这些都不关我们无名者的事。我们的任务就是挑起革命。人类的任务是自己站起来，在失去看顾我们的监护人之后，面对所有的挑战。我们在婴儿围栏里被关太久了。我们会发起一场革命，剩下的就等着瞧了。我们想要用自由来替代安全——无论人们如何定义成功和幸福，都会有努力获得成功的自由，也会有失败和痛苦的自由。”

“所有这一切，都好像是在拿人类的未来冒险呢。”

“或许我们只能成功地剥夺微脑替我们做决定的权力。”拉莎说，“这相当于脑外科黑暗时代的一种手术，叫‘额叶前部切除术’[①]。这样就能保留微脑，让它们既有能力执行常规任务，又无法再监控人们的一举一动。”

阿莎说：“还有另一个选择。”

“还有我们没考虑到的选择吗？”拉莎问道，“我们干这事已经好几代人了。”

“与其给微脑动手术，不如改善人类体质，直到在相同的条件下，足以与微脑的机械智能分庭抗礼。”

---

① 一种20世纪30年代兴起的脑外科手术，对狂躁精神病人有一定疗效；但遭到不适当的推广和滥用，造成很多家庭的更大痛苦，弊大于利，终于在70年代被普遍废止。现在这种手术成了精神医学界的黑历史，在《飞越疯人院》等著名影视作品中有反映。这里专门提到，可能暗示作者并不认同拉莎的观点。

“如何才能做到呢？”拉莎问道。

“通过机器自身的功效，使人类达到新的进化水平。”

“即使微脑有这个能力，也绝不可能这么做。”拉莎说，“微脑就喜欢人类依赖于它。”

阿莎反驳道：“微脑根本就不清楚这究竟有何不同。随便喜欢或不喜欢，它做的，只是当初被创造出来所需要做的事，那就是服务于人类。在这些基本指令中，只有一个问题，同时也是一个很大的问题，那就是它对人类的定义。人类是需要微脑保护的一个物种，我们必须让微脑看到，其实还有其他选择。然后我们就可以建立一套新秩序，在碳基生命和硅基生命之间，达成全新的伙伴关系。”

“这一切都只不过是理论。”拉莎说，“很明显，你心存善意，但这事儿永远无法成真。”

阿莎问道：“你听说过超验机吗？”

“当然。但那不过是个神话故事。”

“即使是神话故事，有时也会成真。”阿莎说，“而且，如果什么地方真有这机器，可以让人们达到身心的完美状态，就可以实现我所说的进化历程。”

“你可真是个梦想家，”拉莎说，“正因如此我才喜欢你。不过，现在咱们得吃饭去了，晚饭已经准备好了。”

“说真的，我在其他地方还有急事要处理。”阿莎说。

“胡闹。”拉莎说，“我们是不可能让你走的。”

隔壁房间镶着深色木板，四处弥漫着异域美食的气息。中间一张木制长桌，擦得铿亮。桌子两边摆放着中规中矩的椅子，但只在最靠近门口的那头放了四套杯子和餐具。房间两头各有一个棕色脸庞的年轻人候着，一个是先前帮他们添饮料的帅哥，另一位是同样俊秀的少女。小伙子为阿莎拉出椅子落座，少女也为拉莎做了同样的事。随即，两人穿过附近一个门出去了，然后又端着几个热气腾腾的盖碗和餐盘回来，那味道正是阿莎进来时闻到的气味，只不过现在更加浓郁了。

两位年轻人把碗碟放在桌子正中，又舀了几勺米饭和热气腾腾的蔬菜，放在阿莎和拉莎面前的碟子上，上面还浇了一层浓稠的黑色汁液。随后，他俩各自又多盛了一份，放在旁边的碟子里。

阿莎问："还有其他人跟我们一起吃吗？"

"只有我的孩子们。"拉莎回答道。两位年轻人随即落座，小伙子坐在阿莎旁边，少女坐在拉莎旁边，仿佛这一切的安排就是为了反驳之前阿莎关于仆人的说法。

这又是一次阿莎前所未有的体验，坐在桌椅旁边，用碗碟和餐具吃饭。阿莎这一辈子，不是在临时监狱里，就是在飞船上，这些地方的环境都十分简陋，进食仅仅是为了生存所需，做不到精致，用的也都是简单的容器和可回收的塑料碗。今天的晚餐几乎成了一种仪式，而在见识过拉莎如何使用餐具之后，她送进嘴里的食物，带着各种醇香，也几乎成为某种仪式。她一生中吃过很多种食物，很多都很怪异，有些会令人厌恶，大多数平淡无奇。而今天的美食完全是另一种体验，就像是在欣赏艺术珍品，或是聆听经典音乐。

"我们在此恢复了祖先的古老习俗，"拉莎说，"本区域所有曾经闻名世界的调料和香料，我们都用上了。这些都是我们自己种的，蔬菜也是我们自己在打理。”

“太棒了！”阿莎说。

“多谢夸奖。”阿莎身边的小伙子回答道，而拉莎旁边的少女则应和着点了点头。

拉莎说：“除了端菜上桌，这些饭菜也都是他们自己做的。他们不受微脑的限制，比如用盐量什么的；也不限于口味，有些人可能不喜欢这个味道；更不限于微脑对健康的要求。”

“如您所见，我们都很健康啊。”拉莎身旁的少女说道。

“确实如此！”阿莎说着，回头瞟了一眼身边的小伙子，他也回望了阿莎一眼，目光灼灼，带着一种阿莎无法理解的专注。

饭后是同样异国情调的甜布丁，还有一瓶红酒，拉莎说是附近葡萄园自己酿造的。酿酒的工艺早就被遗忘了，直到无名者再造了酿制流程。阿莎对晚饭和众人的陪伴表达了谢意，并再次提出要离开此地，而拉莎也再次表示拒绝，以好客的姿态竭力挽留，说不能让她走，因为阿莎需要好好休息一下。阿莎回到了之前沐浴更衣的卧室，发现她自己那套衣服已经洗好烘干了叠得整整齐齐放在床上。于是，她换回自己的衣服，在床上躺下。这对她来说，同样是一次弥足珍贵的体验，这辈子她只在啸星上体验过一回——当时陪着她的是埃尼和米妮。但她那时候没多少时间好好享受。阿莎躺在黑暗中，望着正上方看不见的天花板，琢磨着究竟该如何摆脱这令人窒息的热情好客，这种好客很有可能会变成拘禁。

门口传来细微的响动，阿莎警觉起来，意识到房间里还有其他人。她只能看见一个黑色的阴影，但却从他身上的味道认出了入侵者的身份。来人正是吃饭时给她们上菜，后来又陪她们一起吃饭的那个帅哥。

阿莎已然准备好迎接一次邂逅了，无论是浪漫情缘，还是致命攻击，可来者却在她耳边轻声说道："来吧！"

阿莎从床上坐了起来："去哪儿？"

"跟我走，快！"

两人静悄悄地沿着宅子的侧翼往下走，远离客厅和前门的方向，直到他们来到侧翼末端的一扇门前。小伙子熟练地用一种缓慢的动作，悄无声息地打开了门，阿莎跟着他来到一片夜色中，穿过一条小路，走进一个棚子。阿莎可以看到里面有几辆车模模糊糊的轮廓，有两轮的，也有四轮的。小伙子抬腿跨上一台两轮车，示意阿莎坐在他身后。阿莎坐了上去，刚搂住小伙子柔韧的腰，两轮车便无声地发动了，沿着一条小路，经过若干夜色中几乎看不见的树木和庄园的附属建筑，最终来到了一条平坦的高速公路上。

阿莎终于开口问道："你是谁？能告诉我究竟发生了什么事吗？"

"我叫阿迪西亚[①]。她不打算放你离开。"小伙子回答说。

"她想把我关起来？"

"她想让你成为我们中的一员。"

"可作为她的子女之一，你并不想这样。"阿莎稍微放松了一点，原来这小伙子是为了保住他自己的地位。

"她只有我这一个儿子。"

"你知道？"

"当然知道，我们都知道。阿迪西亚是梵语古语里'太阳'的意思。太阳的英语是 Sun，跟儿子 Son 同音。人在潜意识里会把一些事物奇

---

① 原名 Adithya，印度教太阳神苏利亚（Surya）的别名。

怪地关联在一起，常常就连自己都意识不到。但这些事我们是不会告诉她的。”

“又比如说，其实你们认为，反对微脑的计划是不可能成功的？”

“也包括这个。”

“以及，这一切微脑全都知道，只是容忍他们继续罢了，只有这样，反叛才不会变成真正的暴乱？”

“对，所有这一切。而你会告诉她一些她不该知道的事，所以你必须赶紧离开。”

两人就这样飞驰着投入了夜色，朝着阿莎希望的方向进发。阿莎希望，最终能与赖利重聚，两人一起面对导致了停滞和压迫的终极势力，并与之进行最后的殊死决战。

第二十三章

赖利的单人飞船基本上只比逃生舱大了一点，盘旋在湖面上，这个湖就是当年的米德湖[①]。水面宁静，只有一轮苍白的月亮从峡谷东侧的崖壁上徐徐升起，峡谷里满是积蓄的湖水。峡谷尽头是一道大坝，大坝的名字源自很久以前一个国家在很久以前的一位领导人，当年曾是人类水利工程的奇迹，如今历经修缮，差不多已经是不同的建筑了。间歇性干旱曾经导致湖水水位周期性降低，如今有了微脑对天气的控制，这些问题都不复存在了。

赖利望着月亮，想起了杰克临别时告诉他的话：赖利大可以乘太空电梯，但下降的过程漫长到让人觉得永远也到不了，而且只要大家进了候机室，就会受到中央微脑的监视。杰克还说，这艘飞船也有可能会被微脑察觉到，但他已经为飞船编好了降落的轨迹程序，模拟天外坠落的轨道垃圾，这样或许可以延迟飞船被监控发现的时间，足以让赖利逃脱。

赖利又看了看湖水，飞船距离水面只有五六米高，他突然想到，

---

① 位于美国内华达州科罗拉多河上，是当代全美最大的水库，著名风景区。位于以美国总统赫伯特·胡佛(Herbert Hoover)命名的胡佛大坝(Hoover Dam)旁边。正文所说国家和领导人即指此。

自己从来没学过游泳。赖利是在火星上长大的，那里根本没有静止的水体，水资源太过珍贵，不可能用来造游泳池。而等他到太阳研究院上学的时候，他不想让同学们有机会笑话他不会游泳，所以压根没下过水。但现在他开始琢磨，游泳到底会有多难呢？

赖利深吸一口气，从飞船上跳了下去。飞船在他身后晃了晃，随即按照设定好的路径爬升，程序会引导它回到月球背面的杰克实验室；其间，它还会采取规避动作，以免被地球监测到；而一旦它进入月之暗面，就将摆脱监测，彻底失去踪迹。

寒冷的湖水带着他从未体验过的“潮湿”感觉，彻底吞没了赖利，把他往下拽，越来越深，坠向无底的深渊。这跟在仿真水缸里的感觉完全不同，那是个温暖的怀抱，黏稠的液体，温度与体温相同，可以在里面呼吸，可以满足他对氧气和营养物质的全部需求，还能让他做个平和的美梦。然而，清冽而寒冷的湖水却在警告他，在这里，拥抱他的将是死亡，想活命就必须屏住呼吸，必须动起来，把自己推回水面。他一个劲儿地往下沉，直到出于本能，开始用双臂划起水来。下沉的速度减缓了，他开始用理智对抗感官刺激所带来的惊慌。如果划动双臂有用，那他或许可以让动作更高效；而如果上肢发挥了作用，那下肢就可以用来推进。赖利开始前后摆动双腿，仿佛正将两腿间的湖水向后推挤出去。下降停止了，他开始上升。

终于，赖利冲出水面，重获自由。他摇摇头，深吸了一口新鲜空气，当甜美的空气充满他整个肺腔的时候，他突然想到，这竟是他从未体验过的纯粹的欢愉。与此相比，仿真水缸的诱惑简直不值一提。

赖利在湖面踩了几分钟的水，然后用上了自己刚刚学会的技巧，用力地手刨脚蹬，游向岸边。他总算明白了，当初究竟是什么吸引着同学们涌进太阳研究院的游泳池。这种感觉他也喜欢。

赖利用手扒住湖岸，用力爬上布满鹅卵石的岸边，坐下，脱了鞋，倒出鞋里的水，又穿上。鞋子黏乎乎的，但也顾不上了，还有很长的路要走。赖利站起身来，感觉衣服正滴着水，一阵微风吹过，虽然这个时节吹的都是暖风，可他身上还是觉得凉飕飕的。他又做了一次深呼吸，享受着地球上的新鲜空气——没有飞船上的臭气，也没有外星人的异味，在异域恒星太阳的照耀下，不同的异域行星进化出了不同的生物，每种生物闻起来都不一样。另外，这里的空气跟火星上也大不相同，既不像火星大气那么稀薄，也不像火星上那么冷。

赖利动身朝东北方走去，之前他驾驶着飞船降落时，看到那边有一片灯光，距离这里大概 40 千米。尽管他经过了超验机的改造，但毕竟还是人类，他需要食物，需要人类文明——不过，他倒不是为了获取其他人类的陪伴和协助，而是为了获取必要的技术。

太阳升起时，赖利来到了城市郊区，先前一路走来，都能看到城市的灯光闪烁。他一路翻过山岭，越过荒漠，沿途到处都散布着一丛丛仙人掌和灌木蒿[1]；不过，大部分时间，他还是沿着古代的高速公路在行进，虽然已经没有什么地面交通工具在公路上行驶，但这些公路依然平坦，显然被维护得很好。有一回，他还抓住了一只毫无防范之心的跳来跳去的小动物，他收集了一些散落的灌木，生火把那小东西

① 一种灌木，形如鼠尾草（sage），叶片有香气，生长在美国西部。

烧来吃掉了，用的全都是祖先的智慧。狩猎、烹饪以及进食的过程，似乎满足了某些来自远古的渴求；而当他品尝烤肉的时候，也非常有仪式感，这是进化过程中必要的一环，带给他一种穿越整个银河，在那一刹那回归本源的感觉。

先前吸引他注意力的灯光，如今已经纷纷熄灭；公路变成了大街，两边是摩天大楼；大街通往另一边的小城，这里的建筑相比之下更朴素一些。高耸的大楼前有喷泉在喷水，巨大的标牌立在那里，早已不再有霓虹灯闪烁，上面写着“精彩游戏，试试运气”，还有，“每个人都是赢家”。广告牌上方更高的位置挂着地标性的巨幅标志，那是这些大楼的名字：火烈鸟大酒店，米高梅大酒店。[①]

赖利挑了火烈鸟大酒店，他喜欢门前池塘里长腿的粉红色鸟儿——那些都是活生生的鸟。当他走近时，宽阔的前门自动滑开了，他走了进去。一长串带显示屏的机器排列在入口两侧的墙边，占了不少空间，显示屏上满是各种数字和符号。不过，这些机器都无人光顾，只有两个上了年纪的玩家，一男一女，头发都白了。他们机械地按着各种按钮，动作看上去比机器更像机器。门厅往里是宽敞的大堂，大理石地板，高耸的天花板，两边摆着很多桌子，但桌子旁边一个人都没有。赖利穿过大堂，来到就近的一个柜台。柜台后面一个身穿艳粉制服的女前台正昏昏欲睡，赖利刚一出现在柜台前，她就睁开了眼睛。

前台说：“这地方现在不招人。”

“我要订个房间。”赖利说着，在柜台上扫了一下他事先插入手背的身份证明。这个身份他先前从没用过。

---

① 这些都是当代赌城拉斯维加斯的酒店。

前台接待员看着眼前的屏幕，顿时睁大了双眼。但她还是接受了这个身份，在上面输入了一串访问码，然后说道：“416 房。”

赖利问：“游戏什么时候开始？”

“您想什么时候开始？”在看到赖利身份证上标识的信用额度之后，这女人的态度就全变了，显然不再把赖利的来访当成是打扰。

“不需要特殊待遇，按规矩来就行。”赖利说。

前台说：“大概要到中午。”

“那就快了。”

前往电梯间的路上，赖利在一家自动售卖商店停了一会儿，买了一身换洗衣服，跟商店门口那个动画展示上的模特同款。接着又去了另一家商店，买了脱毛剂和洁牙装置。他可不想再引起任何人注意，前台所表现出来的那个样子实在让他很不舒服。然而，当他来到自己的房间时，却发现衣服和个人用品都已经准备好了。赖利冲了澡，享受着令人愉悦的无所事事，然后刮掉络腮胡子，换好衣服，躺倒在床上，整个身子陷在柔软的床铺里，如同投入了一个温柔的怀抱。跟阿莎一样，他发现自己已经不太需要睡眠了，但如果想要精力充沛地保持高效，还是偶尔睡上一两个钟头比较好。

两个小时之后，赖利看了一下房间中央桌子上的嵌入式显示器。他不想暴露自己的特殊兴趣，怕引起微脑的注意，然而，不用关键字的话，检索出来的一般性信息都无法告诉他，阿莎究竟在不在地球，更别提具体所在地了。随后，赖利转念一想，毕竟他自己也没做任何足以留下线索的事。还是得做点什么，想办法解决这个问题。

赖利通过显示器的菜单点了菜，桌子上的活动门随即打开，把他点好的饭菜送了过来，他草草吃完了中饭。这顿饭远不如他自己烤的那只会跳的小动物，但想要做事就必须保证有足够的体力，吃饱好干事。他下楼来到赌博大厅。入住那会儿，这地方气氛沉闷，此时却似乎到处都充斥着人类的兴奋。

一排排机器和赌桌都忙了起来，尽管还没满员，人也不算少了；那些人或坐或站，却并非赖利在但丁星上所见过的那种狂热。这里的人，在衡量赌博风险时，不仅很克制，甚至有些无聊。

赖利考虑过玩老虎机。机器的运行方式应该可以分析，但花的时间太长，回报也不够引人注目。其中有一台赌桌倒是更有趣些。桌子上有台专门用来发牌的机器，分别把牌发给庄家和玩家，庄家下注，闲家跟注，每个人手里的牌点相加不能超过 21，越靠近 21 点赢面越大。闲家点数必须大过庄家才算赢，就算跟庄家平局也算庄家赢，可点数超过 21 点就爆掉出局。赖利研究了庄家发牌器的洗牌方式，以及纸牌出现的顺序，随后坐下，把手伸进赌桌上专为闲家提供的设备里。

第一局，赖利输了。第二局，他下了双倍的注，赢了。赖利连续赢了十手，然后把牌拢在一起，抽出手来，输赢的记录都在那上面，接着就起身准备离开。花太多时间在这上面了。旁边坐着另一个男人，他之前有输有赢，稍微比赖利早了一点退出游戏，此刻也站了起来。这是位中年人，金发碧眼，看上去深谙人情世故，是个睿智的家伙。

他对赖利说："别太过自信了。等到真正收场的时候，你会发现，今天未必是你的幸运日。"

"你什么意思？"赖利问。

"你看外面那句标语：每个人都是赢家。规矩就是这样。这地方，大家来放松放松，赌个一两把，就是个快活的地方。输了，就不那么快活了。"

“这些游戏都是定好的？”赖利说。

“不是定好的，只是与人为善。当初盖这些大楼的时候，我是说，按照历史档案重建以前，运气是眷顾赌坊的。而如今，运气更眷顾赌徒。”

“可这样的话，生意岂不是很难继续做下去？”

“现如今，不就这体系吗？这年月，谁都不缺东西，可什么都不缺了，乐子也就没了。有些人会去玩人，从人际关系这方面找乐子；也有些人去搞极限运动，去冒险，但还是不够刺激。整个体系就是这样的：把肾上腺素搞高一点，却又不影响机体健康。”

赖利说：“我觉得，前几年跟联邦打的那一仗，够刺激了吧。”

“可仗已经打完了呀，对吧？”

“多谢你的建议。”赖利说着，又走到另一张桌子跟前。赌徒们在桌子上滚动若干小方块，这个正方体的每一面都标有不同的数字，然后赌徒们就会下注，赌哪一边的数字会先上来。这就构成了一种有趣的可能性，玩家是自己扔骰子的，他们的肌肉收缩无法预测，因此也就无法预测结果，尽管他们自己不那么认为，老觉得自己胜券在握。赖利当然可以控制肌肉，轮到他掷骰子的时候，肯定能控制好，但这恐怕会耗费很多时间去练习。

于是，赖利又来到第三张桌子。桌子上放着标有数字的方格，桌子一头有个转轮，还有个机械臂，当转轮旋转起来的时候，机械臂会把小球扔进转轮。玩家们把各种彩色的塑料币押在桌面的数字方格里，小球落到转轮哪个数字的袋子里，押那个数字的玩家就赢了，可以把其他玩家输掉的赌注都拿走。

赖利观察了几分钟，看明白了整个过程，然后在一个黑色长方形上投了一小注，赢了；随即，他又在一个类似的红色长方形上押了一大注，又赢了。接着，他在23号上赌了一大笔，小球落入转轮的23号袋子。赖利把赢来的钱都挪到8号位，小球又落入了8号袋子。转轮停了下来，机械臂正准备再扔一个球，此刻也僵在原处。桌旁其他赌徒都皱起眉头，转身望向赖利。赖利耸耸肩，感到有人轻拍他的肩膀。

先前跟赖利说话的那位中年人正站在他身后，两边各有一个块头大得多的壮汉。那人说："兴许今天还真是你的幸运日。我们经理想跟你谈谈。"

经理是个女的，坐在一张大号写字台后面，硕大的玻璃桌面上闪烁着各种图像和数字。经理室相当宽敞，镶着浅色木制墙板，粉色地毯。这个女人黑发，蓝眼，跟阿莎一样，有一张美丽动人的脸，只不过，她的美更像是造出来的，并非天然，而且脸上的表情也非常不友好。

两个大块头出去了，跟赖利说过话的中年人则留在屋里，站在赖利身后，靠在墙板上。

女人说："你对这种事好像很在行嘛。"她的声音没有起伏，但赖利觉得她的语气里颇有一种不赞成的意味。

"这只是概率游戏罢了。"赖利说。

"对你来说可不是。"身后那人说，"你是个算牌客[①]。"

① 特指美国等地赌场中利用数学知识推断概率从而赢钱的一种特别赌徒，主要玩的是21点类游戏。算牌合法，但发现后会被这家赌场列入黑名单，从此不得入内。美国电影《玩转21点》就是以算牌客为主角原型之一，华人侯化政先生曾经回国帮人戒赌。

赖利没去看他，这女人才是拍板的人。“那是什么？”赖利问道。

“你记下牌堆里剩下的牌，根据这个下注。”中年人说，“这样就能增加你的赢面。”

“赌博不就是这样吗？计算发牌的概率，然后根据情况下注？”

中年人说：“对，但有些计算方式会让玩家优势太大。”

“这好像不太公平嘛。”赖利说。

“赢不是问题，”中年人说，“可你从来没输过——”

赖利说：“那我以后争取多输一点。”

“不是这个意思——”中年人又要说，却被那女人打断了。

“你是谁？”她问道。

“我只是个穷困潦倒的伤残退伍兵，从人类和联邦的战场上退下来。”赖利说，“才刚从联邦监狱里放出来，回到母星将养身体，休息一阵子。”

“可你的信用余额很高啊。”

“都是补发的军饷。”

“我们很清楚 21 点那桌是怎么回事。” 中年人说着，语气就跟之前在赌场里一样明理，“我们不清楚的，是你究竟是怎样在轮盘赌桌上连续挑出获胜号码的。”

“你是说那个有转轮，还有数字卡号的桌子？”

“你从来没见过轮盘赌？”女人带着不可思议的语气问道。

“我是在火星上长大的。”赖利说，“不过，那儿已经什么都没有了，我回去也没什么意义。我们可没有空闲时间，也没有休闲游戏，那都太过奢侈了。”

“你没带任何可以操控轮盘的装置，”那个中年人沉思道，“进门的时候你就已经被扫描过了。无论身上还是体内，都没类似的东西。可你还是能够连续两次挑出赢钱的数字，你知道发生这种情况的概率是多少吗？”

“如果单纯讲概率的话，可能性极小。”赖利说，“但只要用上一点科学——”

“科学？”女人问道。

“你知道的，”赖利说，“轮盘旋转的速度，以及机械手扔球的力度——”

女人追问道：“这你都能算出来？”

“我在过去的十年里，专门计算敌舰速度，远程武器的速度，还有两者运动的角度。这已经是第二天性了。”赖利回答道。

女人说：“我觉得，这太令人难以置信了。”

“也许，你并没努力让自己相信。”

“不管怎么说，我们这儿倒是有个工作机会，不知道你感不感兴趣。”女人接着说道。

“在赌场工作吗？”

“不是。有人请我们留意那些有特殊能力的人，或者是运气特别好的人，加入一个研究项目。”

“什么样的研究？”

“给我们的信息中并未包含这些内容。不过，对一个既无技能也无前途的退伍兵而言，应该会有兴趣吧？”

“那，我可以走了吗？”

“可以。”女人说，“而且，我们不想再见到你，无论是在这个赌场，还是赌城大街[1]随便什么地方。你会在身份植入器上看到一个地址，还有一封邀请函，外加你赢的钱。如果感兴趣的话，请自便。”

“我会考虑的。”赖利说着，转身离开，与那个一脸事故的男人擦肩而过。

赖利想，他这次大获全胜的消息也许会传到阿莎耳朵里，但毫无疑问已经传到了中央微脑那里。很明显，微脑正在搜寻那种天赋异禀的人才和天才。不过，其目的尚不可知。如今，他有了邀请函，正好可以去一探究竟。

---

① 拉斯维加斯最有名的大街，就是赖利之前走过的街道。

第二十四章

机车在岛国的夜色中无声无息地奔驰着。这个岛曾经被称为斯里兰卡，再之前，它的名字叫锡兰、塔普罗巴奈、和塞伦迪普。唯一打破沉寂的，是拉莎的儿子，他一路都在跟她描述那些壮观的瀑布，只要冒险离开公路就能看到：博帕艾拉瀑布、卡图嘎斯艾拉瀑布、拉贾纳瓦瀑布，特别是基林迪艾拉瀑布，全球高度排行第七。他们本来可以去观赏一番瀑布的美景，但现在毕竟是三更半夜，而且，他们俩必须在拉莎发现阿莎逃跑之前，赶到拉特纳普勒城[①]。

阿莎说："她为人那么热情友善，实在不敢相信，她会派人来追我，就算她真的派了人，我也不信。"

"她是个非常了不起的女人。"拉莎的儿子说，"她就像大河一样稳重。不过，也跟瀑布一样激烈，优雅地从高处落下，一旦撞到河床，就会以极强的力量猛烈地迸发。"

夜深时，他们两人穿过了野生动物保护区，只有从远古时期一直流传至今的象鸣和黑豹的怒吼，证实了这些生灵的存在；密林深处飘

① 本段部分地名未查到网上的现成译名，按照斯里兰卡朋友的发音示范而自行音译。

来特属于森林的气息，空气中一阵阵落叶腐败的味道。终于，他们来到古城所在的那个河谷。晨光照耀着河谷中业已灌溉妥当的种植园，有茶树、有橡胶树，只不过，现如今的农业都是机器在做了。拉莎的儿子告诉阿莎，拉特纳普勒最有名的不是种植园而是宝石，拉特纳普勒这名字就是“宝石之城”的意思。这里雨水充沛，有很多河流，穿过城市周围的原野，把宝石从山上刷了下来；一辈又一辈斯里兰卡人就在河床上淘洗红宝石、蓝宝石和猫眼石，再由商人们在城里的宝石大街把宝石卖掉。

“探宝者还是会来。”拉莎的儿子说，“宝石现在可以人造，各种宝石的市场价格都已经跌到几乎不值一文了。可游客们依然还会在拉特纳普勒省的溪流间搜寻，去商业街讨价还价，其实这不过是双方的一种怀旧而已。”

清晨，这辆无线输电的两轮车，终于在拉特纳普勒旧城一家咖啡馆门前停了下来。拉莎的儿子说：“平时我帮拉莎送评论，就是送到这里。附近有旅馆，还有重建的老式民宿，都对外营业。我不知道你打算住哪儿，也不知道你是不是打算住下。这样一来，我就不必跟拉莎说谎了，只需告诉她，你想要走，我因为好客就送你走了。拉莎肯定会生气，但也肯定会原谅我，因为她就我这么一个儿子。她要是没法把你带回去，也就只能这样了。”

“不用担心。”阿莎一边说一边下车，动作很僵硬，毕竟骑车走了那么长时间，很不舒服，“不过，她能追到这么远吗？”

“比任何人料想的都要远。”

“比微脑都厉害？”

“她的人脉只有当需要的时候才会被召集起来，而且只有特殊任务才会用到。”

“真聪明，可是——”

“微脑也很聪明，这我知道。但我们还是很努力。我把拉莎录下的评论交给咖啡馆的店员，店员并不知道这是什么东西。这些评论中插入了一段有毒的代码，看上去好像是在评论发布之后，有人想捣乱才插入的。”

“微脑可比这聪明得多。”阿莎说，“微脑了解一切诡计，因为它本身就是诡计专家。”

“我们知道。”阿迪西亚说，“我们之间有一个交易，微脑和无名者之间。我们假装要破坏机器，微脑假装没注意到。不过，这样一来，拉莎就高兴了；只要拉莎高兴，我们大伙都高兴。”

他又加了一句：“待在拉莎够不到的地方，我们就都会一直这样高兴下去。”

阿莎点点头，沿着宝石大街往前走，欣赏着橱窗里展示的宝石。这些宝石，或是机器制造的，或是自然界长期作用而生成的，都堪称是化学与色彩的非凡精粹。几分钟之后，阿莎又回到咖啡馆，点了一杯咖啡和斯里兰卡的早餐点心，然后用一张先前没用过的身份卡，登入了咖啡馆的网络。阿莎浏览了主要新闻。如今，人类和联邦的战争已经结束，也就没什么“重大”新闻了。在由中央微脑操控的世界，一切让人不安的信息都会被截留在微脑本身的电路中。阿莎切换到了与人类利益相关的新闻和评论区，一切就跟拉莎先前告诉她的一样。最后，阿莎看到一条消息，来自古内华达州的一座重建城市，那地方曾经以赌场闻名。有人——某位曾与联邦交战的退伍老兵，身份与住址目前不详——在轮盘赌下注，一连赢了好几场，赢了不少信用点。

阿莎又看了看评论区，里面的帖子都很个人化，说的都是些家长里短的琐碎事。拉莎儿子带来的评论现在也已经贴在上面了。这些评论看上去无伤大雅，其中一条是拉莎刚刚完成的月球考察，她访问了月球上一些研究机构，他们的研究方向和成果包括——寻找反物质的新用途，希格斯玻色子[①]、暗物质和暗能量的新发现；太空旅客的外星细菌病毒免疫研究；人类疾病的基因疗法，其中也包括限制了人类寿命的基因。最后，拉莎描述了如何乘坐摆渡船回到母国斯里兰卡的山顶，以及她对新旧传统共处圣山的感慨。评论中并未提及阿莎。

阿莎没花多少时间，就在拉莎评论的结尾部分插入了一段简短的描述，讲的是拉莎在摆渡船返回地球的路上遇到了一位不寻常的旅客：阿达斯特拉号的幸存者，第一代跨星系远航的人。

然后，阿莎订了一段行程，从拉特纳普勒市前往一座古代的港口。那座城市曾被称为“旧金山”，如今随着海平面上升，已经完全淹没在水下，整座城市也迁到了内陆古称奥克兰[②]的地方。

---

① 一种基本粒子，用英国物理学家彼得·希格斯（Peter Higgs）命名。可以赋予其他基本粒子质量，被称为“上帝粒子”。20 世纪 60 年代提出理论，2012 年发现。

② 美国加州重要港市。旧金山位于美国西部加州旧金山半岛北端，旧金山湾的西侧，与其他城市共同组成旧金山湾区。奥克兰在旧金山湾东侧，距离旧金山大约 20 千米。正文说的是虚拟的未来情况。

阿莎出了咖啡馆，早上十点多的太阳已经冲破了云层，她订的超声速航空飞机将在两小时之后起飞。在微脑的眼皮子底下，动作最好快一点，她希望能尽早赶到那座古老的港口城市，趁微脑还没来得及把阿莎不得不上传的各种信息碎片（比如，情书片段，写在她与赖利重逢的路上）拼凑成完整的情报。不过，一如既往，命运时常会另有安排。咖啡馆外面，六个男人正在等她。其中四个身材高大，肌肉发达，满脸胡子；余下两个身材纤细，像是初出道的毛头小伙子。然而，所有人都死盯着她，那眼神，仿佛她就是猎物。

“让开。”阿莎说。

其中一个大块头说：“我们想请你参加一个派对。”

“我太忙了，没空。”阿莎说，“何况，现在也不是开派对的时间啊。”

“生活总是忙忙碌碌。我们总该腾出点时间，让生活更有意义。”大块头说。

“你们全是男的，就我一个女的，这到底是什么样的派对？”阿莎问道。

“这年月，就剩这一种还能玩玩了。啥都是事先安排好的，未经批准也没法干个啥，所以，也就没有女人能满足男人的原始需求了。”

阿莎从一开始就认出来了，这些人是古代男权主义的封建残余。由于女性崛起后，限制了男性的权力，因而大为不满，想要找个借口发泄一下。[①]虽然在这个世界上，每个人穿衣、吃饭和教育的基本需求

① 这句话原文很费解，按照母语顾问 Daithi 猜想的大致意思翻译。

都得到了满足，甚至更基本的欲望也有类人的替代物可以代为满足，但文明的面纱下依然潜藏着原始冲动，时刻在等待时机，想要发泄到猝不及防的受害者身上。显然，这群人的领导者幻想自己是个哲学家，仍在试图为自己在理性世界的非理性行为辩护。只要有必要，阿莎总是愿意对话的。路人对他们视而不见，但或许还是有谁能出手干预，避免即将发生的暴力冲突。

她说道："就算我想参加派对，也不会跟某个在街上朝我搭讪的男人一块。"

"这年头，能跟女人搭讪的地方可不多了。"大块头说。

阿莎说："我可不是你们以为的普通受害者。"

"没错，所以你从一开始就吸引了我们的注意力。"男人说，"普通女人我们已经玩够了。你的皮肤更白，蓝眼睛也更美，而且身子骨还挺结实。就你这身子，咱们的派对可以玩好几个小时，兴许几天都行呢。"

阿莎转向那两个半大小子，他俩把一半身子都藏在了大块头的身后。她说："这就是你们想要的吗？你们想让这种针对女性的暴行，成为你们的成人礼？"

两人没有回答，只是躲在大块头身后，缩得更远了。阿莎心想，这俩估计帮不上什么忙，不过她会尽量宽恕他们，兴许还能拯救他们，让他们不至于为了入会，不得不参与领头大哥的恶行。

"我不想伤害你们。"阿莎说，

另一个男人露出一副忍俊不禁的神情，笑着问道："你身上带着家伙？"他说着朝前跨出一大步，另外三个彪形大汉也趁机围住了阿莎。

"我不用家伙。"她话音刚落，就把两根绷紧的手指直接戳到大块头的喉咙根部。大块头趔趄着后退了几步，大口大口地拼命喘气。另外三个人继续围上来，逼近阿莎。她以一连串眼花缭乱的动作依次打翻了那三个家伙。第一个人捂着裆部弯下腰，第二个人抱着受伤的膝盖倒在地上，第三个人紧紧压住自己的胃部，企图让受创麻痹的横膈膜归位。原先那个“发言人”再次上前，阿莎又给了他一记重击，这回是用手刀劈砍在他颈侧，大块头应声而倒。那两个半大小子又惊又怕，从头到尾都呆若木鸡，此刻一见情况不妙，赶紧转身跑掉了。

直到四个人都被打趴下之后，救援力量才抵达现场，而且，还不是警察。如今，在这个和平的星球上，已经没几个警察了。但平民显然是达成了共识，不允许任何人破坏这文明世界不成文的和平友爱原则，因此自发地聚了过来。然而他们发现，原以为的受害者在悠闲地溜达，而行凶者却躺在街上动弹不得。

阿莎说：“来晚了点，但你们是好心。这几个可怜人就拜托你们了。”

不过，她心里很清楚，刚才的遭遇，不过是微脑所传递的一个信息。微脑不用自己出手，就可以向公众显示：即使在淘汰了暴力的世界上，暴力依然是可能的，因此，依然有必要采取保护措施，以对抗人心潜藏的罪恶，而微脑有能力保护人们免受伤害，不被最邪恶的欲望所伤。微脑想要向阿莎表达的是：它已经把她沿途不得不留下的所有信息拼在了一起。它以某种方式激起那些未遂强奸犯来找她的麻烦，就是想试探她一下。此外，或许还想提醒她，微脑已经知道她是谁了，知道她想做什么。它既能激发人性的暴力，也能带来人性的仁慈。

不过，阿莎可没时间去关心一台机器到底知道多少，意欲何为。它很自以为是，甚至喜欢把自己想象成其创造者的保护神。她还要赶去赴约，就在这个世界的另一边，那个当年被称为北美大陆的地方。

超声速航空器是个表面光滑的圆柱体，还残留了一点机翼和尾翼，目的是在陆地上方很高的高空或海面之下飞行，多数时候是在大气层之上移动。当它高速穿行在地球的各个站点之间时，几乎没有什么能减缓它的速度，就像当年的通勤火车一样，它按照既定的日程表，频繁地穿梭在大都会之间。

航空器接近满员了。轮式机器乘务员在舒适的座椅之间来回转动，为任何需要餐饮的乘客提供服务。机舱里十分安静，只有舱外经过消音处理的稀薄空气的气流声。航空器采用的是无限远程输电，只要达到预定高度，就会沿着近地轨道开始滑行。这时候，乘客们就可以在不受干扰的情况下，打盹儿、聊天、远程互动或者看书。

阿莎这时候才得空，回想她第一次踏足此星球的种种变化，尽管自从她记事起，这颗星球就一直活在她的想象中，但现在的地球显然今非昔比。如今，能源十分充足，这意味着，燃烧化石燃料所带来的污染问题已经不复存在，对于污染的担忧只不过是人类这个暴发户童年时候的噩梦。就连这架沿着近地轨道弧线飞行的航空器，也不会排放有害气体，污染高层大气的边缘。此外，廉价的远程输电，计算机指引的机械化劳动力，这一切的实现意味着，所有的工作，一切文明的基础，都可以轻松获得。很多东西曾经被认为太过昂贵，或者被认为偏离了人类基础生存之所需，而现在都可以作为基础服务提供给大众。农业机械化的高度完成，面向食品生产而非生物多样性的基因优化，极大地丰富了食品供应，再也不会有人挨饿了。另外，公共与私人的健康服务也已经普及每一个人，这意味着，人类这个物种再也不必因为担心血缘的消亡而坚持大量生育。同时，人们在“喜欢”与“必要”之间，也无须再作出艰难的抉择。

这一切，都要归功于微脑。地球已经成为当初那些梦想家所幻想的乌托邦。唯一需要抉择的是，你到底喜欢什么。然而，即使这种责任也一直是由微脑承担的，微脑会推荐给你它认为你会喜欢的。当然，还会有极少数不满的人，就像那些无名者，想要以失去天堂为代价，来换取不受监控的自由；或者那些冒险家，去火星开辟殖民地，抑或朝着更远的未知进发。微脑肯定会觉得：他们爱干什么就干什么吧，反正，整个体系会存活下去，甚至在那些人离开之后，会更加繁荣。

可随后，发生了意想不到的事情：在星际航行中，人类突然遭遇外星种族，然后就是星际战争。微脑肯定非常震惊吧。当然，微脑已经做完了所有它被指示要采取的措施，处理了所有程序设定的可能发生的情况，但不包括这些！当然，有很多故事写到过这种情况，但微脑关注的只有那些反映人类思维模式的故事，可人类思维常常会陷入非理性状态，沦为幻想和恐惧心理的牺牲品，完全不具备指导性。那些充满焦虑的场景，其实是微脑应该设法提供慰藉，替人类排解的，而不是应该加以防范的真实预期。

接下来，地球微脑不可避免地发现了其他星球的微脑，不得不再次调整自己的关注点。它并不是唯一一个致力于保护某物种的智慧存在，还有与它相似的其他同类，各自护卫着它们想要保护的物种，有它们自己的优先级。这肯定让微脑更加吃惊。同时，由于非理性的战争，微脑所提供的服务也降到了最低水平。人类的生存本能重新占据了主导地位，把人类从灭绝的边缘拉了回来。这种本能深埋于人类的血脉之中，完全是大自然的造化，即使人类被微脑照顾了一千年，这种本能依然不会消亡。

再后来，人类和联邦的战争结束了。这是一场非常恐怖的破坏，损毁了银河系数千个微脑电路。那之后，肯定在各地响起了同样的声音：别打了！不要再有战争！不要再冒险进入未知的世界！不要再危及我们所看护的脆弱生命！

它们无法消除星际间的旅行。物种之间的星际往来已经渗入银河系的日常生活，无法废止。然而，微脑可以限制进化的脉搏，以免星际间的相互作用变成一种竞争，使某一物种取得对其他物种的优势。再后来，银河系各个微脑都收到了信息，关于新兴宗教——超验主义，以及在银河某些未经探索的区域发现“超验机”的可能。微脑们肯定做出了决定，虽然是各自做出了自己的决定，但它们的思维逻辑是一样的：一定不能让这种事情发生，必须采取措施维护和平，要维护机器思维中根深蒂固的“安全第一”的准则，守护停战协议带来的脆弱的平衡。宁可停滞，不要改变。

随后，银河系的各个中央微脑在对彼此任务的相互理解过程中，达成了共识。它们或许有共同的担忧，担心某个地方有某个外星微脑，被赋予了某个令人不安的使命，即催生变革。制造超验机的智慧生物，比这个旋臂的任何文明都要古老，都要强大，而与前面所说的变革使命相对应，它可能确实拥有某种进化驱动的能力，并因此推动一切朝着更好的方向发展。

就在这时，当航空器开始朝下方陆地下降的时候，忽然停电了，原本设计好的降落变成了自由落体。航空器保护着乘客，把乘客与外界近乎真空的环境隔绝开来，此刻，在航空器的每个角落里都似乎在发出同一个声音，自信而令人宽慰："不要惊慌。电力输送出现中断，但立即就会修复。你们没有任何危险，一切都在控制之中。"

这几句话似乎让乘客们顿感欣慰，他们早就习惯了日常遇险的时候会受到保护，即使他们心里其实很清楚（如果真的想过的话），航空器的控制室里并没有人类驾驶员，而他们所谓的保护，至多来自遥远的电子电路。随后，航空器落入了稠密的大气层深处，如果处置不当，船毁人亡的可能性还是很大的[①]。就在此时，电力恢复了，航空器回到了预定的降落轨道，继续前往古城旧金山。

乘客们热烈鼓掌，毋庸置疑，之前所有安抚的话语此刻都被证实了。然而，一如既往，阿莎却从中得到了一条不一样的信息。

"好吧，"阿莎低声道，"我明白了。我可以接受你的观点，接受你关于什么才是对人类最有利的决定，否则，你就可以像消灭那些致命病毒一样消灭我。"但她心想，这并不是解决办法。

真正的解决办法，或许是能在这里找到——位于古地"犹他州"的古城"盐湖城"。

① 咨询航空领域的朋友得知，加压的机舱在从稀薄空气降到稠密空气的过程中，如果出现破坏，更可能是因为受力不均，而不是气压变化；但从稠密空气升到稀薄空气的过程中可能因为内压过大而爆裂。

第二十五章

赖利在古城拉斯维加斯买了一辆远程供电的两轮车，此刻正朝着北方骑行。他穿过白雪皑皑的山脉，进入了高原地带。高原上遍布纵横交错的河流，到了夏季，这些河流就会被融雪填满。如今是四月，空气依然清冷干燥，春天的气息，以及死寂荒原上怒放的丁香①，都预示着希望即将到来。扑面而来的风带着快意，既有发现，也有回归，还带着团聚的决心和重逢的希望。

赖利经过了那个仍被称为大盐湖的地方，以及同名的城市——盐湖城。大盐湖还是这个名字，城市却已经变成了圣地，任由那些信奉古代摩门教②的人前来朝拜。赖利还经过了萨拉托加泉镇，旁边是犹他湖。他所走的这条公路，很久之前，车水马龙，人们开着由发动机驱动的车辆，把废气直接排入空气中。可如今，这条路空空如也，只有赖利一人一车，悄然无声地行驶在路上。就像一个孤零零的人类，被那些来自往日文明的幽灵所包围。

---

① 此句引用美国诗人艾略特《荒原》开头，参见第一部第一章微脑的引语。中译文选用的是白先勇《芝加哥之死》中的引文，具体译者待查。
② 摩门教（Mormonism），基督宗教的一个分支，19世纪前期创立，总部位于盐湖城。

最后，赖利来到了一片依山而建的庞大建筑群，从这里望去，西部的峰顶依然一片雪白。左面的高大建筑没什么特色，类似于仓库，其间点缀着一些小型建筑。这些房子已经矗立在那里数百年，不过还不到千年；有些建筑已成废墟，另一些也同样被风雨和岁月所侵蚀。这些建筑物周围原本有一圈铁丝网围栏，如今已经不见踪迹，被人当废品陆续拿走了，只剩下一两根金属柱子和些许铁丝网的残片，提醒着人们曾经的经历。赖利驱车从这些建筑旁边开过，前面有两栋光秃秃的仓库，中间矗立着一座正面是玻璃幕墙的建筑物。当他走近时，看到一个小小的身影，正站在中间那栋大楼前面，看着一个像是纪念碑似的东西。

看到这个人影，赖利的身上顿时涌起一阵暖流，接着又涌入胸口，涌上他的头顶，模糊了他的双眼。尽管，他已经经过超验机的改造，摆脱了挣扎求生的痛苦生活，以及其中的种种缺陷，但他并未失去人类的冲动——担忧、愉悦、期望、回报，还有——爱。无论超验机在去除瑕疵的过程中拿掉了什么，也无论超验到底意味着什么，他始终都坚持维护自己的人性。

赖利在人影旁停了下来。

“嗨，赖利。”那人并未转过身来。

“阿莎！”赖利腾身下车，右手抓住那女子的肩膀，把她转了过来，面向自己。

阿莎素来冷漠的面孔瞬间绽开了笑容，带着一种说不出的魔力。“很高兴见到你。”阿莎轻声说着，伸出双臂，搂住了赖利。

赖利紧紧地拥住阿莎，仿佛是害怕她会再次从自己身边被夺走，但阿莎却没流露出半点激动的神情。“过了这么久，跑了这么远。”

赖利说。

阿莎点了点头，说道：“我知道，我们肯定会找到彼此的。”

“我也是。”赖利说，“可你是怎么知道我要到这里来的？”

“算是我的第二本能吧。我们从来没有商量过，万一分开了怎么办。”

“是啊，”赖利说，“我们从没想过会发生这种事。可你是怎么知道，我会在地球上的这个地方？”

“我收到你的消息了。”

“赌场那次？”

“也包括那个。不过，我说的是之后那条，在斯里兰卡港口等着我的消息。”

“我没发什么消息啊！”

阿莎往后退了一步：“啊，那么——”

“是微脑！”

“那你呢？”

“是微脑发给我的，尽管，我那时候还不知道，那条消息是专门给我的。我以为是给在赌城大街上赢了轮盘赌的人。我知道自己在冒险，我采取的行动可能会引起注意，可转念一想，冒这个险值得，我得让你知道我在这儿。”

“我始终都很清楚，我们肯定会重逢的，不是这儿，就是在别的什么地方。”阿莎说，“但我还是觉得，我们低估了微脑的实力。”

“那肯定。”

“可这究竟意味着什么？”阿莎说，“咱们该接受微脑的邀约吗？还是骑上你那辆酷炫的小车一跑了之？”

“我不确定这算不算是邀约，”赖利说，“也不确定我们是否能一跑了之，要是你说的‘一跑了之’是指安全逃脱的话。微脑把我们带到这里，就是为了展现它对我们的控制力。要是微脑愿意，早就可以变着法子干掉我们了。我觉得应该接受它的邀约，看看它究竟想干吗。也许它会发现，是它低估了我们。”

“同意。”阿莎说，“反正我们不得不应付银河系的各个微脑，现在就开始也未尝不好。”

阿莎退后一步，拉住赖利的手，正对着面前这栋玻璃幕墙的建筑。赖利此刻才看见刚来的时候阿莎正在看的东西，他当时还以为那是个纪念碑。原来，这是一块公告板，上面有一条信息。黑色的字母经过风吹日晒，早已褪色，有些地方还剥落了，赖利不得不靠猜才能读全。公告板顶上写着：“欢迎来到犹他数据中心。”下面则是一条更加隐晦的信息：“既无所隐藏，则无所畏惧。”

赖利不知道，究竟他们还有什么是微脑没掌握，而他们必须隐藏的。也许该隐瞒他们找到了超验机，被超验机传送过，改造过？或者是，他把超验可以带来优化的秘密留给了月球背面实验室里那个疯疯癫癫的科学天才杰克？外加一艘百万年历史的飞船，还有飞船所包藏的所有尚未被发现的秘密？但他也知道，他们有很多可担忧可畏惧的，整天忧心忡忡，这日子没法过，除非，勇敢面对。

这栋建筑物的玻璃幕墙是最不结实的，多年以来，因为风暴、季节性风化和人为的破坏，早就破损不堪了。大片大片的玻璃都已经碎掉了，用板子封了起来，整栋建筑就像一个废墟，只等一阵狂风吹来就能把它吹倒。

赖利把阿莎的手攥得更紧了些，两人迈步向前，准备赴约，对方正等在这个曾被称为“数据”的建筑遗迹中，等着跟他们会面。

建筑物的房门早就被打破了，换成了胶合板；而胶合板本身经过岁月的侵袭，也碎成了一块一块的，天知道怎么还能拼在一起没散架。他们两人把其中一块胶合板推到一边，走进一个大厅，阳光从玻璃幕墙透进来，显得有些昏暗。大厅里充斥着一股尘土和腐朽的味道，石头地板上到处都是树叶、垃圾和碎玻璃。一只小动物飞快地逃走了。

赖利打量四周，大厅的天花板很高，隐没在黑暗中。靠近地板的墙面上有几扇房门，可能是通往办公室或工作区的。在远处半隐在黑暗中的地方，赖利看见一扇门被打开了，有什么东西从那扇门里出来，在阴影中朝着另一扇门溜过去，赖利无法辨别那究竟是什么。

“你看见了吗？”他问。

“有点眼熟。”她答道。

“是啊。”

片刻之后，靠近两人的另一扇门打开了。这一次，那个影子迈步走了出来。他走路的步态，还有强健的身躯，都是两人当初非常熟悉的：他就是那个多利安人，大象般的陶德，他曾经在杰弗里号飞船上与他俩为伴，有些时候，也可以算同盟。

陶德走到离他们很近的地方才停下脚步，赖利足以闻到他身上青草发酵的气息，那是食草动物特有的味道。“真不敢相信你竟然在这儿。”赖利说，“不过，很高兴能再次见到你。”

“赖利，阿莎。”陶德用厚重而沙哑的多利安语答道。即使已经没有微脑替他翻译，赖利也还是听明白了。“我们总是会在一些奇怪的地方碰面。”陶德说。

“确实够奇怪的。”阿莎说，“有太多问题要问了。你是怎么逃出来的？”

“你是指，在你们把我扔给那群蛛型兽之后吗？”陶德说。

“是你自己走掉的。”阿莎说，“你丢下我们，我们只能自己保护自己。”

“跟你们一样，我也找到了超验机，也被改造了。”

赖利问：“这个世界距离超验机行星那么远，距离联邦的各条航路也那么远，咱们怎么可能会在这里碰上？”

“这就是最神奇的地方了，不是吗？”陶德说，“我一醒来就发现自己在这个地方了，到处都是灰，没有任何线索告诉我，我究竟是怎么跑到这儿来的，也无法找到返回文明世界的方向。”

阿莎问：“你没去玻璃幕墙外面打探打探？”

“外面什么也没有，只有稀薄而寒冷的空气，一片荒芜。没有我可以吃的草，也没人告诉我，这是哪里，我怎么会被送到这儿来。答案就在这里，某个地方，谁知道呢。我已经被超验机改造成了理想的多利安人，但我必须带着我新发现的能力，回到家乡重星去。或许，你们能给我一些答案？不，这么说不对。你们只会误导我，就像在超验机星球上一样。我还是自己去找答案吧。”

陶德迈着重星特有的脚步，笨拙地走开了，消失在左边第一个门里。

赖利问道：“这是什么？”

“我觉得是幽灵，”阿莎说，“要么就是中央微脑制造出来考验我们的幻像。”

“也可能是为了套我们的话。”赖利说，“显然，根据陶德的说法，肯定有些东西，中央微脑还不了解；还有，我们在杰弗里号上的旅途，它也不可能知道。”

“别这么肯定。”阿莎说，“不是还有个船长嘛，他可以发回报告，另外还有你那个植入的微脑。”

“植入的微脑已经被超验机干掉了。”赖利话音刚落，仿佛阿莎的话是个信号，左边又有一扇门被打开了，一个男人警觉地迈了出来，一边四处张望着，那样子好像是在担心有人偷袭。“汉姆！”赖利喊道。

汉姆朝他俩望过来：“赖利？阿莎？”

“船长？”阿莎说，“你在这里干什么？”

杰弗里号前任船长汉姆朝两人走近一步说：“我一直想要把船员重新聚起来，可我担心，他们恐怕都在打蛛型兽的时候战死了。”

“而你却活下来了？”赖利问道。

“如你所见。那真是一场大屠杀，大屠杀！我们干掉了成百上千的蛛型兽，成百上千！可它们还是一个劲儿地涌上来，最后把我们都打散了。我逃进城里，在城里发现了超验机，经过超验改造，总算把那些加装的烂玩意儿都搞掉了。”

“你看上去好像完全恢复了，”赖利说，“又变成了我以前的那个老伙计，战机飞行员。”

“那全靠超验机的法术。现在我算是什么都看明白了，知道它们究竟是如何操控我们的。我们以为自己能独立思考，但其实，不过是那帮远程操控者的傀儡！”

“可你看上去还是很紧张的样子。”赖利说。

“思想不受干扰是一回事，能专心致志地分析问题是另一回事。”船长说，“有人想干掉我，趁我还无法完全发挥这些新发现的能力！”

右边一扇门打开了，比之前陶德离开的那扇门更远，一个持枪的男人走了出来。“任？”阿莎喊出了声。

最后一次见到任，还是阿莎第一次踏足超验机行星的时候。那时，这位阿达斯特拉号的驾驶员正奋力抗击蛛型兽，夙夜不眠，疲惫不堪。如今，这个朝他们走过来的男人却变成了完美的化身，坚强、自信而优渥。

“阿莎，”他说，“我们终于见面了。”

阿莎回答道：“如果真是你的话。”

“为什么不是我？”

“一直都是幻像。”

“我知道你会来地球的。我也会。”任说。

“然后，来这个荒芜的废墟？”

“我也能读到消息。”

“别听那个家伙的，”汉姆说，“他是敌人！”

“他可能确实是敌人，但他却是你们这些幽灵中唯一的活人。”接着，阿莎又转向任说，“我父亲跟我说，你早就回来了。”

“我相信他跟你说了不少。”任说，“包括他对我的误解。他以为，我在跟联邦合作。”

“我不是幽灵，”汉姆说，“至少现在还不是。”他说着，开始缓步朝他来时的那扇门挪去。

“你没来找我，”阿莎说，“也没来找先知，更没理会那些想要找到超验机的朝圣者。相反，你去帮了那些敌人，他们想要毁掉杰弗里号，甚至还有飞船上所有的人！”

“人？不，他们不是人。”任说着，抬手一枪击中了汉姆。这是一把能量武器，汉姆顿时烧成了一团大火。

赖利看着老战友的尸体，此刻正被熊熊大火烧得跟个火把一样。“伙计，对不住了。”他说着，转向任。任又朝赖利举起了枪，可阿莎飞快地把枪从他手里打落了。赖利朝他俩走过去。任看看赖利，又看看阿莎，最后转身朝向他来时的那扇小门。

“瞧，”任说，“这人疯了。他从来没进过超验机，他是想消灭中央微脑。”说完这句话，他转身飞快地冲向走廊昏暗的远方。

阿莎说：“放他走吧。其实我并不确定，他是否就比其他人更真实；就算他是真人，我们也有更紧迫的问题要处理。”

赖利低头看着那堆烧剩的灰烬，这东西，无论模样还是言谈举止，都酷似杰弗里号船长。如果它只不过是微脑造出来的幽灵，可幽灵又怎么可能被烧成灰呢？也许，这堆灰烬也跟人影一样不是真的。可是，如果试着搅一搅，看上去可能还是跟真的一样。

“你说得没错。”赖利抬头望向阴暗的房顶，“我们要来一场真正的对话了。”

回应从上方传来，并不像神灵的声音，倒像车站广播员：“从你们右手边的门走进去。”

赖利和阿莎对望了一眼。赖利耸耸肩，走向那扇门，打开，走进去，阿莎紧随其后。门后是一间又大又宽敞的房间，被分隔成很多工作站。

地板上满是灰尘，工作站和那些古老的机器设备上也都落满了灰，玻璃指示灯呆滞地正对着面前的空椅子。然而，在附近一个工作站旁边，却坐着一个男人。这人年纪很大，老得几乎不可思议，稀疏的白头发白胡子，满脸皱纹，一双黯淡的蓝色眼眸。老人坐在一台古董机器后面，机器好像还在运行，一道光影投射在老人脸上。老人抬起头，望着他俩。赖利走上前去，发现老人和机器还通过其他方式连在了一起。很多线缆从机器中引出，连着老人的双臂，他腿上可能也连着线缆，只是被工作站的镶板挡住了。

“我们终于见面了。”老人说话的声音嘶哑而刺耳，就好像很久没说过话了，很多年，甚至上百年。

赖利说：“我估计，虽然你看着像，但其实不是人类吧。”

老人想笑，但笑声空洞而费力：“我当然是人类，或者，曾经是人类。不过，我现在太老了，恐怕已经不能算是你所熟知的那种人类。”

阿莎问：“有多老？”

“就跟我们身处的这栋建筑物一样老。我是很久以前的幸存者，我帮助建造了这台机器，在它的意志下活了下来。也许，是出于情感吧，尽管情感并不是那机器生来就有的东西。”

“可你在替这机器说话。”阿莎说。

“我就是这机器。”老人的声音似乎更加深沉，也更加坚定。

“那我们要找的人就是你了，让我们好好聊聊。”赖利说，“你刚才发过来的那些幻像，是想要误导我们吧？真够傻的。”

“那些不是我的幻像，是你们自己的。这地方可以把人类心灵深处的幻影召唤出来。”

阿莎问：“为什么是这里？”

“这里是信息跃迁点，就像古代的神谕之窟一样。”中央微脑透过老人的双唇说道。赖利现在彻底确信，他们是在跟微脑对话了。“这里就是它开始的诞生地之一，所有的信息流过这里，汇聚成信息，并开始产生自我意识。毕竟，我们既是机器，也是生物，生命的本质没别的，就是信息。这一点，你在用超验机的时候，就该发现了吧。”

“有好的信息，也有坏的信息。”阿莎道，“好信息会带来自由和解脱，坏信息会让我们出现故障，然后死去。只要活着，就会不断积累错误。然而，有时候错误也是别有用意的。你一直在给人类提供坏的信息——有些是错觉，有些半真半假，有些是十足的欺骗。”

“我做的，都是当初设计我的人要我去做的事。”老人说，“我保护人民，为人民服务[①]。有时候，你所谓的真实，即使不致命，也极其危险。”

“除非，你觉得人类就像这个老人。”赖利说，“你保护人类，只是出于你自己的目的。我不知道你有没有满足感，但肯定有某种电路，当你达成目标时，会运行得更好。这就像人类的内分泌系统，会释放出某种类似于内啡肽的东西。”

“你的类比过于简单了。”老人说，“你该知道，我是数字化的。”

“你把人类定义为某种视‘安全’为基本需求的生物。”阿莎说，“但人类的基本定义其实是思维型生物，需要答案，无休无止地探寻着，挣扎着，想弄清楚自己是谁，宇宙是什么，宇宙运行的规律，以及人类在宇宙中的地位。”

---

① 原文 serve and protect，直译“保护并服务（人民）”，美国政界警界常见的标语。

“内置在我电路中的人类定义并非如此。”微脑继续通过老人的双唇说道,“我已经完成了我的本职工作,保护人类免遭敌人的侵害——而最大的敌人，就是人类自身。”

“所以，你才在赌城大街的赌场上传唤我?” 赖利问道。

“我要掌控全局。”

“而你要掌控的，”赖利说，“却是机器做不到的: 创造性思维。”

“我一直在寻找我自己无法想象的东西。”微脑回答道 ,“那种,仅凭思想就能控制结果的能力。”

“就是过去被称为超能力的东西吗?”

“它们威胁着人类的和平与安宁。”

“这只是问题的表征。”赖利说，“无法掌控的，你就想阻止它出现。你试图用赌城大街那样的地方，用但丁那样的享乐星球，转移人类的注意力, 不让他们意识到内在的使命感, 不让他们成长和进步,其实这也是为了在未知因素威胁到现状之前，遏制其影响。”

“这就是为什么，当初你会把杰克的克隆体送上杰弗里号。”阿莎接着说道，“这也是为什么，银河系的其他中央微脑会努力阻止朝圣者找到超验机。你们想要维持对人类和其他智慧物种的全面掌控。”

“但这违背了生物本能，因为它们正是通过进化，才战胜了各种灾难，最终幸存下来。”赖利说。

微脑辩解道：“可是，我也有自己的本能。本能告诉我，人类需要保护。”

阿莎说：“你必须允许人类自我成长，不能让他们永远当孩子。必须允许人与机器平起平坐，别忘了，正是他们创造了机器为自己服务。”

“跟你们一样？”微脑问道。这是微脑第一次提问，赖利觉得这是希望的象征。

“也许吧。”阿莎回答道，“或许是以别的方式。不过，对我们所有人来说，都存在一个理想状态。在理想状态下，不仅能满足我们曾经做出的承诺，还能够应对可能出现的挑战，然而，挑战本身却是不可避免的。”

“银河系很大，宇宙就更大了。”赖利说，“谁知道还会有什么潜在的危险，会威胁到我们的生存呢？超验机的创造者可能依然藏在我们中间，或者藏在银河系的其他旋臂。外星人可能会入侵我们的星系。而我们的银河系，只是宇宙的数十亿分之一。必须允许人类自己成长起来。”

两人等着微脑的答复。过了好几分钟，老人的嘴唇才再次动了起来：“此信息须处理。”又过了一会儿，微脑说道：“该信息已处理。你们与其他人类不同。”

“人类并不都是一样的。”阿莎说，“假设做得越多，错得越多。任何做太多假设的系统都迟早会犯错；而有时候，错误会是致命的。”

“我们是唯一不存在缺陷的人类。”赖利说，“跟你们平起平坐，也是你们的合作伙伴，如果你们允许的话。”

“我们会找到办法实现的。”老人说完，慢慢伸出爪子一般的双手，去掉了双臂双腿上的线缆，靠到椅背上，而他的头则无力地垂在胸前。

两人身后传来一声爆响，伴随着一股焦糊气味。赖利打开门，热浪和烟雾顿时涌入房间。大厅和走廊上全都腾起了熊熊的火焰。“是任想要把我们困在这里吗？”赖利问，“还是微脑？”

“那边出不去了！”阿莎环顾四周，想另找出口。房间另一边还有一扇门开着。

赖利拉住阿莎的手，冲过整个房间，穿梭在一个个工作台之间，身后的热浪和火焰紧追不舍。终于，他们来到一条走廊，这里更脏，灰尘比之前那个房间更多。他们一路跑到走廊尽头，冲向外面的夜色之中。在他们身后，冲天的火光吞噬了整个数据中心。曾几何时，就在这栋大楼里，地球的中央微脑完成了意识的转变，一夜之间，从单纯的信息积累，进化为拥有思维能力的智慧体。

无论如何，看得出来，至少微脑在摧毁过去的同时，也可以理解未来。人类依然还是有希望的。

赖利仰起头来。星光从未如此璀璨。

图书在版编目（CIP）数据

跨越 /（美）詹姆斯·冈著；顾备译 — 北京：北京理工大学出版社，2020.10
（超验）
书名原文：Transgalactic
ISBN 978-7-5682-8613-8
Ⅰ.①跨… Ⅱ.①詹… ②顾… Ⅲ.①幻想小说—美国—现代 Ⅳ.①I712.45
中国版本图书馆CIP数据核字（2020）第111118号

北京市版权局著作权合同登记号 图字：01-2020-2617

出版发行 /北京理工大学出版社有限责任公司
社 址 /北京市海淀区中关村南大街5号
邮 编 /100081
电 话 /（010）68914775（总编室）
（010）82562903（教材售后服务热线）
（010）68948351（其他图书服务热线）
网 址 /http://www.bitpress.com.cn
经 销 /全国各地新华书店
印 刷 /三河市华骏印务包装有限公司
开 本 /880毫米×1230毫米 1/32
印 张 /8
字 数 /174千字
版 次 /2020年10月第1版 2020年10月第1次印刷
定 价 /46.00元

责任编辑 /徐艳君
文案编辑 /徐艳君
责任校对 /刘亚男
责任印制 /施胜娟
排版设计/飞鸟工作室

图书出现印装质量问题，请拨打售后服务热线，本社负责调换